中公文庫

新装版

久　遠（下）

刑事・鳴沢了

堂場瞬一

中央公論新社

目次

登場人物紹介

鳴沢了 …………………西八王子署の刑事

藤田心……………………西八王子署刑事課

山口美鈴…………………西八王子署生活安全課

熊谷………………………西八王子署刑事課長

西尾………………………西八王子署署長

水城………………………西新宿署署長

山口………………………警視庁公安部。美鈴の父。故人

横山浩輔…………………警視庁捜査一課

橋田善晴…………………警視庁捜査一課

若林 ……………………警視庁捜査共助課

大西海……………………新潟県警の刑事。研修中

城戸南 …………………横浜地検検事

大沢直人…………………横浜地検事務官

宇田川……………………弁護士

岩隈哲郎…………………情報屋。故人

長瀬龍一郎 ……………小説家

井村………………………長瀬の元担当編集

マイケル・キャロス…勇樹のマネージャー

今敬一郎…………………万年寺住職。鳴沢の元同僚

小野寺冴…………………探偵。鳴沢の元同僚

内藤優美…………………鳴沢の恋人

内藤勇樹…………………優美の息子

内藤七海…………………優美の兄。鳴沢の親友

刑事・鳴沢了

久遠

㊦

第三部　逆襲

1

「こりゃ、うちの事件じゃないな」現場を小一時間調べまわった後、西新宿署組織犯罪対策課の刑事、北が軽い口調で断言した。ビニール袋に入れたひしゃげた銃弾を、私の顔の前に翳して見せながら。現場ではまだ鑑識活動が続いており、十人ほどの係官が床を舐めるようにして銃撃の跡を調べている。私たちは邪魔にならないよう、非常口のところに引っこんで会話を交わしていた。

「どうして分かるんですか」

「マカロフの銃弾じゃないからさ。マカロフ、知ってるか?」

「ロシア製」

「正確には旧ソ連製だ」訂正しながら、北が堂々と煙草に火を点ける。現場に異質な材料を放りこむことになりかねないので煙草はご法度なのだが、気にする様子もない。私の咎めるような視線に気づいたのか、少しだけ遠慮して首をすくめたが、煙草を消そうとはしなかった。「あんた、一課の人間か？」

「基本的には」

「じゃあ、マル暴に関しては詳しくないだろう。専門家のレクチャーを聞かせてやるよ」暑苦しい男、というのが私の北に対する第一印象だった。小柄で固太り、首が短い体型――フッカーのそれだ――で、今朝は肌寒いのに上着も着ずにワイシャツの袖を捲り上げている。少し伸びたパンチパーマという髪型に加え、朝早いせいか髭を剃っていないので、ほとんどその筋の人間のように見えた。ワイシャツの胸ポケットは煙草とライターで膨らみ、さらにボールペンが五本も挿してある。そのせいで、シャツの首の辺りが左下に引っ張られて肩が下がっているように見えた。

「別にそういう話は、今でなくても――」

北は私の話をまったく聞いていなかった。煙草の煙を噴き上げてから、平然と講釈を始める。

「トカレフっていうのは、第二次大戦までのソ連軍の制式拳銃だ。戦後、それに取って代わったのがマカロフでな。当然ご存じかと思うが、どっちも日本に入ってきてる。北海道経由で入ってきて、それが全国各地に流れてるんだ。ソ連が崩壊した後は、あちらさんも金が欲しくてしょうがなかったんだろうな。銃が、外貨獲得のいい手段になったんだよ。で、九〇年代まではトカレフが主流で、最近はマカロフが多い」

「背景は分かりました。それで、ここで使われた拳銃はマカロフじゃない？」

「そういうことだ。実際は何だったのかは、詳しく調べてみなくちゃ分からんが、少なくともマカロフじゃないことだけは保証できる。最近の暴力団の発砲事件で使われてるのはほとんどがマカロフだから、俺は嫌というほど見てるんだよ」

　話の筋道は通っているが、この男は核心になかなか近づかずに寄り道を続けるタイプのようだ。苛立ちを何とか押し隠して先を促すと、北が大仰にうなずいて続ける。

「新宿でも発砲事件はある。都内全体に広げてみれば、年間通して結構な数があるよな。しかしここ何年も、暴力団の発砲事件で使われる銃の主流はマカロフだ」

「銃の種類からして、暴力団の犯行じゃないと言いたいんですね」とうとう、私の方から結論を持ち出さざるを得なかった。

「ビンゴ」太い親指をぐっと上げてみせる。その仕草がこれほど似合わない男を私は初めて見た。「ついでに言えば、ここにある車のナンバーは全部調べた。暴力団関係者の車は一台もない。もちろん、あんたの車も含めてだが」

笑っていいのかどうか分からなかったが、北は一瞬間を置いて下品な笑いを炸裂させた。だがすぐに真顔に戻る。

「それにあんたの証言によると、発砲の後にここから出て行った車は一台きりだ——轢き逃げした車だな。他に逃げた人間はいない。そういう事情も含めて、この一件は、暴力団同士の抗争じゃないっていう結論になるのさ」私なら、今までの話を十秒にまとめられる。だが北は、そういう端的な話し方を好まないようだ。喋りは次第に熱を帯び、手を振り回す動きは舞台俳優を思わせる。それも鬱陶しい熱演型の。「さて、ここで問題だ。今時の暴力団は馬鹿じゃないから、抗争でもない限りは滅多に発砲しない。そして暴力団以外の人間が銃を撃つケースは、相変わらず日本ではほとんどない。ということで、だ」

北が言葉を切った。私は次の台詞を待ったが、彼は必要以上に長く間を空けた。行間の意味を私に読ませ、劇的な効果を狙っている。無視していると、芝居がかった声色で話し出した。

「誰が狙われた？　発砲があった時にここにいたのは誰だ？　当然、分かるよな」証拠品の袋を持ったまま、人差し指を私に突きつける。「あんただよ。どういうことかね、これは。あんただって、自分が狙われたってことぐらいは分かってるだろう。何故だ？」

「そんなこと、私にも分かりませんよ」隠すと後で厄介なことになるかもしれない。だが、この男が味方かどうか判断する材料がない以上、迂闊なことは言えない。

「結構。そりゃあ、あんたの言う通りで、分かるはずがないだろう。分かってれば、とっくに喋ってるよな。刑事なんだから。捜査には進んで協力するのが筋だ」

「もちろんです」

「なかなか物分りがよろしい。というわけで、署までご同行願おうか。あんた、最近あちこちで事件の中心にいるそうじゃないか。その辺の事情もたっぷり聴かせてもらいたいね。さぞや面白い話になるんだろうな」

「面白いかどうかは分かりませんよ。ややこしい話になるのは間違いありませんけど」

「感想は、俺が自分で考える。そんなことをあんたに教えてもらう必要はない」芝居がかった仕草は消え、顔つきは完全に取り調べ中の刑事のそれになっていた。どうやらまずい相手に当たってしまったらしい。どういう説明をすれば納得してもらえるか――全てを話すのが一番簡単だということは分かっている。だが、この男が十日会の人間だとしたら、話すことは墓穴を掘る行為になりかねない。しかし今は、他に逃げ場もなさそうだった。

「分かりました。その前に一つ、お願いがあります」

「何なりと言ってくれよ、相棒」

あんたに相棒と言われる筋合いはない。かすかな憤りを感じたが、ぐっと文句を呑みこんだ。

「西八王子署の生活安全課に、山口美鈴という刑事がいます」

「それは……親父さんが殺された娘じゃないか？」初めて、北が控え目な口調になった。

「そうです。彼女の無事を確認して下さい」

「何だい、そりゃ」

「俺は、彼女をだしにしてここに呼び出されたんです。単なるはったりだとは思うけど、彼女の無事を確認したい」

北がまじまじと私を見詰める。話の真贋を見極めようとしている様子だったが、その試みは無駄に終わったようだった。

「急いで彼女の無事を確認して下さい」

「おいおい——」

携帯電話を取り出すと、北が腕を伸ばしてそれを抑えようとした。私は彼の腕に手をかけ、睨みつけてやった。

「あなたがやらないんだったら、俺がやる。邪魔するつもりなら、腕をへし折ってやる」

「待った、待った」参ったをするように、北が両手を顔の前に突き出す。顔が蒼褪(あおざ)めていた。「分かったよ。その、山口とかいう刑事の無事はこっちできちんと確認する。だから、とりあえず署まで来てくれ」

「それなら結構です」

北がふう、と息を吐いた。体が少し縮んでしまったように見える。先に立って非常階段のドアを開けたが、一瞬足を止めて振り返り、私の顔をまじまじと見た。

「あんたに調べられるはめにだけはなりたくないな。俺だったら三十秒と持たないと思うよ」

そうありたい、と思う。しかし問題は、今の私には取り調べる相手がいないということだ。

地上へ上がると、駐車場の出入り口は封鎖され、警察官の数は膨れ上がっていた。最初は単なる轢き逃げ事件だったのが、発砲事件がおまけについてきたのだから、一大事である。早朝出勤する人の姿が既(すで)に目についたが、あまりにも仰々しい雰囲気(ふんいき)のせいで野次馬になる気にもなれないのか、避けるようにして足早に歩いて行く。鑑識、私服の刑事たち、制服姿の交通課の捜査員。様々な人間が入り交じる中に、私は水城の顔を見つけた。スーツ姿だが、腕を組んで周囲を睥睨し、時折部下からの報告を受けている。私に気づくと、直接顔を合わせていないと気づかないほど小さく素早くうなずいた。

せっかく助け出してやった相手が、忠告を無視したうえに、よりによって自分の足元でとんでもない事件に巻きこまれた。うんざりしているだろうか。それとも不透明な先行きを予期して、対策に頭を働かせているだろうか。北は、私が水城と目線を交わしたのに気づいたようだが、何も言わずにその場を離れた。

私のレガシィは、誰かが動かして歩道の脇に停めてあった。それを確認してから北に訊ねる。

「署まで自分の車で行っていいですか」

「あんたの車は撃たれてないのかい？」北の視線がレガシィに吸い寄せられる。

「当たってないと思います」

「ふん……だったら、いいか」レガシィに向かって北が顎をしゃくる。「ああいう派手なエアロパーツのついた車に乗るような年じゃないだろう。それに、ぶつけたらさっさと直した方がいい。バンパーが落ちそうじゃないか」

「そうですね」エアロパーツは好きでつけたものではない。この車は、亡くなった父親が遺産代わりに遺してくれたのだが、最初からこのスタイルだったのだ。私に贈るために買った車なのだが、どうしてこんなことをしたのか、当時はさっぱり見当がつかなかった——それを言えば今もだが。長年、父と共有してきた不快な思いは、彼の死によって無に帰したと言っていい。しかし、自分の父のことを理解しているかと問われれば、依然として首を傾げざるを得ないのだった。

西新宿署の取調室に入ると、二人分の朝食が用意されていた。くすんだオレンジ色のトレイに載った定食。署の食堂から運んできたものだろう。

「まあ、食ってくれ」椅子を引きながら北が言った。「食いながら話そう」

「それじゃ事情聴取にならないでしょう」

「いいんだよ、あんたは容疑者ってわけじゃないんだから。それに、署長からも言われてる……丁寧に扱うようにってな」言葉を切り、煙草を一本引き抜いて指揮棒のように揺らした。「随分いいコネを持ってるんだな」

「コネじゃありませんよ」

「何でもいいさ。ま、クソ不味い署の食堂の飯で悪いけど、何もないよりはましだろう」

「こんなところで飯を食べる気にはなりませんけどね」

「そう言うなって。今朝は早かったし、たぶん今日も長くなるぜ。こういう時はとにかく、しっかりエネルギー補給しておかないとな。あんたが食わなくても俺は食うぞ」火の点いていない煙草をデスクの上に転がすと、塗り箸を取り上げた。どうにも場違いな感じがしたが、仕方なしに私も彼に倣う。食事はごく簡素なもので、ご飯とわかめのみそ汁、それに卵焼き二切れと一口で食べられそうなシャケの切り身、人工着色料の見本のような毒々しい色合いの漬け物という組み合わせだった。おかずは全て一枚の皿に載せられている。北がみそ汁を一口啜り、深い溜息を漏らした。

「出汁がなってないな、出汁が」

私は無言でみそ汁に口をつけた。確かに味は薄いが、文句を言うほどではないように思える。

「みそ汁ってのは、煮干しの出汁をがっちり効かせてだな、そのまま煮干しが入ってるぐらいでちょうどいいんだよ。ケチってインスタントの出汁なんか使ってるから、こういう薄い味しか出ないんだ」

「署の食堂じゃ、仕方ないんじゃないですか」

「おい、納豆はないのか」私の言葉を無視し、傍らに控えた若い刑事に向かって怒鳴る

ように リクエストする。彼は食事を与えてもらっておらず、眠そうに目を瞬かせながら、首を横に振るだけだった。北の不満が爆発する。不満ではなくほとんど因縁に聞こえたが。「冗談じゃない。納豆のない朝飯なんか朝飯って言えるかよ。一日一回、いや、理想を言えば二回、納豆を食わないと人間は駄目になる。良質な植物性蛋白質は、人類を救うんだぞ。食堂へ行って持ってきてくれ。芥子とネギも忘れんでな」

「今朝は納豆が切れてるそうです」若い刑事が説明すると、北は傍目にも分かるほどはっきりと肩を落とした。

「何と」溜息をついてみそ汁の椀を置く。「どうなってるんだ、ここの食堂は」

「北さん、生まれは茨城ですか?」緩み始めた頰を引き上げながら私は訊ねた。

「いや。どうして」不思議そうに私を見た。

「納豆に随分肩入れしてるみたいですから。茨城名物でしょう?」

「俺は広島の人間だよ。仁義なき戦いだ」にやりと笑って私の質問を押し潰す。「広島生まれの人間が納豆を食って悪いことはないだろう。そりゃ確かに、俺は十八になるまで納豆を食ったことはなかった。でも高校を卒業して東京に出て、初めて納豆を食って、それまでの十八年間が無駄だったことを悟ったね……まったく、しょうがない食堂だ」

ぶつぶつ文句を言いながらも、北は勢いよく飯をかきこみ始めた。私はすっかり彼の毒気に当てられていたが、何とかペースを合わせて食事を進めることにした。その間、彼は雑談のような形で私から現場の様子を聞き取り続けた。

「つまり、こういうことだな」食事を終え、お茶で口の中を洗い流した途端に、北が話をまとめに入る。「あんたが電話で叩き起こされたのが午前四時。二十分とタイムリミットを切られて、慌てて現場に急行した。しかし人質になっているはずの山口美鈴はそこにはいなかった。そこで突然、正体不明の連中に襲われたと、こういうわけだな。ところがそこには、あんたを呼び出したのとは別の第三者がいて、あんたを襲撃した人間はそれに気づいて慌てて逃げ出した。駐車場を飛び出す時に、こともあろうか酔っぱらって歩いてた若い奴を轢き逃げするっていうおまけつきでな。そういう流れでいいな？」

「ええ」私は彼の記憶力に密かに感嘆した。現場は混乱するものだし、その状況を時間軸を追ってきちんと整理するためには、複数の人間に何度も事情聴取する必要も出てくる。それを彼は、現場での立ち話、それに食事をしながらの雑談めいたやり取りだけで綺麗にまとめてしまった。もちろんこの話にはあちこちに穴があるのだが、今のところ北はそれを持ち出す気配はない。どうやら疑問点が出てきた時に、一々立ち止まって確認するタイプではないようだ。どんなに粗くとも、まず理屈の通る筋書きを書いてしまって、後から穴を埋めていくのだろう。この方法だと、事件の全体像が最初にくっきり浮かび上がるという利点がある。問題は、先送りにしていた疑問点を後から解決してみると、最初に想定していた事件の大筋自体が違っていたということになりかねない点だ。冤罪は、こういう先走りのやり方から生じることが多い。一度決めた方向性を簡単に変えられないのも、警察官という人種の、警察という組織の習性なのだ。

「さて、次は問題点を整理しようか」思わず身構えると、北が食事の載ったトレイを脇に押しやって身を乗り出してきた。顔の前に右手を立て、指を折っていく。「一つ、あんたを襲った車のナンバーが特定できない。二つ、銃の種類がまだ分かっていない——マカロフじゃないってことは置いておいて、だぞ。三つ、発砲現場にいた第三者が誰かも分からない。この三つは、純粋に『分からない』ことだ」

「そうですね。でも、メルセデスのナンバーは外されてました。分からないんじゃなくて、分かりようがないんです」

「おっと、そうだった」もう一度掌をぱっと開く。表情がわずかに険しくなっていた。「ここから先はちょっと違う。一つ、あんたは何故、山口美鈴が拉致されたという話を簡単に信じこんだのか。二つ、あの駐車場で犯人とどんな話をしていたのか。三つ、その交渉はどうなったのか。四つ、どうして撃たれるようなはめになったのか。五つ、そもそもあんたは、どうして渋谷——渋谷だったよな？——なんかにいたのか。おいおい、片手で足りなくなったぞ。両手なら足りるのか？　足も出さんといかんのか？」

「答えられることと、答えられないことがあります」

「それじゃ困るんだ」北が眉間に皺を寄せる。深い皺には、名刺が何枚か挟めそうだった。「こいつは面倒な事件になりそうだぜ。あんたが協力してくれないと、謎が埋められないじゃないか」

「渋谷にいたのは、私用です」

「私用」粘っこく言葉を吐き出す。私を大事に扱おうとする努力を放棄したのかもしれない。

「私用で渋谷のホテルに泊まっていました。それだけで十分でしょう」

「説明できないような用件なのか」

「泊まっていたことが確認できれば十分じゃないですか」

「あんたは、西八王子署で自宅待機処分を食らっていた。何しろ、青山署の事件で容疑者扱いされたわけだからな。その後も三鷹の事件で、あんたの家から盗まれた鉄アレイが凶器に使われたのが確認されている。どれだけややこしい事態に巻きこまれれば気が済むんだ？」

「とにかく、渋谷にいたのは私用でした」

「私用、私用ね。なるほど。プライベートなことには口を突っこんで欲しくないってわけか……じゃあ、もう一つ。山口美鈴が拉致されたという話を簡単に信じこんだのはどうしてだ？　電話を一本かければ分かったことだろう」

「時間を二十分と切られてたんですよ？　渋谷から新宿まで二十分は、あの時間でもきつい。それに相当飛ばしてましたから、運転しながら電話もできないでしょう」

「ふむ……」太い指でデスクを叩き始める。

「まだ納得できないんですか」

「少しむきになり過ぎって感じがするな。あんたの態度は普通じゃない」

「どういうことですか」

「まるで恋人を助けにいく騎士気取りじゃないか」北の顔に下衆（げす）な笑みが過（よぎ）る。「そういうことじゃないのか？　自分の彼女を助けに行くためだったら、冷静にはなれないよな。どうなんだ、あんた、彼女と体の関係でもあったのか」

反論する前に私は身を乗り出し、北のワイシャツの胸元を摑（つか）んだ。北が慌てて私の手首を摑み、引きはがそうとしたが、その時にはもう、私は彼の息の根を止めにかかっていた。北の顔が赤くなり、薄く開いた口からしゅうしゅうと息が漏れる。慌てて若い刑事が間に入った。身を投げ出すように飛びこんできたので、瞬時に北を突き放して身を引くと、デスクの上にヘッドスライディングするような格好になった。トレイが音を立てて床に散らばる。

「ああ、ああ」北が苦しそうな声をたてた。喉元を押さえながら「分かったよ。少し冷静になろうや」とその場の全員に呼びかける。若い刑事は恥ずかしそうにうつむいたままデスクから降りた。私は中腰の姿勢からデスクに両手をつく格好を取り、北を見下ろした。

「下らない質問はしないで下さい」

「順番が逆だろうが」北が煙草を銜えて火を点ける。指先がかすかに震えているのを私は見逃さなかった。思い切り咳きこんだので、しばらく会話が成立しない。私はゆっくりと腰を下ろして、彼が回復するのを待った。ようやく咳が収まった時には、目が真っ赤に充血していた。「最初に言葉で抗議して、それで納得しなければ手を出す。それが普通だろう。それをいきなり何だよ。まったく……署長のお声がかりじゃなければ、あんた、この場で現行犯逮捕だぜ」

「それを狙ってたんじゃないですか」この男の罠に嵌まってしまったかもしれないと思うと、顔から火が吹き出そうになる。

「何だよ、それ」

「俺が手を出して、逮捕できるチャンスを狙っていた。違いますか？　ここで現行犯逮捕なら、どこからも文句は出ないでしょうからね」

「青山署がやろうとしたみたいにか？　冗談じゃない。俺はあんなヘマはしないよ。やる気になったら徹底的に、完璧にやる。こんな下らない件で別件逮捕なんて、興味ないね」まだ痛むのか、煙草を銜えたままで喉を撫でた。「今のことは忘れてやる。ただし、ワンストライクを取られてるのを忘れるなよ。何回も続いたら、こっちだって考えなくちゃいかん」

「……分かりました」

「じゃ、握手」

それも何かの罠かもしれないと思ったが、邪推に過ぎなかった。小柄な割には大きな手で私の手をがっちりと摑む。かすかな痛みさえ感じながら、私はその握手に応じた。手を離した瞬間、肝心なことを思い出した。

「それで、彼女の件はどうなったんですか。山口は無事なんですか」

「おお、いかん」若い刑事の方を向き、どすの利いた声で脅し上げた。「馬鹿野郎、どうなってるんだ。俺は忘れっぽいんだから、お前がちゃんと覚えておけ」

すいません、という声は消え入りそうだった。デスクに滑りこんだ時にお茶で濡れたネクタイとワイシャツが寒々しい。警察内部でも、もう徒弟制度は過去の遺物になろうとしているのに、北は最後の抵抗を試みているのだろう。若い刑事も、こんな頑固な先輩によく我慢している。もっとも彼は、昨日北の下に配属されたばかりかもしれないが。彼が受話器に手を伸ばした瞬間、耳障りな呼び出し音が鳴り出す。びくりと体を震わせ、受話器を引っつかんだ。

「はい」一言そう言っただけで、後は相手の話に耳を傾けていた。十秒ほど。すぐに受話器を置いて北に向き直る。

「轢き逃げの被害者が亡くなったそうです」

「クソ」北が拳を掌に打ちつけた。ぱしん、と乾いた音が取調室に響く。

「最初に見た時に、もう危ない状況でした」何の慰めにもならないことは分かっていたが、私は彼に声をかけた。

「俺が心配する話じゃないかもしれんが……胸クソが悪いじゃないか。おい、さっさと山口刑事の無事を確認しろ！」

それから数分間、若い刑事はあちこちに電話をかけ続けた。最後にようやくほっとした表情を浮かべ、私に受話器を差し出す。

「ご本人です」

それを聞いて、体が溶け落ちそうになった。がくがく言う膝に気合を入れて立ち上がり、受話器を受け取る。不信感に溢れた美鈴の声が耳に飛びこんできた。

「どうしたんですか、鳴沢さん」

「無事だったんだな」

「無事って……皆そう聞くんですけど、何があったんですか」

「携帯はどうした？」

「携帯？」

「君の携帯電話だ」

昨夜からの出来事を手短に説明する。彼女は相槌も打たずに聞いていたが、私が話し終えると深々と溜息をついた。

「確かに携帯はなくなっていました」

「どこでなくしたかは分かってるのか？」

「それが分からないから困っているんです。気づいたのは昨夜の十一時頃ですけど、その時もばたばたしてて……これから電話会社に連絡しようと思ってたんです」

「最後に使ったのは？」

「昨日の夕方、ですね。でも時間までは覚えていません」

「その時どこにいた？」

「葬儀場です」

「その場にいたのは誰だった」

「西八王子署の人たちが一緒でした」

美鈴が、警務課の人間何人かの名前を挙げた。何か知っているかどうかは分からないが、確認しなければならない。

「葬儀場で盗まれたんだろうな。たぶん、西新宿署の方で、その件を詳しく知りたがると思う。忙しいとは思うんだけど……」

「何とかします。お葬式なんかのことは、署と本庁で仕切ってもらってますから、私は言う通りにしていればいいだけなんですよ」

「分かった……それより、何か思い当たる節はないか？　ちょっと席を外して荷物を置きっ放しにしたとか。女性は、ポケットに携帯電話を入れて歩いたりしないだろう？　バッグに入れっ放しのことも多いよな」

「そうですね。そう言われると、何度か荷物を置いたまま席を外したとは思いますけど、いつ携帯を盗まれたかまでは……すいません、分かりません。刑事失格ですね」

「俺の方こそ、今回の件ではいろいろと申し訳ない。君には悪いと思ってる」

「鳴沢さんは何もしてないでしょう」

「いや、俺のせいで迷惑をかけてるんじゃないか」

「まさか」軽く笑い飛ばすような口調だったが、そうするためにどれほどの自制心が必要なのか、想像するだけで眩暈が襲ってくるようだった。

「とにかく、君は心配しなくていいと思う。狙われたのは俺だ。君じゃない」

「どこまで分かってるんですか」

「ほとんど何も」認めることは苦痛だった。しかし嘘もつけない。「敵の正体が見えない」これは嘘だった。取調室という密閉された空間の中で、敵か味方かも分からない刑事二人を前に「十日会」の名前は出せない。

「今、はっきり喋れないんですか」

「そういうことだ」

「分かりました。すいません、何も手伝えなくて」

「何言ってるんだ。元々これは君の事件じゃないんだぜ」

「でも、仲間じゃないですか」

その言葉が耳から脳へ、そして全身へ柔らかく広がる。周り中から棘で突きまくられているような状態の中、彼女の言葉は唯一と言っていい救いになった。

「ありがとう。だけど、良かったよ」

「何がですか」

「案外元気そうで」

「元気じゃないですよ」そう言って力なく笑う彼女の声は、血の通ったものには聞こえなかった。「でも、私が頑張らなくて誰が頑張るんですか。大丈夫です、今は気が張ってますから。それより、私からもお願いがあるんですけど、いいですか」

「ああ」

「父を殺した犯人を見つけて下さい」

「それは――」

「本当なら自分で調べたいんです。私が犯人を逮捕したい。でも、それはできない状況です。それに父の敵は、たぶん鳴沢さんの敵でもあるんですよ。違いますか？」

まったくその通りだった。彼女のためにも何とかしなければならない。それは自分を助けることにもつながるのだから。

取調室に座ったまま二時間が過ぎた。現場検証が一段落したようで、次々と報告が入ってくる。北はそれを全て自分で受けた。何のことはない、私は軟禁されており、彼は監視役を兼任しているようなものだった。アルミの灰皿には吸殻が林立し、空になった煙草のパッケージが一つ、くしゃくしゃになってデスクに転がっている。狭い室内は白く煙り、私は副流煙による肺癌のリスクを覚悟した。

「よし」ノートに走らせていたボールペンを転がし、北がデスクを平手で叩く。私を見て、太い眉を寄せた。「じゃ、分かった最新状況で話をまとめようか。銃弾は合計三発見つかった。これはあんたの証言通りだな。一発はランドクルーザーのヘッドライトに当たってるけど、残り二発は柱と床に食いこんでいた。車に関する手がかりはまだないんだが、交通課の調べだと、料金所のバーと被害者が轢かれた場所、二か所で塗料が採取されてる。ま、車種がメルセデスのEクラスだということは分かってるから、今さら塗料が採取されてもあまり意味はないがな。次に目撃証言だが、あの酔っ払いの若い連中が段々思い出してきたようだぞ。メルセデスには二人乗ってたという話だ」

「二人」私は素早くうなずいた。発砲した男は自分で車を運転していなかったのだから、当たり前である。もう一人は車の中で待機していたのだろう。

「そういうこと。運転手役の他に、後部座席にも一人乗ってたようだ。二人とも人相は分からない。運転していた男はサングラスをかけていた」

「あんた、本当に心当たりはないのか？　脅しをかけてくるぐらいだから、少なくとも片識ではあるんだろうが」片識――一方的な知り合いのことだ。

「俺の方では、まったく心当たりはありません」

「何かを要求された。だけどそれが何なのかも分からない、と」

「そういうことです」

「滅茶苦茶な話じゃねえかよ」北が頭をがしがしと掻いた。「何のことやら……どうなんだよ、これは青山の一件や三鷹の事件と関係があるのか」

「それは、俺の方が知りたいぐらいです」肩をすくめた。ぼやけた想像がはるか遠くで霞んでいるだけで、まだ手は届きそうもない。

「となると、犯人につながる手がかりはゼロだな、今のところは」

「銃の方はどうなんですか？」

「分析にはもう少し時間がかかるそうだ。いずれにせよ、俺が最初に言った通り、暴力団じゃないだろうな」

「暴力団以外で銃を使う人間と言えば……」

「仮定の話はあまりしたくないな」北が私の言葉を遮った。「どうもこういうのは気に食わないんだ。穴が多過ぎる……と言うか、穴しかないんだからな。ところどころにちょっとした事実が浮かんでるだけだ。これは難儀するぜ。あんたが、隠してることを全部教えてくれない限りはな」

「まさか。俺は何も隠してませんよ。全面的に協力してるじゃないですか」

「それならいいがね」私の言葉が彼の疑いを払拭できなかったのは明らかだった。「まあ、今日のところはこの辺にしようか。また何か思い出したら、連絡してもらえますね」

「もちろんです」

「こっちの方でも、また事情を聴くことがあると思う。連絡を取れるようにしておいてくれよ」

「電話に出なかったら、留守番電話にメッセージを残して下さい。必ずコールバックしますから」

「ああ、そうするよ。じゃあ、あんたは取り敢えずお役ご免だ。帰っていいよ」

私は椅子に浅く腰かけ、平手で顔を拭った。嫌な汗で濡れている。中途半端な時刻に叩き起こされ、銃で狙われてアドレナリンが噴き出した後遺症で、体全体を疲労感が覆っている。入った時には取調室に照明が必要だったが、今は窓から眩しいほどの陽の光が射しこんでいた。

「少し休んでいくかい?」北が立ち上がった。「茶でも飲んでいったらいいじゃないか。疲れただろう」

言い残して、北が取調室を出て行く。ドアは開け放したままで、組織犯罪対策課のざわついた空気がそのまま流れこんできた。この事件は結局、どこが担当することになるのだろう。行きがかり上、組織犯罪対策課になるかもしれないが、北は早々に「うちの事件じゃない」と断言していた。もっとも今となっては、それは口先だけのように思える。一度自分の手の中に転がりこんできた事件を、簡単に手放すタイプには見えなかった。

若い刑事がお茶を淹れてくれた。すっかり出がらしで、薄く色のついたお湯にしか見えなかったが、一口飲んだ瞬間、体にやんわりと染みこむのを感じる。

「君も飲んだらどうだ」

「自分は仕事中ですから」

「俺だって仕事中だよ」その言葉が空しく胸に響く。

「結構です。お茶なんか飲んでるのを北さんに見つかったら……」

「殺される?」

「いえ、そういうわけでは」大袈裟ではなく、彼が体を震わせる。私は苦笑を嚙み潰しながら立ち上がり、彼の肩を軽く叩いた。

「北さんの下にいると、いい勉強になるだろう」

「はい」

「今のうちにたくさん吸収しておくといい。北さんみたいな刑事は少なくなったからな」

「分かってます」

「じゃあ、お疲れさん……あまり無理するなよ」

若い刑事が目を瞬かせ、次の瞬間には深々と頭を下げた。彼を一人残して取調室を後にする。必然的に組織犯罪対策課の部屋に足を踏み入れることになるのだが、その瞬間、ざわめきは一気に沈静化した。その場にいる人間は、まるで私が目に見える病原菌を背負っているかのように、気味の悪いものを見る目つきを突き刺してくる。異形のもの。自分が変貌しつつあるのか、周りが変わってしまったのか、今の私には判断ができなかった。

2

この解放感は何だろう。取調室で、調べる側ではなく調べられる側に座ったのは、ここ数日間で三度目だ。最初の二回は、ただかりかりして、早くその場から立ち去りたいという思いしかなかった。今回は違う。明らかな生命の危機を脱したという安堵感に満たされているためだろう。

緩く吹く風は肌に優しく、暖かな陽光が強張った体を解してくれた。美鈴の言葉が耳に蘇る。岩隈だけでなく、山口を殺した犯人も見つけること。まったく別の事件ならともかく、この二つはつながっているという、確信に近い気持ちがあった。根拠はないのだが、いずれ二つの事件の間にある巨大なミッシング・リンクを見つけられるはずだ、とも思った。とりあえず、岩隈の事件の捜査を再開しよう。単純に容疑者扱いされていた時から比べると、状況も変わっている。私は今や、明らかな被害者でもあるのだ。青山署の連中に見つかったとしても、扱いは違うはずである。違うはずだと信じたかった。

駐車場でレガシィのロックを解除した瞬間、背後から声をかけられた。

「鳴沢さんでいらっしゃいますか」

　振り返ると、すらりと背の高い男が立っていた。真っ黒なスーツに、目に痛いほど白いシャツ、それに濃いグレイの無地のネクタイを合わせている。三十歳ぐらいだろうか。すっきりとした端整な顔つきだったが、私は自分と似た臭いを素早く嗅ぎ取った。

「申し訳ないけど、疲れてるんだ。今日はもう、初対面の挨拶をする気にはなれないんですよ」

「そうですか。お疲れのところ、まことに申し訳ありません」馬鹿丁寧に頭を下げた。ホテルの従業員で、こういうタイプの人間を見かけることがある。ある種の自信を持って頭を下げられるタイプ。男は顔を上げると、落ち着いた声で自己紹介した。「私、横浜地検の大沢直人と申します。事務官です」

「横浜地検？」大袈裟に首を傾げてやった。「何の用ですか。まさか、横浜でも殺しがあったんじゃないでしょうね」

「とんでもない」

「じゃあ、何なんですか」慇懃無礼な態度が早くも鼻につき始めていた。「横浜地検の人が、私に用があるとは思えない」

「実は、東京地検の野崎検事からご紹介いただきまして」

「ああ」野崎順司。代議士絡みの事件で、協力し合ったことがある。協力というよりは、二人で爪先を蹴飛ばし合いながら下手なダンスを踊っているような感じではあったが。その後も頻繁に連絡を取り合うような関係は築けなかった。「彼がどうかしたんですか」

「今回の件に野崎検事は関係ありません。鳴沢さんを紹介していただいただけです。用事があるのは、うちの城戸検事です」

「分からないな。横浜地検の検事さんが、警視庁の人間に何の用なんですか。もちろん、仕事の関係じゃないでしょうね」

　日本の捜査機関は、基本的に都道府県による縦割りになっている。ある県警が捜査した事件は、その県の地検が起訴、公判を担当するのが決まりだ。警視庁が挙げた事件を横浜地検が担当することはあり得ないし、神奈川県警の事件捜査を東京地検が指導することもない。

「とりあえず、横浜までご足労いただけませんでしょうか」

「用事があるなら、そっちが来るのが筋じゃないかな」

「はい、それは重々承知しております。ご無礼かとは思いましたが、代わりに私がお迎えに上がったわけでして」

「勝手なことを言わないで欲しいな。これでも、こっちは忙しいんだ」

「今は自宅待機中と伺っておりますが」野崎め。私を摑まえたいという横浜地検のリクエストを受けて、余計なことまで調べたのだろう。

「そうだよ。だからこれから、自宅に帰るんです。昨夜はほとんど寝てないんでね」

「あなたも必ず興味を持たれる話かと存じますが」

「だったら今、あなたが話してくれればいいじゃないですか。面白い話だったらご一緒しますよ」馬鹿丁寧な喋り方は、私の心のささくれを刺激した。

「申し訳ありません」大沢が腹に両手を当てた格好で体を折り曲げた。元に戻る仕草は、ただゆっくりしているというより、優雅と形容するに相応しいものだった。「詳しいことは、私の口からは申し上げられません。それは城戸検事が話されますので」

相変わらず馬鹿丁寧な態度だったが、その実態は明らかな命令であり、私は逃げ場がないことを悟った。事態は混迷の度合いを深めている。だったらこの際、さらに深い泥沼に足を突っこんでも、今より悪化することはないだろう。毒を食らわば皿まで、ということもある。そこから真実が見えてくる可能性もゼロとは言えない。

「一つだけ、いいですか」

「何なりと」

何なりと？　生身の人間がこんな台詞を口にするのを聞いたことはない。それにして

も この喋り方は何とかならないのか。苛立ちは頂点に達しようとしていたが、それは寝不足のせいなのだと自分に言い聞かせた。

「あなたが車を運転してくれないかな。俺はほとんど寝てないんだ。事故でも起こしたらつまらないでしょう」

「結構です。引き受けました。キーをお貸し願えますか」

キーを放ってやりながら「失礼だけど」と切り出した。

「何でしょうか」

「どこでそういう馬鹿丁寧な喋り方を覚えたんですか？　ホテルマンみたいだな」

「とんでもありません。これは子どもの頃からです」

「ということは、あなたのご両親はかなり躾が厳しかったんだね」

「さあ、どうでしょう」小さな笑みを浮かべながら首を傾げる。「私は意識したことはありませんが」

無意識のうちにこんな風になったというのか。世の中には様々な人間がいるのは当然だが、「場違い」ということはある。彼が横浜地検という捜査機関の一員であることは、明らかにその最たるものに思えた。

横浜地検は地下鉄の日本大通り駅の近く、県庁、県警本部、裁判所などが集まる官庁街の一角にある。少し離れた場所には横浜市役所や中区役所もあるし、マスコミ各社の支局も集中している。道路は広く新しいが、建物は明治の雰囲気を今に残すレンガ造りのものも多く、二つの時代が極めて自然に融合していた。私は仕事でもプライベートでも横浜に来たことはほとんどないのだが、嫌いな雰囲気ではない。

大沢に運転を任せて少しは寝るつもりだったが、結局目が冴えてしまった。大沢は終始無言で、庁舎の駐車場に車を停めた時に、ようやく口を開いた。

「お休みにならなかったようですね」

「この状況では無理だ」

「ごもっともです。大変ですね」深い同情心を感じさせる声だった。上辺だけかもしれないが、そう言われて悪い気はしない。車から出て、東京とは少し濃度の違う空気を思い切り吸いこんだ。海が近いはずだが、潮の香りはしない。代わりに、道路を屋根のように覆う巨大な街路樹から、青臭い香りが降り注いでいた。

「この辺りだと、食事をするには困らないでしょう。中華街も近いし」

「ええ、普通の人はそうでしょうね」

「あなたはそうじゃない？」

「横浜地検もかなり忙しいですから。いつも庁舎の食堂や弁当のお世話になっています」

「それはそうだろうけど……」

「城戸検事は、庁舎の食堂のメニューに対する影響力があります」

「得意客だから？」

「そうですね。一々注文の多い方です。でも、庁舎の食堂で美味(うま)いところはありませんから、一言あるのは当然ですよね」大沢の表情がわずかに崩れる。これで、城戸という検事と大沢の関係が何となく知れた。彼は城戸に絶対的に従っている。城戸が命じれば、躊躇(ちゅうちょ)せずに白い犬を黒と断定するだろう。

大沢に案内され、城戸の部屋に入る。検事はそれぞれ一部屋ずつ割り当てられているのだが、彼の部屋はさながら特別室だった。広い窓から横浜港が一望できる。埠頭から広い海へ。海と空の微妙な青の違いを比較しているだけで、時間が経ってしまうだろう。だが彼に、その眺望を楽しむ余裕がないのは明らかだった。広いデスクは散乱した書類で埋まっている。ガムの包み紙は、禁煙の試みの証拠だと推測した。その横には封の開いたマイルドセブンが置いてあるが、これは被疑者に吸わせるためのものかもしれない。

城戸は、明らかに体重を気にしなければならない体型だった。腹の辺りに余分な肉が目立つ。地味な濃いグレイの背広姿だったが、肩の辺りもきつそうだった。立ち上がって私を迎えると、ベルトに手をかけてズボンを引っ張り上げる。四十歳を少し出たぐらい、と見た。その年齢にしては体型が崩れているが、検事の仕事は基本的に座ったまますするものである。摂取した分のカロリーを、動き回ることで消費することはできないのだろう。

「鳴沢了（りょう）さん。城戸南（みなみ）です。お呼びたてして申し訳ない」

「どういうことですか？　ここに呼ばれる覚えはないんですけど」

「まあまあ、そう言わずに」愛想良く言って、椅子を勧める。彼のデスクの前には折り畳み式の安っぽいテーブルが置いてあり、向かい合っても、距離的には二メートルほど離れることになる。この一見適当な配置は、容疑者を調べる時に安全な距離を取るためだと、誰かに聞いたことがあった。二メートルの距離を一気に飛び越えられる人間はほとんどいない。私が立ったままでいると、彼は私の抱いた微妙な気分に素早く気づいたようだった。「別に、そこに座らなくてもいいやね。こっちへどうぞ」とさりげなく言った。

　彼の言う「こっち」は、殺風景な部屋に似つかわしくない腎臓型のテーブルだった。しかも色はキャンディブルー。どこから持ってきたのか見当もつかないが、横浜地検の什器担当者のセンスを疑わざるを得ない。「直ちゃん、コーヒー頼むわ。二つ、な」大沢に向かってVサインを作ってみせる。

「ブラックでよろしいですか」大沢が私に訊ねる。うなずき返すと、今度は城戸に言った。妙に念を押すような言い方だった。「城戸さんも当然ブラックですね」

「おいおい」椅子に腰を下ろしながら、城戸が両手を広げてみせた。「たっぷりミルクに砂糖少し。いつもそれだろうが」

「ミルクの乳脂肪分を馬鹿にしてはいけません。今朝もそういうのを一杯、お飲みになったじゃないですか」

「ああ、ああ。分かった」面倒臭そうに言って手を振る。「これじゃどっちが主人だか、分からないな」

「とんでもない。私は城戸さんにお仕えする身ですよ」

「実態は違うだろうが。とにかく、コーヒーを頼むわ」

一礼して大沢が部屋を出て行った。城戸は小さく溜息を漏らし、椅子の背に右腕を引っかける。くつろいだその仕草を見て、事態はそれほど深刻ではないはずだ、と楽観視することにした。

「あれでも気を使ってくれてるんだよ、直ちゃんは」

「分かります」

「女房がアメリカにいてね……旅行会社で働いてるもんだから。彼は女房の代わりに俺の体重管理までしてくれてる。俺もあちこちを回ったけど、あいつほど完璧な事務官にはお目にかかったことはないな。仕事を百パーセントこなした上で、その他のことにも気が回るんだから」

「あれだけ口うるさく言われたら、ダイエットも成功するんじゃないですか」

「それがなかなか、ね」少しだけ芝居がかった溜息をついて腹に手を乗せる。

「管理してる割に、成功してるとは言えないわけですね」

「お、厳しいね」城戸がにやりと笑った。「今はこんなだけど、これでも俺は昔、箱根駅伝を走ったことがあるんだぜ」

「それはすごい」本当ならば、だ。その面影はまったく見えなかったが。

「すごくないよ」顔の前で思い切り手を振った。自分で持ち出しておきながら、痛い話題であることは明らかだった。「何とまあ、俺が途中で故障して襷(たすき)が途切れた。仲間にもOBにも顔向けできなかったな。残酷なもんだよ、駅伝っていうのは」

「分かります」

「怪我(けが)は治ってるんだけど、それ以来、なかなか走れなくてね……あんたみたいな体型を保つには、相当鍛えないといけないんだろうな」

「保ってるんじゃありません。今でも確実に体を大きくしてます」

「そりゃあ、気合の入れ方が違うな。参りました」おどけた口調で言って頭を下げたが、再び私の顔を見た時には、目に真剣な光が宿っていた。「さて、それで岩隈という男のことなんだが」

「横浜地検の検事さんがその名前を持ち出すのは妙ですね」心臓が胸郭(きょうかく)を叩き始めたが、それが顔に出ないように意識して、低い声で応じる。

「そうか？」

「彼が殺されたのは東京都内ですよ。そちらの事件じゃないでしょう」

「まあ、その件についてはそうなんだが」城戸が立ち上がり、ガムを取ってきた。一枚引き抜いて口に押しこみ、私にも一枚勧める。首を振って断った。

「ガムはほとんど砂糖と香料の塊ですよ。嚙んだ分は吐き出さないと……」

「ダイエットにならない、と」私の言葉を城戸が引き取った。そんなことは分かっているとばかりにうなずく。「それは分かってるけど、このガムは煙草の代わりだから」

「そんなにやめられないものですか」

「あんたには分からんかもしれんが」

会話は早くも手詰まりになった。いや、城戸の方ではいくらでも聴くことがあるはずだが、タイミングと適切な言葉を選んでいるのだろう。私は待つしかなかった。話が奇妙に捻(ねじ)れているのは間違いないが、考えているうちに、行き着く先が何となく見えてくる。

大沢がコーヒーを持って戻って来た。

「遅くなりまして」カップだけでなくソーサーもついていた。私たちの前に置くと、一礼して引き下がり、城戸のデスクの横に、縦にくっつけるように置かれた自分のデスクに戻る。城戸は真っ黒なコーヒーを恨めしそうに眺めていたが、やがてガムを包み紙に吐き出すと、意を決したようにコーヒーに口をつけた。思ったより苦くなかったのか、ほっとした表情を見せる。甘いコーヒーが飲めないなら、緑茶にでもしておけばいいのに。

「あんた、ついさっきまで西新宿署にいたんですよね」

「ええ」

「今朝の——今日の未明の事件で」

「そういうことです。言っておきますけど、その事件に関しては俺はあくまで被害者ですよ。殺されかけたんだから」

「大変だったな」両手を組み合わせ、深刻な表情でうなずく。一見したところ、誠実そうな仕草だった。もちろん私は、そういう仮面の裏にとんでもない本音を隠した人間を何人も見ているし、彼がその類の人間ではないという保証はない。「銃で狙われる経験なんて、滅多にあるものじゃないからな」

「初めてじゃないですけどね、俺の場合は」いずれもかすり傷程度だったが、その事実に変わりはない。

「その話は聞いてるよ。あんたは、歩いているだけでトラブルに引っかかっちまうタイプなんだね」

「そういう無駄話をしている暇はないでしょう。初めて会った人に、適当な人物評定をされるのも気に入りません」

「評判通りだな。本当に冗談が通じない人だ」苦笑が浮かぶ。「まあ、落ち着いて」

「落ち着いてますよ」言ってはみたが、指摘されると確かに興奮していたことに気づく。睡眠不足と恐怖、怒りが私の神経を敏感に尖らせているのだ。

「正直に言う。わざわざご足労願ったわけだからな。俺たちは岩隈という男をマークしていた」

「横浜地検として？」

「ああ」

「奴がどんな情報を握ってたっていうんですか」

「それが分からないから困ってる。あんた、あの男のことはどれぐらい知ってるんだ？」

「追悼記事を書けるほどには知りません」静岡で聞き込みをした結果、それぐらいのことはできる自信があったのだが、城戸を信用していいものかどうか、まだ気持ちは揺らいでいた。

「こっちもほとんど分かってないんだ。分かってるのは、怪しげなフリーライターと名乗ってたことぐらいでね」

「その程度の情報で、目をつけたんですか」

「あのね、検察というところは何でも利用するんだよ。だから、頭から信用しちゃいけないぜ。一つの事件でネタ元にした人間でも、ぼろを出したらすぐに逮捕する。そうやって芋づる式で事件を広げて行くのが得意技なんだから。情報を提供したから自分は安全だ、なんて考えない方がいい」

「だったらあなたのことも信用できないんじゃないですか」

「信じるかどうかはあんたの自由だけどね」城戸は無理に反論しなかった。「申し訳ないけど、俺も詳しいことは話せない——話すことがないっていうのが本当のところだけど。それは分かってくれるよな」

「ええ」最初からそう言われた方が気持ちの上では楽だ。

「俺たちは——俺は岩隈を追ってた。具体的なことは言えないけど、動きが怪しかったんだよ。普通なら考えられないような相手に接触しようとしたりしてな」

「その相手が、神奈川県内に住んでいたんですね」

「まあ……」どこまで手の内を明かすべきか躊躇ったようだったが、それも一瞬だった。

「一般論として、そういうことでもなければ、俺らは手を出さない。そもそも横浜地検なんて、そんなに人手があるわけじゃないんだから、自分たちで事件をまとめようとするのが異例だってことは分かるだろう？　ここは東京地検特捜部じゃないんだ」

「特捜部がやるような事件なんですか」

返事はなかったが、彼の顔がわずかに上下したように見えた。しかし私は、それで得心するよりも疑念が膨れ上がるのを感じた。岩隈が、検察が調べるような事件——政界を巻き込む汚職か大型経済事件ということだろうか——に首を突っこむとは考えにくい。だが、東京に張りつくようにして何かを調べていたという事実、それに「アメリカ」というキーワードが私の持つ常識に楔を打ちこんだ。

「何か思い当たる節でも？」表情を読まれたらしい。城戸はすぐに突っこんできた。この男に調べられるのは相当きついだろうな、と想像する。

「岩隈が何かを調べていたことは知っています。でも、その何かが俺には分からない。かなりスケールの大きな話であるのは間違いないと思いますけど」

「なるほど」傍らのノートを引き寄せ、ボールペンのキャップを外した。メモしておかなければならないようなことを喋った記憶はないのだが、と思っていると、城戸はメモに円を描き始めた。小さな円を中心に、次第に同心円状に大きな円で囲っていく。意味のあることとは思えなかったが、考える時に手を動かす癖のある人間はいるものだ。

「残念ですけど、俺はそれ以上のことは知らないんです」

「本当に？」

「あなたに嘘をつく理由はありません」

「あんた、彼には会ってるよね」

「ええ。それも監視してたんですか？」だとしたら、気持ちのいい話ではない。

「そういうわけじゃないけど、話は漏れ伝わってくるもんだ。その時に、何か具体的な話は出なかったのか？」

「それは、俺もずっと考えているんです。何か仄めかしたり、謎めいた喋り方をするのが好きな男でしたから。でも、何も思い浮かばない。あの後も、何度か俺に会うつもりだったのかもしれません。いずれ話す気になったかもしれないけど、まずは手探りで様子を見ようとしたんじゃないかな」ＡＢＣの話は出さずにおいた。私が知らないことを城戸が摑んでいる可能性もあるし、出し抜かれるのはいい気分ではない。

「そういうことか」城戸がボールペンの先を顎に当てた。納得いかない顔つきで、軸をぐりぐりと動かす。そのうち顎に穴が開いて、ボールペンが顔を突き抜けるのではないかと心配になった。「どうも、あんたにここに来てもらったのは無駄足だったみたいですね」

「すいません。だけど俺は、何も隠し事はしてませんよ」

「それはいい……ところで、岩隈から何か受け取ってませんか？」

「いや」その台詞は数時間前にも聞いた。その時は、相手が私に銃を向けていたという違いはあったが。「どうしてそう思うんですか」

「何となくね……それより岩隈は、捜査機関に進んで協力するような男じゃないと思うんだ。金に汚い人間らしいじゃないか。俺は、恐喝専門みたいな男だと聞いてるんだが」

「それほど外れてないと思いますよ」

「俺やあんたと会っても、大して金にならんだろう？　飯をたかるぐらいが関の山じゃないのかな」

「マスコミにも接触してました」

「それは初耳だ」城戸の目が細くなる。

「何でも知ってるかと思いましたけど」

「茶化すなよ」

怒っているわけではなく、懇願するような口調だった。ひどく人間臭い男である。容疑者を調べる時も、こんな態度で接するのだろうか。だとしたら、この男は大量の仕事を抱えこんでいるに違いない。検事の仕事の大部分は、起訴するかどうかを判断する法手続きと公判維持である。警察は、自分の管内で発生した事件を処理すればいいのだが、検事の元にはあらゆる事件が集中する。それを短時間で捌(さば)くためには、どうしてもドライな事務能力が要求されるはずだ。しかしこの男は、冷静な事務屋というよりは、熱くなりがちなタイプである。容疑者に肩入れして、その立場を忖度(そんたく)しながら一緒に事件を考えていく——私の祖父のようなタイプではないだろうか、と思った。

「まだ表には出てない話なんでしょう。雑誌の編集者に、自分の話を買わないかと持ちかけてたそうです」

「どこの雑誌だ？」

「『2001』です」

「なるほど、あそこか。事件が好きな雑誌だからな。半分ぐらいはガセなんだろうが」

思い切ってABCの「A」を出してみることにした。もちろん、それがアメリカのAだという確証は未だにないのだが。

「アメリカに取材に行きたいから、その費用を出してもらえないかという話だったそうです」

「アメリカ」城戸がひどくゆっくりとうなずいた。対照的に、ノートに円を描きつけるスピードが上がる。彼は何か知っている、と確信した。ポーカーフェイスを守れないのはご愛嬌だが、今はしつこく突くべきではない、と判断する。「アメリカ、ね」

「そういうことです。その編集者も、具体的な話は何も聞いてなかったそうですけどね。そんな状況じゃ、原稿を買わないかって言われても困りますよね」

「だろうな。当然だ」ボールペンを放り出し、また手を組み合わせる。

「どう考えてるんですか、岩隈の件は」

「消された」

「誰に」

「それが分からないから困ってる。相手は、岩隈が持ってる何かを狙ったんじゃないかと思うんだ。奴は身の危険を察して、あんたにそれを託した……俺はそういうシナリオを書いてたんだけどね」

「俺は何も預かってません。だからそのシナリオは、肝心なところで間違ってますよ」

「そうか」城戸が頭をがしがしと掻いた。「やっぱり無理があるか。この事件、あまりにも穴が多過ぎるんだよ。材料を摑む前に、肝心の岩隈が死んじまったからな」

「岩隈は誰かの秘密を握ったから殺された――城戸さんの推理の前提はそういうことですよね」

「あくまで推理だけどね」

そんなことはないはずだ。噂話や推測程度では検察は動かない。おそらく、かなり確度の高いタレコミがあったのだろう。それも地元・神奈川の人間から。そしてこの事件には、かなり高位の人間が絡んでいるに違いない――例えば政治家クラスとか。城戸がコーヒーを飲み「冷めちまったな」と呟いた。

「淹れ直しますか？」大沢がすかさず合いの手を入れてくる。私と城戸は同時に「いや、いい」と口を揃えてしまい、照れ笑いを交換し合った。背筋を伸ばして話を続ける。

「仮に、城戸さんの推理が合ってるとしましょうか」

「あんたと話してるうちに自信がなくなってきた」

「あくまで仮に、です。岩隈が誰かの秘密を握っていて、それが原因で殺されたとしましょう。だったら俺は、どうして犯人にされそうになったんですか？　誰かが俺を犯人だと名指ししたから、こういうことになってるんですよ」

「それがまた、分からないんだ。あんたはこの事件における不確定要素ってところだな」

「十日会、という名前を聞いたことがありますか？」

「いや」首を振り、煙草を手にする。しばらくじっと見詰めていたが、諦めたように箱をテーブルに放り投げた。新しいガムを取り出し、二枚重ねて口にねじこんだ。何だか自棄になっているような仕草だった。四角い顎が盛り上がって動く。むきになって噛んでいるので、ボクサーが顎を鍛えているようにも見えた。

「本当に知らないんですか」

「おいおい、馬鹿にするなよ。俺だって、何でも知ってるわけじゃないさ。検事の世界なんて、案外狭いもんだ」

手短に事情を説明する。城戸は彫像になったように微動だにせず聞いていた。ガムを噛む顎だけは激しく動いていたのだが。話し終えると、小さな溜息を漏らしてまじまじと目を見開いた。

「なるほど、その件か。確か大騒ぎになったんだよな？　詳しくは知らないが……俺はその頃島根にいたんだ。田舎にいると情報もなかなか入ってこなくてね。東京地検も、警察の尻拭いをするのは大変だったんじゃないかな。デリケートな問題だし」

「デリケートじゃなくて、大馬鹿者たちが自滅しただけですよ」

「その引き金を引いたのがあんたというわけだ」

「巻きこまれただけです」

「それであんたは、警視庁における伝説の男になった、と」城戸の唇の端が歪んだ。

「馬鹿馬鹿しい」

「俺が聞いた話はそういうことだけど」

「島根の方には、きちんと情報が伝わらなかったんでしょう」

「馬鹿にしたもんじゃない。いいところだぞ、島根は」

「いいかどうかはともかく、情報格差はあるんじゃないですか」

　軽い緊張感が漂い、会話が途切れた。そこに大沢が割りこんでくる。

「コーヒー、淹れ直しましょう」

「いや、いいよ」城戸が手を振った。ふっと息を漏らし、私に笑顔を向けた。「悪いな、直ちゃん」

「とんでもございません」軽く頭を下げ、何かの書類に目を落とす。阿吽の呼吸だな、と私は感心した。この二人が刑事で、コンビで取り調べをしていたら、容疑者はさほどもたずに喋り出すだろう。

「で、その十日会の件がどうしたっていうんだ」

「残党がいます」

「全滅したみたいな話を聞いてたけど」

「ああいう連中は、癌細胞みたいなものなんですよ。完全に取り除いたつもりでもどこかに隠れていて、いつの間にか増殖してまた害を与える」

「なるほど。それでその残党は、この件にどう絡んでくるんだ」

「復讐、じゃないかと思います」話し過ぎかもしれない、と思った。だがこの男には話しても大丈夫だという、根拠のない確信が次第に膨らんでくる。たぶん、その目のせいだ。何となく、城戸という人間には土臭いものを感じる。それは彼がちらりと漏らした学生時代の挫折によるものではないかと想像できた。十人が襷をつなぎ、往復二百キロを超える超長距離のリレーは、一人が棄権しただけで全ての努力が水泡に帰する。そういう残酷な痛みを味わった人間は信用できる——もちろん、全てのスポーツマンがそうだというわけではないのだが、時には全面的に人を信じることも大事ではないだろうか。

それができなくなるのは、自分も人から信用されなくなる時だ。

「まあ、向こうからすれば、あんたに対しては恨み骨髄(こつずい)ってところだろうな。だけど、いくら癌細胞が残っていても、そいつらはクズみたいなものじゃないのか？　クズみたいだから、立件もしなかったんだろうし」

「力をつけてきたのかもしれません。あれから時間も経っています」

「だとすると、相当しつこい奴らだな」

「警察官は基本的にしつこいんですよ」

「検事もな」城戸がにやりと笑った。ふっと場の空気が解れる。緩急自在だな、と私は密かに舌を巻いた。

「もう一つ、山口という公安部の刑事が殺されています」

「聞いてるよ」

「その件についてはどうなんですか？」

「さっぱり分からん」肩をすくめる。演技には見えなかった。「正直言えば、警視庁の公安部っていうのは正体不明の存在だ。俺たちだって、何をやってるのか分からない部分が多い。事件にでもなれば別だけど、大抵の場合は役に立つかどうかも分からない情報を集めてるだけだしな。その件については、俺よりあんたの方が詳しいんじゃないか？」

「いや、まったく分からないんです。おそらく、捜査本部でも同じような状況だと思いますが」

「その人もあんたの知り合いか？」

「昔、ある事件でちょっと接触がありました。今回も岩隈の情報を貰うために会うつもりだったんですけど……」

「その人は何で岩隈を知ってるんだ」

「岩隈は以前、あるセクトのメンバーだったんです。だから公安の連中からもマークされていた……マークというほど大袈裟なものじゃないかもしれませんけど、ある程度の有名人だったようですね」

「なるほど。山口っていう刑事には、あんたは実際に会ってないんだな？」

「ええ。会おうとしたんですけど、途中から連絡が取れなくなって」私の家から盗まれた鉄アレイが犯行に使われたことを話した。

「そりゃ、あんた、間違いなく二つの事件は同じ輪の中にあるよ。同じ犯人かどうかは分からないけど、絶対に関連がある」

「どうしてそう言えるんですか」

「あんただ」城戸が私の顔を指差した。銃口で狙われているような気分になる。「二つの事件とも、あんたが接触した後で被害者が殺されてる。関連づけるにはそれで十分だ」

「岩隈も山口さんも十日会に殺されたって言うんですか？」

「あんたを嵌めようとしたんだろうな。犯人に仕立て上げて……証拠は何もないけど、その考え方が一番無理がない」

「それにしても、どうにも上手いやり方じゃないですね。俺が知ってるあの連中は、もっと上手く立ち回るはずです」

「そうか……」城戸がまた忙しく顎を動かし始めた。ガムを口に含んだまま、うっかり冷めたコーヒーを飲んでしまい、顔をしかめる。「何だか、あんたに会う前よりも話が複雑になっちまったな」

「会わない方が良かったですか」

「いや、そんなことはない……俺はこの一件に食いついてやるよ。もちろん、岩隈のことに関してだけどな。残念ながら二件の殺しに関しては、俺ができることはない。管轄の違いってのは面倒なもんだ」

「分かってます」

「悪いな、ケツを守ってやれなくて」

「自分のケツぐらい、自分で守れますよ」本当に？　だったら私は何故、冴にバックアップを頼んだのか。断られることは覚悟していたのに。おそらく私の本能は、理性で判断しているよりも危険な状況を察知している。

「そう言ってもらえると、こっちも気が楽になるよ。まあ、最悪、骨ぐらいは拾ってやるから」

「本当に死にそうな人間に言うべき台詞じゃないですね、それは」

「ご足労いただきまして申し訳ございませんでした」駐車場の片隅で、大沢が深々と頭を下げた。

「いや……このところ会った人の中で、城戸さんは一番まともな人でしたよ」力技で捜査を進めようとしていた刑事たちの顔が次々と頭に浮かぶ。

「お力になれるかどうかは分かりませんが、できるだけのことはすると思います」

「あまり無理して欲しくないね。管轄権を無視して仕事はできないんだから。いくら検事さんでもそれは無理だよ」

「いや、城戸検事はやるべき時はやります」

「あなたがバックアップして」

「とんでもありません」大沢が大袈裟に目を見開いた。「私はただの鞄持ちですから……とにかくご面倒をおかけしました。これから東京へお帰りですよね？　お送りします」

「いや、あなたも忙しいでしょう。自分の車ぐらい、自分で運転していきますよ」

「本当は中華街でお昼でもお誘いしなければいけないんですが」

「そんな暇はないでしょう」言われて、昼を大分過ぎていることに気づいた。

「ええ、残念ながら。六百五十円で『勘弁してくれ』って泣きたくなるほど食べさせる店がいくらでもあるんですが。味も確かです」

「城戸さんに伝えてくれないかな」

「何でしょうか」

「そういうところで食べてばかりいるから瘦せないんだって」

「あれでも随分お瘦せになったんですよ」

「まさか」城戸の姿に、十キロほど肉をつけてみた。要入院、というキャプションが自動的に浮かんでくる。

「時々ジョギングもされてますし、アルコールもだいぶ控えるようになられました」

「ジョギングは、時々じゃ駄目だ。有酸素運動は、毎日続けてこそ意味がある」

「そのように伝えさせていただきます」

「そうだね……じゃあ」

車に乗りこんだが、彼はその場を動こうとしなかった。どうやら私の姿が見えなくなるまで見送るつもりらしい。いいよ、と言っても通じそうもないので、そのままにしておくことにした。

エンジンをかけた途端に電話が鳴り出す。何か月も使われなかった番号が液晶表示に浮かんでいた。野崎。通話ボタンを押す前に窓を開け、振り返って大沢に鳴り続ける電話を示す。しばらくここを動かないということを教えたつもりだったが、彼はかすかにうなずいただけでその場を動こうとしなかった。仕方ない。監視つきで話すようなものだが、仮に大沢に聞かれることがあっても困るようなことはないだろう。

「よ、俺だ」彼は「がらっぱち」という古めかしい形容詞が似合う人間だ。

「申し訳ありませんけど、俺とあなたは、そんな風に気楽に話ができる仲じゃない」

「とすると俺は、何か勘違いしてたのかね」

「そうでしょうね」

「また、そういう冷たいことを言って」野崎の喋り方はいつも乱暴で、今はほとんど全滅した東京の下町言葉を濃厚に感じさせる。生まれの問題というより、元刑事という異色の経歴のせいではないかと私は思っている。病気で長期休暇を余儀なくされた後、一念発起して司法試験に挑戦したのだ。

「城戸の旦那とは話したかい？」

「ついさっきまで、たっぷり絞られてましたよ。野崎さん、知り合いなんですか」

「直ちゃん経由でね。奴(やっこ)さんは昔法務省に出向してたんだけど、俺はその時に知り合ったんだ。で、横浜地検に戻ってから城戸の担当になって、俺を紹介してくれた」

「それはそれは」

「で、あんた、今度はどんな難しいことに首を突っこんでるんだ？」

「それが何なのか、俺も知りたいぐらいですよ」

「まだ五里霧中ってわけかい」

「そんなところです」

「まあ、城戸のことなら心配いらないよ。あいつは信頼できる男だから」

「あまり実のある話はできませんでしたけどね」

「ところが奴は、砂粒みたいに小さなきっかけから馬鹿でかい結論を引き出すのが得意な男でね。そういう点、あんたに似てるかもしれん」

「そうですか……今、運転中なんです」話を早く切り上げるために嘘をついた。

「お、すまんな。それを先に言えよ。それよりあんた、どうして俺のところに相談に来ないんだ」

「特捜部にお話しするようなことじゃないと思いますよ……少なくとも今のところは。それに、野崎さんだって忙しいでしょう」

「今は仕込みの時期だ。ぱっと花を咲かせるのは、まだまだ先だな」

「じゃあ、一つ調べて下さい」

「おう、いいよ」今にも笑い出しそうだった。「刑事さんに命令されて靴底をすり減らす検事ってのも面白い」

「警視庁の公安部で何かが起きています。外事二課ですけど」

「アジア関係か。特に目だった動きは聞いてないが……まあ、いい。ちょっと鼻を利かせてみるよ。城戸が迷惑かけたから、お詫びかたがたな。今度、酒でも奢るぜ」

「俺は酒は吞みません」

「こいつは申し訳ない。とにかく、何か分かったら連絡する。じゃあな」

嵐が吹くような勢いで言いたいことだけ言って、野崎は電話を切ってしまった。検事というよりは威勢のいい板前のような雰囲気を持った男だが、手が早いのは間違いない。

もしかしたら、彼から何かヒントが摑める可能性もある。携帯電話を充電器にセットし、バックミラーを見た。大沢はまだその場に立っていた。窓を下ろし、右手を大きく振ってから車を出す。バックミラーの中で、彼の上半身が九十度以上に深く折れ曲がった。

3

中華街、という大沢の言葉が呼び水になったわけではないが、平和島のパーキングエリアに入って、ラーメンで遅い昼食にした。眠気覚まし(ねむけ)に紙コップ入りのコーヒーを買い、運転席に座ったまま飲みながら、NHKのニュースに耳を傾ける。二つの事件の続報はなく、未明の発砲事件についても短く言及されているだけだった。私の名前が出ることはなかった。発砲事件においては被害者でもあるのだが、西新宿署の方で発表を控えたのだろう。

コーヒーを飲み干し、車を出そうとした瞬間に携帯電話が鳴り出した。今度は誰だと思いながら、表示を確認する。大西。途端に体の中を温かいものが流れ出す。考えてみれば、一番話をしたかった相手だ。

「生きてますか、鳴沢さん」冗談めかして言ったが、彼の声は緊張していた。

「俺がどこにいると思ってるんですか。警察大学校ですよ」

「電話してて大丈夫なのか」警察大学校は監獄というわけではないが、実情はそれに近いものがあるはずだ。

「今は休み時間ですよ。唯一携帯が使える時間帯なんです。鳴沢さんこそ、今話していて大丈夫ですか」

「休憩中だ」

「それならよかった」ほっとした調子で漏らし、一転して事務的な口調に切り替える。「先日の件ですが、十日会ですよね」

「そういうことらしい」

「鳴沢さんも何か摑んだんですか」

「ある人から忠告を受けた」それも幹部から。大西が水城以上の情報を摑んでいるとは考えにくかった。

「そうですか……その十日会ですけど、今は誰が中心になっているか、何となく分かってきましたよ」

「何だって」思わず電話を握り締める。大西は粘り強いが、刑事として抜群の切れ味を見せるタイプではない。出世は早かったが、試験に受かる能力と捜査能力は別物と考えるべきだろう。その彼の口からこんなに早く情報がもたらされるとは、正直意外だった。

「捜査一課に橋田（はしだ）という刑事がいるそうです。橋田善晴（よしはる）。今、係長だそうですけど」

「聞いたことがないな」

「一課が長いようですね。現場の叩き上げって感じの人で、一種の主（ぬし）みたいな存在らしいですよ」

「そいつが十日会を仕切っている？」

「どうやらそういう話です。住所も分かりますよ」大西が告げた松戸（まつど）の住所を書き取る。

「こんな短い時間でよくそこまで摑んだな」

「警察大学校っていうところには、いろんな人がいますからね。全国から人が集まっているんだから、情報の宝庫ですよ。あの件、警視庁の中だけにとどまらない話なんですね」

「そうだ」キャリア、ノンキャリアを問わず、一つの野心の下に集まった人間たち。野心――すなわち、自分たちのトップを警察トップに据え、巨大な組織をコントロールすること。そのために手柄を分け合い、ライバルに対して実績の差をつける。それが暴走したのが、私が巻きこまれた事件である。あくまで警察内部の話であり、検事である城戸が――しかも島根にいたのなら――内情を知らなくてもおかしくはないのだが、私は自分の不明を恥じた。孤高を保つためには、本当は徹底して情報収集をしなければならないのに。突然足を引っ張られないためには、誰が敵なのか、自分が今フィールド上でどんなポジションにいるのかを把握しておかなくてはならない。だが私は、それを怠っていた。中途から警視庁に転じたために親しい人間もいなかったし、棘を生やしたように人を寄せつけなかったこともあったから。一人が楽だと思いこみ、職場の同僚とはほとんど話すらしなかった時期もある。

「具体的に、この橋田という刑事が何をやっているのかは分かりません。でも、しばらく大人しくしていた連中が頭をもたげてきたという噂はあるみたいですよ。そしてその中心に橋田がいる、と」

「なるほど」

「鳴沢さん、大丈夫なんですか？　今朝も大変だったそうじゃないですか」

「大丈夫だ。生きてるから」

「また滅茶苦茶やったんじゃないですか。少しは身の安全も考えて下さいよ」

「そんなことを考えてる余裕はない。俺はまだ生きてるけど、死んでしまった人間もいるんだぜ」

「そうだけど、少しは用心しないと、死んだ人たちの仲間入りですよ」

「分かってるよ……ありがとう」

「どういたしまして。引き続き、情報収集します。また何か分かったら連絡しますから」

「あまり無理はするなよ」十日会が本格的に復活しようとしているなら、周囲でうろついて情報を集めている人間を疎ましく思う可能性がある。大西に危険が及ぶことだけは避けたかった。「危ないと思ったら、適当な所で引いてくれ。あまり近づき過ぎると火傷するかもしれない。せっかく警部補になったんだから、こんなところでキャリアに傷をつけてもつまらないぜ」

「それは大丈夫ですけど……」

「大丈夫じゃないんだ」電話をきつく握り締め、言葉を叩きつける。「あの連中は、人の足を引っ張るためなら何でもする。甘く見ちゃいけない。俺は、お前に怪我して欲しくないんだ。俺の方からお願いしておいて、こんなことを言うのも変だけど」

「何言ってるんですか」大西の声に力が入る。「中途半端に投げ出すようなことはしませんよ。俺は、そんな薄情な人間じゃありません」

「ここで降りたって、俺は君を薄情な人間だとは思わないよ」

「じゃあ、何なんですか」

「——大事な仲間だ」

間が空いた。大西が反応に困っている様子がありありと伝わってくる。しばらく経って彼の口から出てきたのは意外な言葉だった。

「ありがとうございます」

「何が？」

「仲間だと認めていただいて」

「おいおい——」

「俺にとっては大事なことなんですよ。今はこんなことを言ってる場合じゃないかもしれないけど、俺の目を覚まさせてくれたのは鳴沢さんなんですから」

「俺は何もしてないよ」せいぜい、だらしない服装に文句をつけたぐらいだし、それも数年前のことだ。

「言葉はいらないんです。態度で分かりますよ……鳴沢さん、俺は何となく刑事になってしまったんです。そんなに強く希望していたわけじゃないし、本当に何となく、流れの中でって感じでした。鳴沢さんに会った頃は、このままずっと刑事を続けていっていいのかどうか、悩んでたんですよ。でも鳴沢さんを見て、頭をぶん殴られたように感じました。こういう生き方もあるんだって。　俺が一生刑事としてやっていこうと決めたのは、鳴沢さんと会ったからなんです」

「……それは、こういう時に言うことじゃないな」かすかに耳が熱くなっていた。「君は手本にする人間を間違ってる。俺じゃなくて、立派な、尊敬できる刑事はいくらでもいるんだぜ」

「まあ、やめましょうか」照れたように、大西が小さな笑いを漏らした。「こんな真っ昼間から、酒も呑まないでこんな話をしてるのは馬鹿らしいですよね。ああ、背中が寒くなってきましたよ」

「そうだよ。つまらないことを言ってないで、ちゃんと勉強しろ。お前は将来の新潟県警を背負って立つ男なんだから」

「そうなれるように頑張りますよ……また連絡しますから」

電話を切った後、私はしばしシートに座ったまま、呆然と外の光景を見詰めていた。ありがたい話だとは思う。しかしどこかで、大西を退ける一線を引かないと。あの男に怪我はして欲しくない。日々輝きを増しているはずの経歴に、毛筋ほどの傷さえつけたくなかった。

岩隈が殺されたウィークリーマンションの周辺は、日常を取り戻していた。青山署の動きが読めないのは悩ましかったが、とりあえず自分なりの捜査を続けることにする。周辺の聞き込みを始めたが、これといった材料が見つからないまま、午後が過ぎていく。少し遠い場所から始め、マンションに近づくやり方をとったのだが、どこを当たってもこれは、という証言は出てこない。考えてみれば当たり前のことで、ウィークリーマンションという現場は一種の密室なのだ。足が棒になり始めた頃、マンションの斜め向かいにある中古レコード屋に辿り着く。こんな場所で何かが出てくるとは思えなかったが、一軒ずつ潰すという基本的なやり方を考えると、無視するわけにもいかなかった。

しかし、中古レコード屋とは。インターネットのオークションが全盛の現在に、こんな商売が成り立っているのが不思議でならなかった。二階から上がマンションになっている細いビルの一階、その三分の一のスペースで営業している店に入ると、カレーの匂いが濃厚に漂っているのに気づく。一階の残る三分の二はインドカレーの専門店なのだが、空調か、建物の作りそのものに問題があるのかもしれない。

奥に向かって細長い作りで、両側の壁にレコードの棚がしつらえられている。そのため、店の中央には細い通路ができているのだが、人がすれ違うことすらできそうになかった。腰を落ち着けてゆっくりとレコードを探す雰囲気ではない。壁には肖像画のように何枚かのレコードが掲げられており、店内には小さい音量でジャズが流れていた。サックスの流麗かつ熱狂的なソロに頭を撫でられながら、店の奥にあるカウンターに向かう。うず高く積まれたレコードとレジスターの間に幅三十センチほどの空間が生じており、そこに人の頭が見えたのだ。

「すいません」

　声をかけると、男がゆっくりとこちらを向く。病気でもしているのではないかと思うほど痩せた男で、まだ三十前のように見えた。白地に赤い花の模様を散らしたシャツもひどく細身だったが、それでも生地がだいぶ余っている。肩まで伸ばした髪には栄養が行き届いていないようで、しなやかさの欠片もない。その下に隠れた頬は、ノミで抉ったように陰になっている。カウンターの隅に置かれた店の名刺をちらりと見て、男が店長の手塚聡だろうと見当をつけた。

「はい？」手塚が、読んでいた雑誌を閉じる。表紙を見ると、二十年ほど前のジャズ雑誌だった。そういえば棚の片隅に、このような専門書の古本も揃えてあったことを思い出す。名乗ったが、別段驚いた様子も見せなかった。

「手塚さんですね」

「ええ、そうですけど」細い顔に不審そうな表情が浮かぶ。私はカウンターの名刺を一枚取り上げた。それで納得したように、手塚がうなずく。立ち上がると意外と背が高く、私とほぼ同じぐらいだということが分かった。

「向かいのウィークリーマンションで起きた事件のことで調べているんです」

「その件なら、他の刑事さんたちが来ましたよ」

「ええ。でも、何度もお話を聴くのもルールなんです」

「そうですか」まだ手に持ったままの私の名刺に視線を落とす。西八王子署の名前は目に入ったかもしれないが、特に疑問に思ってはいないようだった。

「事件が起きた前後、この辺で何か怪しいものを見ませんでしたか？　人でも車でも、何でもいいんですけど」

「前後には何もないですよ」素っ気ない口調だった。

「そうですか」話好きな人間でもなさそうだ。この事情聴取が失敗に終わる予感を早くも抱きながら、私はなおも質問を続けた。「普段と違うこと、何でもいいんです。この前の光景を思い浮かべて下さい。いつもと違うこと、何かありませんでしたか？」

「といっても、あの事件が起きたの、夜の十時頃ですよね？　さすがにその時間だと、俺もこの店にはいないし」

「もう帰宅されてたんですね」

「ええ」手塚が人差し指を上に向ける。私はその意味を一瞬捉え損ねた。「帰宅っていっても、エレベーターを使っただけなんですけどね」

「この上にお住まいなんですか」

「そういうことです。ここ、うちの持ちビルなんで」

「なるほど」流行(はや)っていない、また流行る見込みもない商売を続けていられる理由が分かった。税金対策。「持ちビルですか。お若いのにすごいですね」

「いや、親が残したもので、俺は何もやってませんから」

「この店は趣味ですか」

「家賃収入だけでもいいんだけど、ただ税金を持っていかれるのは嫌なもんでしょう？　この店が赤字を垂れ流してくれるから、それで少しは圧縮できますからね」小さく笑うと、口元に皺が寄った。

「ここに座ってると、外は見えないんですね」

「そうですね。奥行きが深いし、ドアも開けっぱなしにしてるわけじゃないから。まあ、ちょくちょく外へは出ますけどね。ここに座りっ放しじゃ息が詰まるから」

「話を戻しますけど――」

「ああ、うん。でも、申し訳ないけど、話すことはあまりないんですよ。前に来られた刑事さんたちにもそう言ったけど。あの日もいつも通り夜九時に店を閉めて、そのまま部屋に戻りました。俺、酒は呑まないんで、夜はあまり出歩かないんですよ」

「あの日もずっと家に？」

「ええ。いや、出かけることは出かけたんだな。十二時近くになってからですけど」

「どちらへ？」

「そこのコンビニに」カウンターから身を乗り出して右手を上げ、それで自分の右の方を指した。すぐに、自分がやっていることが馬鹿馬鹿しく思えたのか、照れ笑いを浮かべてカウンターの天板を跳ね上げる。わずか三十センチほどの隙間（すきま）だが、彼が通り抜けるのには十分過ぎるほどの余裕があった。私は彼の後に続いて店の外に出た。

「あのウィークリーマンションの隣のビル。そこの一階のコンビニです」

「何のご用で？」

「いや、ご用なんて大袈裟なもんじゃないけど。ちょっと夜食を買いに行っただけですよ。この辺、あのコンビニだけが頼りだから」

「そうですか。その時に、何かおかしなことはありませんでしたか？」十二時。犯行時刻に近いことは近い。しかも手塚はすぐ隣のビルにいた。と言っても、それが手がかりになるとは思えなかったが。何か見たか聞いたかしていれば、とうに警察に喋っているはずである。

「ないですね」

「何も？」

「いや、マイナスの意味ではおかしなことがあったけど」

「マイナス？」

「何て言うか……ずっとあったものがなくなった感じ？」

「どういうことですか」にわかに背中が強張るのを感じた。私が険しい表情を浮かべたせいか、手塚が一歩引く。息を吐いて緊張を解いてから、詳しく教えて欲しいと頼みこむ。

「車なんですよ」

「はい」

「ちょっといいですか？　そこまでつき合ってもらっても」言い終わらないうちに、手塚がウィークリーマンションの方に向かって歩き出す。

「鍵はしめなくていいんですか」

背後から声をかけると、手塚が寂しそうな表情を浮かべて振り向いた。

「あそこから何か盗む人なんていませんよ」

「金はほとんど俺の財布から出入りするだけですよ」ジーンズのヒップポケットを叩いて見せた。そこに全財産を入れているとでもいうように。

三十メートルほど歩くと、ウィークリーマンションを通り過ぎて、コンビニエンスストアのある雑居ビルの正面に辿り着いた。片側一車線の道路を挟んで反対側には、コイン式の駐車場がある。車が十台ほど停められるスペースは全部埋まっていたが、そのうち二台は工務店のものらしいワンボックスカーだった。コイン式の駐車場では、こういうワンボックスカーが一日中停まっている光景をよく目にする。工事現場の近くに駐車場がないためだろう。

「そこの駐車場は昔、ケーキ屋さんだったんですよ。俺も子どもの頃はよく買いに来たけど……そこの子どもが小学校の同級生でしてね。だけどそいつの代になって相続税が払えなくて、ここを処分して田舎に引っこんじゃったんです」嘆息を漏らすように手塚が言った。「田舎っていっても、千葉ですけどね。幕張。今はマンション住まいですよ」

「そうですか。それで、先ほどの話ですけど」私は強引に手塚の感傷を断ち切った。

「ああ、すいません。ここにずっと、同じ車が停まってたんですよ」

「それが何かおかしいんですか？」

「でも、レジが」

「いや、だから、ずっと停まっていたのが、あの事件の後に見かけなくなったから」

当たりかもしれない、と勘が告げた。駐車場の位置からだと、ウィークリーマンションへの人の出入りがよく見えるはずだ。そうやってずっと、岩隈の動向を監視していたのかもしれない。湧き上がってくる興奮を押し潰しながら質問を続ける。

「その車に気づいたのはいつ頃ですか」

「いや、うーん、どうかな」左手で右の肘を持ち、そのまま右手を上に上げて顎を支える。「そういうのって、いつの間にか気づくものですよね。すいません、よく覚えてないんですよ」

「それは仕方ないです。でも、そんなに長い間停まっていたなら、他に見ていた人もいるかもしれませんね」

「ああ、そうですね」

「どんな車だったか、覚えてますか」

「いや、普通の車で。その、普通っていうか何ていうか……」眉をひそめながら、手塚が右手で宙に円を描いた。何かを表現しようとしているわけではなく、思い出す引き金を探しているのだということは分かった。「すいませんけど、俺、車のことは全然分からないんですよ。免許も持ってないぐらいだから」

「普通の車というと、今そこに停まってる工事用のワンボックスカーのようではなかった?」

「そうですね。あの、セダンって言うんでしたっけ?　普通のフォードアの車ですよ」

「車種は……」

苦笑を浮かべながら手塚が首を振る。

「何か、こういうことを知らないと人間失格って感じがするなあ」

「そんなことはないですよ。私も、あなたの店に置いてあるレコードのほとんどが分からないと思う」

「そんなものですか?　車とレコードは違うと思うけど」

「色はどうですか?」

「あまり見ない感じの色だったたな」必死で思い出そうとするように天を仰ぐ。夕暮れにはまだ間があり、夕方近い空には薄らと雲がかかって、青が薄くなっていた。突然手塚が両手を打ち合わせる。「あ、あれか」

「思い出しました?」

「これですよ」人差し指を突きたて、天を指す。「この空の色。白みがかった青っていうか、青みがかった白っていうか。あまり見ないでしょう、そういう色の車」

「なるほど」相槌を打ちながら、私の考えは別のところに飛んでいた。その色の車なら、つい最近見たことがある。十数時間前、私を撃った男が逃走用に使った車だ。

手塚の紹介で、駐車場の近くを重点的に回ることにした。彼はつき合ってくれなかったが、手塚の名前を出すと急に態度が柔らかになり、話に応じてくれる人が多かった。どうやらこの辺りは、都心部にも拘らず、下町のような近所づき合いがかすかに残っているらしい。手塚が話していた洋菓子店のように、櫛の歯が抜けるように街を脱出していった人も少なくないが、残った人たちは、比較的濃いつき合いを続けているようだった。

三軒目で、手塚を上回る目撃者に行き当たった。駐車場の正面にあるコンビニエンスストアの店長。店を訪ねると、小林と名乗った初老の男が事務室から出てきた。半袖の白いポロシャツの上に店の制服を着て、眠そうな目で私を見詰める。中途半端な時刻だが、食事中だったのかもしれない。口をもごもご動かしながら、右手に爪楊枝を持っていた。銀色になった髪には綺麗な分け目が入り、こういう格好をしているよりはスーツ姿の方が余程似合いそうだった。手塚の名前を出すと、にやりと笑う。

「ああ、手塚の坊主ね。店、行きました？」

「ええ」

「よく潰れないでやってるよね、あのドラ息子が。税金対策だっていうのは分かるけど、あれじゃ、家賃収入まで食い潰しちまうんじゃないかな」

「そうかもしれません」

「で、何の話でしょう？　あんな事件が起きて、みんなびくびくしてるんですけどね」

駐車場の一件を持ち出すと、小林は二度、大きくうなずいた。店員に声をかけると、私の前に立って店の外に出る。道路を挟んだ駐車場を指差し、「あそこですね？」と確認した。

「そうです。ずっと同じ車が停まっていたと聞いてるんですが」

「そうだね。それは俺も気づいてた。うちの店からはよく見えるからね」

「いつ頃から停まっていたのか、気づきましたか？」

「いや、それはどうかな」首を傾げながら、髪に手を伸ばして撫でつける。それが癖になっているであろうことは、容易に想像できた。「一週間……いや、もっと前か。ちょっと待って下さいよ」店に引き返し、レジのところにいた若い女性の店員に声をかける。「チズちゃんよ、あの客、いつ頃来たんだっけ？　覚えてない？　あの、一万円分買い物していった人」

「そんなことがあったんですか?」私は彼の背後から声をかけた。小林が首を捻って顔だけを私の方に向け、素早くうなずく。コンビニエンスストアで一万円も使う客は珍しいのだろう。店員の印象に残っていてもおかしくはない。

「あのお客さんですか」チズと呼ばれた店員が首を傾げる。「二週間ぐらい前じゃないかな。でも、はっきりとは覚えてないです」

「二週間? そんな前だったかな」チズに合わせるように、小林も首を傾げる。

「だから、覚えてません」チズが負けずにやり返す。小林が首を左右に振りながら、また店の外に出た。

「店員さんと随分気さくに話すんですね」

「ああ、あれは店員っていうか、娘ですから」小林が照れたような笑みを浮かべた。なるほど、家族経営というわけか。アルバイトの数を減らして経費を圧縮するために、家族が交代で夜勤を務め、その結果全員が体を壊してしまう、というような話を聞いたことがある。「すいませんね、役に立たなくて」

「いえ。とにかく、二週間ぐらい前に、そういうことがあったんですね? そのお客さんが問題の車に乗っていた人なんですか」

「そういうことです。二人組でね。そうそう、思い出してきた。私は店の前で掃除をしてたからずっと見てたんだけど、朝の九時ぐらいだったかな……そこに車を停めて、横断歩道を無視してこっちに渡ってきたんですよ。この辺、朝は交通量が多いから危ないなって思ったんだけど」

「そして、一万円分買い物をしていった」

「あれやこれやで、レジ袋四つ分ぐらいになりましたかね。コンビニでそんなに買い物をする人はいないから、よく覚えてます」

「そんなにたくさん、何を買っていったんですか」

「中身までは覚えてないけど、食べ物が多かったかな。何だか合宿でもするみたいな感じでしたよ」自分の冗談に声を上げて笑ったが、それが場違いなものだとすぐに気づいたようだった。真顔になると、淡々と説明を再開する。「別に監視してたわけじゃないですけど、何だか気になって、店の中からずっと見てたんですよ。車に戻って、それからは特に何もなかったんですけど……あのお客さん、その後はうちの店に来なかったけど、車は毎日停まってましたね」

「何をしてたんでしょう」

「さあ、それは分からないなあ。外に出た時、ああ、今日もまた来てるなと思ったことはあるけど、何してるんですかって聞くわけにもいかないでしょう。金を払って停めてるんだし、別に悪いことをしてたわけでもないでしょうからね」

「そうですね」

「ここから向かいの駐車場にいる人の顔まではははっきり見えないでしょう？　ただ、同じ車がいつも停まってて、中に二人いるのは見えてましたよ」

「今はいませんよね」

「ええ」ふいに小林の顔が蒼褪めた。「その車って……」

「いつからいなくなったんですか」

「それは……いや、分からないけど、少なくとも昨日今日は見てないな」

あまりはっきり日付を言うと、誘導尋問になりかねない。彼が思い出すのを待ったが、とうとう答えは出てこなかった。どこかに何かがあった場合、「いつあったか」を覚えている人はいる。しかし「いつなくなったか」と逆の方向から質問すると、記憶が定かでないことが多い。

「申し訳ないですねえ、はっきりしなくて」小林がまた頭を撫でつけた。その瞬間、店のドアが開いてチズが外へ出てくる。それを見て、小林が短く叱りつけた。

「駄目じゃないか、レジを空けちゃ」

「今、お客さんいないから」私を見上げ——ひどく小柄で、百五十センチもなさそうだった――怪訝そうな顔つきを見せる。「あの、警察の人ですか」

「ええ」

「一万円の買い物をしていったお客さんの話ですよね」

「そうです」

「英語を話してましたよ」

「英語？」アンテナが何かを受信した。「間違いないですか？」

「ええ、一人は日本語を喋ってたんですけど、もう一人の人に英語で話しかけてました」

「日本人の客じゃなかったんですか」

「日本人みたいに見えたけど……でも、英語でした」

「どんな感じの英語ですか？」

「どんな感じっていっても……一言か二言だったたし、何を言ってるのかは分からなかったから」

「例えば日本人が話す英語と、元々英語圏で生まれた人が話す英語には違いがあるでしょう。発音で分かりませんか」

「ああ、そういうことですか……発音のことはよく分からないけど、ちょっと訛ってた感じはしました。あの、東南アジアの人なんかが話す英語って感じですか?」

大きなヒントだ。そのヒントは、嫌な記憶を蘇らせる。私と因縁のあるのは、十日会の連中だけではないのだ。しかし可能性としては、十日会が私に対して復讐を企てていることよりも低い。はるかに低い。

「その人たちが誰か、知りたいんですよね」チズが畳みかけた。

「心当たりはないんでしょう?」

「でも、手がかりはありますよ」

次にチズが告げた一言が、私に道を開いた。コンビニエンスストアで一万円を使った得体の知れない連中は、カードで支払いをしていたのだ。

カードの使用歴から個人情報に辿り着くのは案外難しい。最近は特に、カード会社のガードが固くなっているからだ。小林の店に残っていた記録から、英語表記の名前だけは分かったが、それ以上のデータはない。記録をコピーしてもらうだけで、その場は満足するしかなかった。自宅待機中でバッジを持っていない私がカード会社に訊ねても、やんわりと拒絶されるのがオチだろう。名刺では通用しない。ここはやはり、誰かの手助けが必要だった。といっても、依然として藤田(ふじた)は動けないだろう。どうしたものか。

考えながら車に戻る。様々な情報の断片が頭の中を飛び交い、一向にまとまろうとしなかった。メルセデス。訛りのある英語。日本人のような風貌。クレジットカード。それは一つの可能性を示唆してはいたが、あまりにも浮世離れした話だった。誰かと話してブレーンストーミングをしたい。しかし適切な相手が思い浮かばなかった。

車に乗ったところで電話が鳴り出す。キャロスだった。定時連絡には少し早いようだが、彼としてはさっさと義務を果たしたいところなのだろう。勇樹とも少し話をした。相変わらず私がばたついているのを敏感に察したように、会話はぎこちないものになってしまったが。

ビルの谷間に夕日が落ちてきた。電話を畳み、正面で赤く輝く夕日に目を細める。ウィークリーマンションには人の出入りがなく、静かだった。ここをずっと見張っていた男二人——中国人だろう、という想像は、次第に膨らんできた。いくら抑えようとしても、いつの間にか頭の中を占めてしまう。

ニューヨークのチャイニーズ・マフィア。私が摑んだ可能性はそれだ。ニューヨーク市警で研修をしていた時、自分たちの利益のために勇樹を誘拐した連中。結果的に私は勇樹を救い出すことに成功し、あの連中との係わりはそれきりで終わったはずだった。何しろ海の向こうの話であるし、首謀者は既に収監されている。それにあの連中は、何よりも利益のことだけを考えて動く。日本に人を送りこみ、私に復讐しようとしているとは考えられない。それは、あまりにもコストパフォーマンスが低過ぎる。一人の人間を殺すために刺客を送りこむとしたら、いったいどれだけの金がかかるのか。しかも様々なリスクを負わなければならない。本名で入国できるわけがないから、偽造パスポートを用意し、武器を調達し、日本国内にも協力者を用意しなければならない。ただ面子（メンツ）のためだけに、そこまでするとは思えなかった。私を殺しても金にならないのだから。

勇樹と話したせいで、こういう可能性を思いついたのだ。勇樹は辛（つら）い思いをしたし、それが故に、私と優美（ゆみ）の関係もこじれてしまったのだから。しかしこれはあくまで単なる可能性である。裏づけをするためには、その筋に詳しい人間に聞くしかない。その人間は今、ニューヨークにいて、何もなければこの時間は眠りを貪（むさぼ）っているはずだ。一（ひと）度（たび）事件となれば、夜も朝もなくなる男だが、今電話するのは気が引けた。起き出す時刻を見て連絡しよう。

その前に、もう一つの事件についても調べておきたかった。間違いなく二つの事件は同じ輪の中にある——城戸はそう言っていたが、それを立証するためにはまだまだ証拠が必要だ。それに山口の件に関しては、美鈴との約束もある。

少し訛りのある英語を話す、一見日本人に見える男。もう一人は英語しか解さないのだろうと思った。これで、敵が最低でも二人いる可能性が高くなった。あと何人いるのだろう。どれほど多くの人間を相手にしなければいけないのか。背中がざわつく感触は、闘志というよりも恐怖によるものだった。

4

夜。三鷹の現場に近づくと、警察の気配をはっきりと感じた。投入されている人数は、岩隈殺しよりもこちらの方が多いだろう。殺しの捜査に優劣はつけられないが、やはり刑事が殺されたとなると事件の格が上がる。法の体現者に対する挑戦という見方もできるし、警察は身内に対して手厚い組織なのだ。いずれにせよ、これでは現場に近づけない。自分に対する容疑が完全に晴れたかどうかも判然としなかった。

仕方なく、なるべく現場に近づかないように注意しながら聞き込みを始める。青山の現場と違い、どこでもあまりいい顔では迎えられなかった。やはり大量の刑事を投入しているようで、ほとんどの家が、既に何度も事情聴取を受けているのだ。いい加減うんざりしているところに、さらに私が顔を出しても、実のある話が出てこないのは当然である。「別に」「話すことなんかないですよ」という言葉からは会話は発展せず、次第に募る疲労を宥めながら、私はドアをノックし続けた。

五軒目は賃貸マンションで、二十回ノックして返事があったのは三軒だけだった。その全てで「特に話すことはありません」と素っ気なくあしらわれる。青山の現場がわずかに都会のコミュニティの気配を残す場所だとすると、こちらは典型的な郊外の住宅地だ。ドアの外で起きることには一切興味がなく、何かあっても見て見ぬ振りをする。きちんと喋ってくれる人間を探し出すためには、聞き込みに大量の人数を割かねばならないだろう。マンションを上下するのを諦め、隣の一軒家を訪ねた。

「何度も話したよ」という迷惑そうな声で私を迎えたのは、原という初老の男だった。ジャージの上下というラフな格好で、丸い腹が生地を突き上げている。短く刈り上げた髪はすっかり白くなり、顔の筋肉が全体に弛んでいた。だが眼光は非常に鋭く、私は自分と同じ臭いを素早く感じ取っていた。

「しかし、大変な事件ですから――」

「だいたいあんた、この事件の捜査に何の関係があるんですか」原が私の言葉を遮って名刺を裏返した。答えを見つけるように何度もひっくり返す。「西八王子署の刑事が三鷹の事件に首を突っこむのは、道理として間違ってるんじゃないか」

「それはそうなんですが」

「応援ってわけでもないんだろう」

「ええ」

「大体、最初はバッジを出すもんでしょう。名刺は、相手が何か思い出しそうな時に、『後で何か分かったら電話して下さい』って言って渡すもんだ。刑事が滅多やたらに名刺を配るもんじゃないですよ。悪用されたらどうするんだ」

「もしかしたらOBの方ですか？」現職の刑事がたまたま休みで家にいるとしたら、OBと言われていい気はしないだろう。しかし確認せざるを得なかった。

「そう。二年前に卒業したんだ」

「失礼しました」頭を下げると、笑い声が後頭部に降ってきた。

「何か訳ありかい？」

「謹慎中です」

「ほう」その言葉が原の興味を引いたようだった。「つまりあんたは、謹慎命令を無視して勝手に動いているわけだ」

「ええ」

「変なことをするような男には見えんがね」頭の先から靴の先まで、舐めるように私を見てから、原が自分を納得させるように言った。「ちょっと上がるかい？　特に話すこともないけど、少し休憩していったらどうだ。何だか元気がなさそうだ」

「そんな暇はありませんよ」

「まあまあ、そう言わずに」腕を引っ張られた。強引過ぎる。何か妙な思惑があるのではないかと心配になったが、それが考え過ぎだということはすぐに分かった。

「女房は友だちと旅行中でね。まったく呑気なもんさ。年金が出るのはまだ先なのに、好き勝手に金を遣いやがる。冗談じゃないよな。ちなみに子どもは、もう二人とも嫁にいってる。盆暮れぐらいしか帰ってこないから、家に一人でちょうど暇を持て余してたんだ」話はいつまでも終わりそうになかった。要するに誰かが近くにいて、始終喋り続けていないと不安になるタイプなのだろう。まあ、いい。あまりにも愛想のない対応ばかりで、こちらもまともな会話が恋しくなっていたのは事実だ。

通されたのはリビングルームで、小綺麗に片付けられていた。ソファの前には四十インチの大型液晶テレビ。ソファの背後には小さなデスクがあり、ノートパソコンと幾つかのフォトフレームが載っていた。私がそちらを見ているのに気づいたのか、原がすかさず話しかけてくる。

「孫だよ。三人いる」

「まだ小さいんですね」

「ああ、一番上がまだ四歳だ。ここ何年かで立て続けにぽこぽこ生まれてね。少子化の時代にはありがたい話かもしれないけど、こっちは金がかかって仕方ないやね。まったく、娘は二人ともまだ若いのに嫁にいっちまうわ、旦那はどっちも稼ぎが悪いわで、どうしてもこっちに負担がくるでしょう。定年どころの騒ぎじゃないよ、まったく」ぼやいているのは口先だけで、目尻は下がっていた。「ま、うちの話はいいか。その辺に座ってよ。何か飲みますか?」

「いや、結構です」

「仕事中なら、酒ってわけにはいかんだろうが……あんた、随分呑みそうに見えるけど」

「アルコールは一滴も呑みません」

「ありゃま」原が額をぴしゃりと叩く。「俺の見立ても狂ったもんだね。現役時代は、これと目をつけた人間を外すことはなかったんだが。まあ、とにかくお茶でも飲んでいきなさいよ」

私がソファに腰を下ろすと、原がテーブルのポットから急須に湯を注いだ。出てきたお茶はほとんど白湯(さゆ)のように薄かったが、口をつけた途端、私はひどく喉が渇いていたことに気づいた。かすかな香りを漂わせて、茶が体に染みこんでいく。原がよいしょ、と声をかけてソファに腰を下ろすと、左膝を庇っているのが分かった。

「膝が辛そうですね」

「あ？　ああ、これかい」軽い調子で言って左膝を叩く。「現役時代に随分苛めたからね。年を取るとどうしたってがたがくるもんだよ。あんたも若いうちはいいけど、無理してるとそのうち膝や腰をやられるよ。刑事の職業病みたいなものだ」

「分かります」今のところ私には無縁の話だが、一応話題を合わせた。「関節痛にはストレッチがいいですよ」

「冗談じゃない。もう体が曲がらないよ」聞いただけで痛そうに顔を歪める。

「関節を痛めないようにするには、周辺の筋肉を鍛えるのが一番効果的です」

「そういうのも若いうちの話だよ。俺ぐらいの年になると、鍛えるっていってもそう簡単にはいかない」

「気をつけます」

「特にあんたみたいに体の大きい人は、膝に負担がいきやすいだろうからね。といって、刑事は歩かないと仕事にならない」

「おっしゃる通りです。現役時代はどちらに？」

「いろいろやったけど、一番長かったのは三課かな。最後は一係の係長で終わった」捜査三課は盗犯の専門部署だが、一係は直接現場に出るのではなく、課内庶務の担当だ。叩き上げの刑事がキャリアの最後を締め括るには、いかにも相応しいポジションである。私の名前を知っているのではないか、と密かに恐れた。十日会の事件は、刑事部を激震させたのだから。しかし彼はまったく私を知らないか、知っていてもその素振りを見せなかった。

「で、あんたはどんな事情でこの事件に首を突っこんでるんだい？」

「容疑者です」

煙草に伸ばしかけた原の手が止まった。体を斜めに倒したまま顔だけを私に向け、まじまじと目を見開く。

「冗談言ってるんじゃないだろうね。冗談だとしてもあまり面白くないが」

「私の家から盗まれた鉄アレイが凶器に使われました」

「何とね……おいおい、俺は容疑者を家に上げちまったのか？　こんなんじゃ、刑事失格だな」

「容疑は晴れたと自分では思ってます」

「しかし、それで自宅謹慎なんだろう？」

「まあ、そういうことです」青山の事件についてまで、喋る気にはなれなかった。原が一気に疑念を募らせたであろうことは明確だったから。さらに容疑を打ち明けたら、この家から叩き出されかねない。

「こういうことかね」ようやく煙草を一本引き出し、左手の親指の爪にフィルターを叩きつける。私を見たまま、手探りでライターから煙草に火を移した。「あんたは自分の容疑を晴らすために、自分で犯人を捕まえようとしている。違うか?」

「降りかかった火の粉は自分で払わないといけませんからね」

「無茶だぞ、それは」原が盛大に溜息をついた。「何もやってないなら、大人しくしていた方がいい。余計なことをすると、それだけ目をつけられるんだから。容疑は、いずれ誰かが晴らしてくれるよ」

「それを待っていられないんです」

「せっかちと言うべきか、責任感が強いと言うべきか……たまげたね」

「申し訳ありません。ご迷惑はおかけしないようにしますから」

「迷惑も何も、俺が教えられることなんか、何もないと思うけどね。刑事連中は何回も聞き込みに来たけど、その都度同じことを答えるしかなかったよ」

「そうですか」

不快な沈黙が訪れる。原も居心地悪そうに体を揺すっていたが、煙草の灰を灰皿に落とすタイミングで口を開いた。やはり、沈黙が我慢できないタイプらしい。

「被害者、山口って言ったよな」

「ええ」

「知ってるんだよ、俺」

「知ってるというのは……」思わぬ偶然に身を乗り出したが、原はそれを制するように両手を前に突き出した。

「違う、違う。事件のことじゃない。早とちりするなって」忙しなく煙草を吸い、まだ長いのに灰皿に押しつける。「現役時代の話だよ」

「でも、捜査三課と公安じゃ、接点がないでしょう」

「俺が所轄で初めて刑事課に上がった頃、あいつが新米の交番勤務で入ってきたんだ。同じ署内だから、仕事がなくても何だかんだで顔を合わせるだろう？　しばらく当直が同じ組だったたから、一緒に現場に出たり、暇潰しに詰まらん話をしたりね……嫌になるよな」ごつごつした手で顔を擦る。「もう三十年以上昔の話だ。その後俺たちは、一緒に仕事をすることはなかったんだけど、年賀状のやり取りはずっと続けてたし、時々所轄時代の飲み会があって顔を合わせたりしてた。俺たちが若い頃は学生運動が盛んな時期でね、随分現場に駆り出されたもんだよ。熱い時代だったから、警察の方でも自然と仲間意識が強くなったんだ」

「分かります」

「まあ、ここしばらくは会ってなかったんだけど……俺が定年になった時に、軽く酒を呑んだぐらいかな。あいつの奢りで呑んだのは、後にも先にもその時だけだったけど」

「ああ」原との距離を縮めるチャンスだ。「実は私も、山口さんに飯を奢ったことがあるんですよ」

「何だいそりゃ」原の顔が綻んだ。

「昔、ある事件で情報を貰ったことがありました。そのお礼です」

「あんたみたいに若い人にもたかってたんだ、あいつは」原の微笑が苦笑に変わった。「変わらないねえ。昔からいつも金がないって文句ばかり言っててね。人に飯を奢らせる技術は天下一品だったな。ま、それも仕方ないんだけど」

「どういうことですか」

「両親が二人とも難しい病気にかかってね。長い間、その治療で金に羽が生えるように飛んでいったんだ。自分の自由になる金なんか、ほとんどなかったんじゃないかな。俺が知ってる限り、昼飯はほとんど抜いてた。若い頃はがりがりに痩せててね」

「そうですか」

「今の姿からは想像もつかないだろうけどな――いや、現在形で喋っちゃいけないのか」首を振ると、ふいに原の体が縮んだように見えた。「あいつももうすぐ定年だったのにな。何でこんなことになったか知らんが、これじゃ浮かばれんよ。一課や所轄の連中はきっちり捜査してるんだろうな」

「ええ。刑事が殺されたんですからね」

「それにしても、惜しいな」湯呑みを摑んだが、空だということに気づいてそっとテーブルに戻す。新しい煙草を銜え、ゆっくりと火を点けた。「山口は孫を可愛がっててね。年賀状にはいつも孫の写真が載ってたんだよ。娘さんが早くに結婚したんだけど、旦那が事故で亡くなってね、それ以来、ずっと孫の面倒を見てる」

「その娘さんが、今、私の同僚です」

「何とね」原が目を見開いた。「世の中、狭いもんだ。そう言えば、西八王子署にいるって聞いたことがあるよ」

「彼女も大変なんです」

「そりゃあ、そうだろう」うなずき、急須に湯を注いだ。自分の湯呑みに茶を淹れておいてから、私に向かって急須を掲げてみせる。首を横に振ると、静かな声で続けた。

「今回は何でこんなことになっちまったのか、さっぱり見当がつかん」

「聞き込みに来た刑事たちはどうですか？　あなたがＯＢだと分かれば、少しは事件の内情を明かすでしょう」

「まあ、それはいろんなことを喋るもんだよ。俺の感触じゃ、まだいい材料はないみたいだがね。動機は奴の仕事絡みだとは思うが」

「どうしてですか」

「あいつがこんなところにいる理由がないからさ。仕事でもない限り、こんな場所には来るはずがないんだよ」

「あの日、山口さんは忙しくしていたんですよ」

「何であんたがそんなことを知ってる？」原の目に、現役時代を彷彿(ほうふつ)させる鋭さが蘇った。思い切って、腹を割って話すことにする。

「私と会う約束になっていたんです。ところがずいぶん忙しそうで、場所も時間も決められなかった。何度か電話したんですけど、夕方からは連絡も取れなくなりました」

「ほう……」原が音を立てて茶を啜り、顎を撫でた。「連絡も取れないほど忙しかったってわけか。張り込みしてたって、人と会ってたって、留守番電話が入ってるのに気づけば後でかけ直すだろう。よほど話したくない相手じゃない限りは」

「だから、電話も使えないような状況だったんじゃないかと思うんです」

「あいつがそんなに一生懸命仕事をしてたとはねえ。そういうタイプじゃなかったんだが……まあ、最後の一花を咲かせようとしてたのかもしれんな。定年直前で、無難に終わらせることもできたんだろうが、あいつの気持ちの中にはまだ刑事の魂が残ってたんだろうねえ」

確かに山口はそのようなことを言っていた。聞いた時は、お馴染み(なじ)の大言壮語に過ぎないと思っていたのだが。

「最後に会ったのは、原さんが辞められる直前だったんですね」

「残念だけどね。こんなことになるとはなあ。今思えば、もっと会っておけばよかったよ」

「山口さんは、何を調べようとしていたんでしょう。殺されるほど危険なことに首を突っこんでいたんでしょうか」

「どうだろう。あいつ今、外事二課だったよな？　そんなに危ない仕事じゃないと思うんだが……まあ、その辺のことは俺なんかより、現役の公安の連中の方がよく知ってるだろう。捜査本部の連中も、当然当たってるはずだ。刑事が殺されたとなれば、まずは担当していた事件の絡みを考えるからな」

「私は残念ながら、公安には知り合いがいないんですよ。山口さんだけでした」

「そうか。公安ね……」原が両手を擦り合わせ、遠くを見た。やがて私に視線を戻すと、低い声で提案した。「紹介しようか？　あんたが話を聞けそうな人間に心当たりがある」

「そういう人をご存じなんですか？」

「そりゃあ、四十年も警察にいれば、いろんな人間と知り合いになるよ。公安部の連中だって、別に化け物ってわけじゃないんだぜ。つき合ってみれば、刑事部の人間と変わらんよ」

「そうですかね」

「あんたもまだまだ、住む世界が狭いんだな……いいかい、あんたは今、難しい立場に立たされてるんだろう？　だけど自分にかけられた容疑は濡れ衣なんだって、自信を持って言える」

「もちろんです」

「となると、誰かがあんたを嵌めようとした。そういうことだね？」

「だと思います」十日会の名前は出せなかった。原が関係者ではないという保証はないし、こういう話がどこにどう伝わるかは分からないから。

「汚ねえ野郎もいるもんだな」低い声で言うだけに、彼の言葉には真実味があった。「ま、俺で役に立てるなら、ご協力しますよ。だけど、あんたも寂しい男だな。助けてくれる友だちはいないのかよ」

「残念ながら」そういう人間は皆封じられているわけだが、そんな事情を彼に話しても仕方がない。

「あまり緊張せずに、な」輝く金歯を見せて原が笑った。「この世で一人きりになるなんてことはあり得ないんだから。どんなに孤立したと思っていても、必ず味方はいるもんだよ。自分以外の人間は誰も信じるなって言う奴もいるけど、それは単なる強がりだ。困った時に誰かに助けを求めるのは、恥ずかしい話じゃないぜ」

既に九時近くになっていたが、「奴が十時前に家に戻ってることはまずない」という原の話を信じて、私は車を東へ向けて走らせた。中央道から首都高四号線、環状線経由で、七号線を錦糸町で下りる。四ツ目通りを北上し、押上へ。教えられた住所は、細い川沿いにある古い一戸建ての家だった。既に街は闇に沈んでおり、道路に灯りを投げかけるのは弱々しい街灯と家の前にある喫茶店の窓から漏れる灯りだけ。とてもインタフォンを鳴らせる雰囲気ではなかったが、原の言葉を信じて思い切った。すぐに家の中から返事があり、引き戸が開く。

「夜分に申し訳ありません」最初が肝心だと思い、馬鹿丁寧に頭を下げる。「西八王子署の鳴沢と申します。ご主人はお帰りでしょうか」

「申し訳ありません、まだなんですけど……あの、お約束でも？」私が訪ねたのは、所轄で原の後輩だった片倉という男だった。応対してくれた彼の妻は、夜に誰かが訪ねて来るのに慣れているようだった。

「いえ、約束はないんです。原さんの……捜査三課におられた原さんのご紹介なんですけど」

「ああ、原さんですか」妻の顔がぱっと明るくなった。原の名前にこれほど効果があるとは。幅広い人脈を持つ人間はいるものだ。「中でお待ちになりますか？　そろそろ帰って来ると思いますけど」

「いえ、それでは申し訳ありませんから。出直します」名刺を取り出し、やたらとばら撒くものじゃないという原の忠告を無視して手渡した。「私が来たことだけ、お伝え願えますか。また約束を取ってお伺いします」

「いいんですか？　こんな時間に来られたのは、大事な用件だからじゃないんですか」

「ええ、まあ」言葉を濁し、曖昧な笑みを浮かべる。「とにかく、遅くに失礼しました」

辞去して、少し離れた路上に停めた車に戻る。間もなく帰って来るということは、ここで待っていれば必ず会えるわけだ。昼に食べたラーメンのエネルギーはとうに尽き、空っぽの胃が苦痛を訴えてくる。グラブボックスからチョコレートバーを取り出し、ペットボトルの水で流しこんだ。一息ついたところで、少しシートを倒して待機の姿勢に入る。喫茶店の灯りは煌々とついたままだ。終夜営業とは思えないが、かなり遅くまでやっているのだろう。この店でまともな食事にありつけるのだろうか、とぼんやりと思った。

今のうちに、ニューヨークの七海に電話しておくか。ダッシュボードの時計と睨めっこしながら時差の計算を始めたが、結論が出る前に片倉が帰ってきた。大きな男である。街を歩いていて自分より大きな人間を見る機会はあまりないが、背筋をピンと伸ばして歩く姿を見た限り、私より五センチは身長が高そうだった。運動選手の体型。自殺行為のように体を痛めつけた後でさらに厳しい仕事に搦め捕られ、満足に運動もしなかったので、腹部だけが膨らんでしまっている。それでも、どこかに俊敏そうな気配を残していた。見た感じは五十歳前後である。

レガシィのドアを開けてアスファルトの上に降り立つと、玄関に立った片倉が敏感に気づいた。振り返り、目を細めて私の姿を確認すると、小さくうなずきかけて家から離れる。少し背を丸めながら近づいて来ると、「あんたが鳴沢か?」と早口で確認した。

あまりにも早過ぎて言葉の一つ一つが潰れ、何と言ったのか、一瞬頭の中で繰り返さねばならないほどだった。そうです、と答えると、まだ灯りの点っている喫茶店に向かって顎をしゃくる。ここでは何だから、というようなことをつぶやいたようだが、やはり早口で言われたので、ちゃんと聞き取れたかどうか自信はなかった。が、彼がすたすたと喫茶店の方に歩き出したので、車のドアをロックして後に続く。

喫茶店は、何十年も前からここで営業しているようで、油とコーヒーで煮しめたような臭いが染みついていた。L字型のカウンターに、テーブル席が五つ。私たちの他に客はおらず、片倉は店の一番奥、トイレの前の席を迷わず選んだ。ここに座ると、外からは見えなくなることにすぐに気づいた。椅子は茶色い人造皮革で、クッションはたっぷりとしているが、表面にはところどころ罅割れが入っている。煙草の煙で黄ばんだ壁には短冊形のメニューが張ってあり、予想していた通り、昔ながらの喫茶店のメニューが書かれていた。カレーライス、オムライス、スパゲティ・ナポリタン。私の視線が一瞬だけそちらを向いたのに気づいたのか、片倉が低い声で訊ねる。

「飯は食ったかい」先ほどの早口とは違い、落ち着いた低い口調だった。

「いえ」

「俺は済ませたけど、あんたは食ってもいいよ。ここ、結構美味いぜ」

「遠慮しておきます。食事をしに来たわけじゃありませんから」

「そうか」あっさり言った。食事の件が単なる社交辞令だったことが分かる。もしも私が実際にカレーを頼んだら、彼は渋面(じゅうめん)になっただろう。今は、えらの張った真四角な顔に何の表情も浮かんでいない。テーブルに置かれたメニューを巨大な手で取り上げると、「コーヒーでいいか」と訊ねた。

「ええ」遅くなってからはコーヒーを飲まないようにしているのだが、今夜はまだ長くなりそうだった。眠気覚ましにカフェインを体に入れておくのもいい。

片倉が、カウンターの中で眠気と格闘しているマスターに声をかける。水すら出てこなかったが、片倉は気にならないようだった。家のすぐ前の喫茶店だから何度も利用したことがあるのだろうが、今は放っておかれるのを望んでいる。

小さく深呼吸すると、煙草と料理の臭い以外に、嗅いだことのない不思議な香りが店の空気に入りこんでいるのに気づいた。

「変わった臭いがしますね」

「ああ、鬢(びん)つけ油だな」強面(こわもて)の顔が一瞬綻んだ。「この辺りには、相撲部屋が幾つかあってね。昼間とか、若い衆がよく来てるんだ。妙な光景だぜ。百何十キロもあるでかい連中が、アイスコーヒーにチーズケーキなんか頼んでるんだ」

「そうですか」

コーヒーが運ばれてきた。明らかに作りおきで、ポットの中で煮詰まっていたに違いない。口をつけると凝縮された苦味と酸味が襲ってきたが、片倉は気にならない様子だった。ブラックのまま飲み、ちょっと首を傾げてからミルクだけを加える。コーヒーをスプーンでかき回しながら、顔も上げずに言った。

「原さんから電話があったよ」

「じゃあ、事情は――」

「聞いた」私には喋らせたくないのか、片倉が私の言葉を折った。身を乗り出して顔を近づける。「ここで会うのはまずかったかもしれん。こっちだって、あんたがいきなり家に来るとは思わなかった」

「すいません。でも、時間がないんです」

「分かってるよ。だけど覚えておいてくれ。この近くに幹部連中の官舎があるんだ。こんな時間に散歩してる人はいないと思うけど、記者連中もうろついてるから、誰かに見られないとは限らないだろう」

幹部連中、という言葉に、わずかに嘲る調子が混じっているのを私は感じ取った。原の説明によると、片倉は出世を諦めたエリートなのだという。警部補までは順調に上がってきたが、その後で壁にぶつかった。昇任試験は、ペーパーテストだけではなく様々な要素が加味されるが、彼はどうも上に疎まれるタイプらしい。一言多い、というのが片倉に対する原の簡潔な人物評だった。直言居士(ちょくげんこじ)という言葉も出た。それが本当なら、確かに上からは煙たがられるだろう。出世の梯子(はしご)は外されたものの、長く公安部にいるために、ある種主のような存在になっている、と原は説明してくれた。権力を持たない実力者。上に批判的だという彼の性癖は、次の言葉であっさり証明された。

「まったく、幹部連中は記者にもサービスし過ぎなんだよ。あんな連中は放っておけばいいのに」

「ええ」

「ま、こんな汚い店に来るような記者はいないだろうがね」にやりと笑って、片倉が椅子に背中を預けた。クッションから空気が抜けるような音が耳障りに響く。彼の笑顔はやけに凶暴だな、と思った。スポーツの経験は格闘技ではないか、と推測する。敵を完膚なきまでにKOした後、こういう邪悪な笑みを浮かべる選手はいる。

「今日お伺いしたのは——」

「分かってる。話は原さんから聞いてるよ」うなずき、コーヒーカップの縁を指先で擦った。再び、早口でほとんど聞き取れないほどの小声になっていた。彼にすれば、余計なことを聞かれないための方法なのだろう。目の前の相手には何とか聞き取れるが、少し離れたところにいる人間には聞こえない。「今回の山口さんの件は、こっちとしても弱ってるんだ」

「分かります」

「犯人が分からないのは仕方ないとして、動機がはっきりしないのが何とも、な」

「何か、山口さんが追ってた事件の関係なんじゃないですか」

「あんたは、山口さんが殺された日、話をしたそうだな」

「ええ。随分忙しそうにしてました」

「そうか」何かに思い当たったように目を細め、顎をゆっくりと撫でる。一日の終わりが間近い時刻。薄らと伸びた髭には、白いものがちらほらと目立った。

「その件が、今回の事件につながってるんじゃないかと思うんですが、何かご存じないですか」

「刑事部からもだいぶきつく責められたみたいだよ」自嘲気味に笑う。「何か、今捜査している事件の関係で襲われたんじゃないかってな。まあ、刑事部の連中はそう考えるのが自然なんだろうけど、こっちとしては言えることは何もない」

「本当にないんですか」

「あんたら、俺らの仕事をどういう風に考えてるか分からないけど、公安部だって一人で動くことなんかほとんどないんだぞ。現場の人間は単なる情報屋で、どれだけの情報を取ってくるかで評価される。それを組み合わせて一枚の絵を描くのは、それこそ上の仕事でね……中には例外もあるけど」

「山口さんが、その例外だったんじゃないですか」

　ぺらぺら喋っていた片倉が、一瞬無言になった。気まずい沈黙に身を浸したまま次の言葉を待ったが、彼自身、何かに迷っているのは明らかだった。こちらで導火線に火を点けてやることにする。

「山口さんは何かを追っていました。それは、上から指示されたものじゃないような感じがする」

「それは……どうかな」顎に手を当てたまま顔を背ける。何か知っているのだ、と確信した。

「それが原因で殺されたということは考えられませんか」

「声がでかい」一層声を低くし、太い人差し指を唇の前で立てる。「そんな物騒なこと、大声で言うもんじゃない」

「すいません――でも、どうなんですか。自分でも気づかないうちに危険な領域に突っこんでしまって、それであんなことになったとは考えられませんか」

「危険な領域ってのは、あんたのことじゃないのか」

「俺ですか？」

「あんた、容疑者扱いされたそうだな——今でも容疑者かもしれないが。これはどういうことだ？　誰かがあんたを嵌めようとして、それに山口さんが利用されたってことは考えられないかね」

「まさか」

「うちの部の方では、そういう説も出てる。刑事部が大々的に出張ってるからおおっぴらにはできないけど、あんたの身辺を洗えって言う奴もいるよ」それは真剣な話ではないだろう、と判断する。本気でそんなことを考えているなら、本人には絶対に言わないはずだ。少し刺激してやることにする。

「本当はもう始めてるんじゃないですか？　刑事部は実際そうしてるわけだし」

何か言いかけて口を閉ざすと、片倉の細い目がごつい顔の中で消える。途切れた言葉の欠片を探して、私は畳みかけた。

「公安部と刑事部には、長い確執がありますよね？　逆にそれだからこそ、公安部は刑事部の情報をきちんと収集しているはずだ。十日会という名前、聞いたことがあるでしょう」沈黙こそが認めた証拠だと決めつけて進める。「俺は、十日会に利用されかかったことがあります。そのことも当然ご存じなんでしょう？　あの時は、裏で笑ってたんじゃないですか」

「昔の話はいいじゃないか」

「本当に？」

片倉が一層目を細くした。やがて諦めたように溜息をつき、コーヒーを口に含む。

「山口さんが何かを追いかけていたにしろ、それは完全に闇の中に消えたな。少なくとも俺は具体的に何も聞いてないし、他の連中も同じだろう。彼一人の胸にしまったままだったんだ」

「でかい事件だったんでしょうね」

「だから、俺は知らない」

「アメリカ絡みで」口から出任せだった。岩隈と山口が私を軸に結びつく――その考えから発展して、岩隈と山口の共通点を想像してみただけだ。だが、片倉の表情は一瞬にして凍りついた。間違いなく何か知っている。死者を庇ってか、さらに捜査を進めるために情報漏れを防止しようとしているのか、いずれにせよ彼が口を開くことはないだろう。

「お手数おかけしました」膝を叩いて立ち上がる。

「コーヒー、残ってるぞ」急に穏やかな声になって片倉が言った。

「もう結構です。この時間になったら、コーヒーは飲みたくない」

「だったらミルクか何かの方がよかったかな」まだ話し足りない——というよりは、どこまで話していいか、今も忙しなく考えているのは明らかだった。ゆっくり腰を下ろし、再び彼と正対する。片倉が上半身を屈(かが)めて私に顔を近づけ、低い声で警告した。「あんた、怪我するよ」

「もう、してます」指摘されると、腕の傷がまた痛み出した。怪我を負ってから二十四時間しか経っていないのだということを思い出す。腕まくりをして包帯を見せると、片倉が顔をしかめた。

「言わんこっちゃない」

「あなたに忠告してもらう前に、もう怪我はしてました」

「じゃあ、訂正する。あんた、死ぬぞ」

「俺は死にたくない」言ってしまってから自分でも驚いた。死を意識したことが一度もないかと言えば嘘になる。何度か、本当に危ないことがあった。だがその度(たび)に「こんなことは何でもない」と突っ張り通し、死というものが自分には最も縁遠いものだと思いこもうとした。しかし今の私は、死が怖い。一方的な思いこみかもしれないが、愛する人を残しては死ねない。

「自分よりでかいものを相手にしたら、無傷ではいられない。この前あんたが十日会の連中をぶちのめせたのは、幸運もあったからなんだぞ」

「分かってます」

「今度はそういうわけにはいかんだろう」

「俺は見殺しにされるんですか」

片倉が腕組みをした。唇を硬く引き結んで、私の顔を凝視する。黙って彼の言葉を待った。ようやく口を開くと、明日の天気予報を話すように、軽い口調で語りかける。

「アメリカね」

「アメリカです」

「いい線かもしれない」

「何がですか」

「外事二課」私たちのほかに客はいないのに、一瞬言葉を止めて周囲を見回す。「それでアメリカ。おかしいと思わないか？」

「確かに、管轄が違います」外事二課はアジアに関する情報収集が主な仕事だ。

「想像してみろ」

「想像力は、殺しの犯人を捕まえることだけに使うことにしてます」

「まあ、そう原則論ばかり言わずに」片倉が笑みを浮かべた。そうするのは非常に苦しそうではあったが。「柔軟にいこうぜ。AとBに何の接点もないように見えても、案外裏ではつながってたりする。そういうことは珍しくないだろう」

「それは岩隈というルポライターと山口さんのことですか？」

「いや」

「断言できるんですか？　二人が知り合いだったとか――」私が知っている限りでは、二人の関係は一方的なものである。山口が岩隈の情報を持っていた、というだけだ。

「違う。それはあり得ない。保証するよ」首を振りもしない。それほど自信ありげだった。つまり、片倉たちは相当詳しく事情を摑んでいる。

「だったら、AとBの関係っていうのは何なんですか」

「そこをはっきりさせるのは、あんたの想像力だよ」ぐっと身を乗り出してくる。先ほどチーズケーキを食べる力士たちの話を聞いたからというわけではないが、私は立ち合いの睨み合いを想像した。「関係っていうのは、二人が知り合いだったたっていう意味だけじゃないぞ。まあ、あんたという人間を通じて知り合いだったとも言えるわけだが……ヒントはそこにある」

「山口さんが十日会のことを調べていたとか?」

「それじゃ、アメリカという言葉の意味がなくなるだろう」真っ直ぐ立てた人差し指を小刻みに振って見せる。

「だとすると、まったく別の事件ですか? それを岩隈と山口さんが同時に、しかし別々に調べていた?」

「この場ではそれが正解ということにしておこうか」片倉が唇の端を歪めるように笑みを漏らした。「そこがポイントだ。アメリカとアジア。そしてあんたが軸にいる——そこから先は自分で考えるんだな」

「どうせなら、もっとはっきりしたヒントを下さい」

「いや」語尾を伸ばす言い方で片倉が拒絶した。「あんたはもう、分かったって顔をしてるけどな」

5

片倉と別れて車に乗りこみ、今夜の宿をどうしようかと考え始めた瞬間に電話が鳴り出す。野崎。時間を選ばず電話してくる人間というのはいるものだが、彼はまさにそういうタイプだった。いつもと同じ着信音なのに、何故か急かされている感じになる。

「おう、俺だ。野崎だ」

「その刑事みたいな喋り方、何とかなりませんか」

「悪いな。やっぱり根っこは刑事なんだよ、俺は」

「いい加減にして下さい」

「そういう口の利き方をしていいのか？　いい情報があるんだぜ」彼には私の深刻な状況が正確に伝わっているのだろうか。どうも面白がっている様子である。むっとしたが、きちんと謝っておかないと話は進みそうもなかった。

「分かりました。謝罪します」降参してバックミラーに目をやる。今のところ誰かに尾行されている気配はなく、自分の疲れた顔が映りこんでいるだけだった。「どういう情報なんですか」

「公安部は、アメリカと中国の何かを探っていた形跡がある」

アメリカと中国。岩隈の言っていた「ＡＢＣ」のうち「Ａ」だけでなく「Ｃ」までが符合した。あの男は、適当なことを言っている振りをしながら、実は正確なヒントを与えていたのかもしれない。とすると、残りの「Ｂ」は何だろう。ブラジル？　バイオエタノール絡みか？　まさか。

「なるほど」内心の興奮を隠すために、あえて低い声で答えたが、それが野崎には不満な様子だった。

「何だよ、喜んでないのか」

「いや、喜んでますよ。ここで一人で『ブラボー！』とでも叫べばいいんですか？」

「おいおい、今夜はやけに突っかかるな」

「……すいません。ちょっと正常な精神状態じゃないんです」

「もうぶち切れてるのかよ。ちょっと早いんじゃないかね」

「容疑者扱いされたり、撃たれたりしたら、あなたもそうなりますよ」

「ああ、そうだな……とにかく、情報はこれだけなんだ。申し訳ないけど、警視庁の公安部っていうのは、うちともあまり仲が良くなくてね。公安調査庁なんかは別なんだろうが……いや、あそことも仲が悪いんだな、公安部は。栄誉ある孤立ってやつか？」

「その捜査はかなり進んでたんでしょうか」野崎の無駄口に苛立ちながら訊ねる。

「未だ着手に至らずって段階じゃないかな。情報収集してる程度だろう」

「それを担当していたのが、殺された山口という刑事なんですね」

「具体的な名前までは摑んでないが、そうとしか考えられん」

「そうですか……」ふと思い至った。第三の軸。「昼間、俺が横浜地検に呼ばれた件なんですけどね」

「その話はあまりしたくねえな」露骨にぶっきらぼうな調子で野崎が言い捨てる。「あのな、こっちにだって仁義ってものがあるんだぜ。他の地検の事件をべらべら喋るわけにはいかねえよ」

「喋るわけにはいかないっていうことは、何か知ってるんですね」

「一々揚げ足を取るなよ……知りたいか?」

「もしかしたら横浜地検——城戸さんは、山口さんと同じ事件を追っているんじゃないですか」

「さあねえ。神奈川と東京。管轄権の問題もあるからな。どうだろう」

「地検は、多少の無理はするでしょう」

「そいつは事件によりけりだね」

「とにかく筋をつなげないことには、敵の正体が分からないんです」推理は確立されつつあった。ただし、二つの筋はまだ天と地ほども離れており、一本に結びつけるにはアクロバティックな手段が必要だろう。

「確かに、俺もむざむざあんたを見殺しにするわけにはいかない」

「何か知ってるなら――」

「知らん」あっさりとかわされた。「しかし、担当が城戸で良かったな」

「どうしてですか」

「あいつは理屈じゃなくて、人情で仕事する男だからさ。検事としては、必ずしも褒められたことじゃないけどな。あんたの命がかかってるとなったら、捜査が潰れることになっても助け舟を出すだろう。もちろんあんたは、それに甘えちゃいけないぜ。捜査を潰さないで、しかも自分の身を守るべきだってことは分かってるよな」

「当然です」

「分かった。伝えておくよ。ただし、あいつもいつ電話してくるか分からん男だから、気をつけろよ」

「いつでも構いませんよ」

「じゃあ夜中の三時に電話するように、強く推奨しておく」

「どうしてそういう風に、へそ曲がりな言い方しかできないんですか？」

「そりゃあ、刑事の性分が残ってるからだろうよ。あんたにも心当たりがあるんじゃないか」野崎が低く笑った。口は悪いが邪気はないのだ、と自分に言い聞かせなければならなかった。「ところで今日は、これからどうするんだ」

「まだ決めてません。実は、泊まるところもないんです」

「家には帰れないのか」

「あそこは今、一番危険かもしれません。それが一番安全だろう。電話線を引っこ抜いて、布団を被って寝ちまえよ。とにかく、睡眠だけはたっぷり取っておけ。頭がぼうっとしてると、ろくなことにならないぜ」

「分かってます。ご忠告、どうも」


電話を切ると、疲労が限界に達しつつあるのを意識した。徹夜よりも、中途半端な睡眠の方が疲れる。これから長い距離をドライブする気にもなれなかった。この辺りでホテルがありそうな街と言えば……錦糸町だろうか。携帯電話のインターネットで付近のホテルを探し、一応「ビジネスホテル」と名前がついた一軒に予約を入れる。

応対に愛想がなかったので嫌な予感がしたが、それは部屋に入った瞬間に確信に変わった。ホテルを名乗ってはいるが、どうやらかつては旅館だったらしい。部屋はそこそこ広いのだが、塗り壁がいかにも和風だし、窓にも障子が残っている。ベッド以外のスペースはほとんど長椅子で埋まっているが、触ってみるとカバーの布がべたついていた。最悪なのは室内ではなく窓の外で、ラブホテルとキャバクラのネオンの毒々しい赤が、容赦なく部屋に飛びこんでくる。風呂も狭く、どこか黴臭(かびくさ)かったが、シャワーのお湯が十分熱いことだけが救いだった。

とりあえず腕の怪我の手当てが必要だった。縫ってあるから放っておいてもいいのだが、せめて消毒して包帯を巻き直したかった。近くに深夜まで営業している薬局があったのを思い出し、一度部屋を後にする。ついでに何か食べるものも仕入れよう。真夜中近いこの時間に食事をすることなど普段はまずないのだが、今回ばかりは事情が違う。腹が減っているというより、エネルギーが切れかけている。先ほど食べたチョコレートバーの分のカロリーは、とうに消費されてしまったに違いない。

街のネオンが目を焼く。錦糸町は、上野から東の都内では最大の繁華街といっていい。消費者金融の巨大な看板、パチンコ屋のネオン看板、雑居ビルにパズルのようにはめこまれた飲食店。全てが歌舞伎町のミニチュア版といった感じだった。

薬局で必要なものを買いこみ、重い足を引きずるようにしてホテルへの帰途に就く。途中、終夜営業の喫茶店を見つけて、そこで食事をすることにした。分煙という概念はこの店にはまだ及んでいないようで、店内全体が白く煙っている。日本人の喫煙人口は三割程度に下がっているはずなのに、この店に限っては十割だ。喫煙が悪魔の所業のように言われるアメリカには、葉巻愛好家のための避難所であるシガーバーがあちこちにあるが、ああいうところでもこれほど曇ってはいない。何故誰もが早死にしたがるのだろうと訝りながら、入り口に近い席に陣取った。ここなら、人の出入りがある度に空気が入れ替わる。

ミックスサンドウィッチとミルクを頼んでおいてから、静かに目を瞑る。疲れが体を食い潰そうとしていたが、眠気は案外遠くにあった。仕方なしに目を開け、店内を見回す。奥に向かって細長い作りで、私の座っている位置からはほぼ全体が見渡せた。一見してその筋の男は、競馬新聞を食い入るように読んでいる。どちらも二十歳ぐらいのカップルが一組。会話もなく、だらけた様子で、それぞれ自分の携帯電話の画面に見入っていた。かなり高齢――七十歳ぐらいだろうか――の男性が、ビールの小瓶一本を持て余している。既に喉元までアルコールが詰まっている様子だ。やはり酒が入っているらしい二人連れのサラリーマンが突然大声で笑い始めたが、競馬新聞を読んでいる男に一睨みされると、スイッチが切れたように沈黙してしまった。制服姿の女子高生の三人組は、椅子から滑り落ちそうな格好で居眠りしている。このまま朝まで、愚図愚図と時間が過ぎるのだろう。そして明日という日も、同じように繰り返されるはずだ。朝にはモーニングセットで一日のエネルギーを補給するサラリーマンで賑わい、昼はランチの客でごった返す。夜になれば今夜と同じように、時間潰しのために使われるのだろう。

繰り返される日常。私の場合、変化することこそが日常だ。やることはさほど変わらない――聞き込み、張り込み、そして延々と続く書類仕事――が、その対象は千差万別であり、同じ事件は一つとしてない。だからこそこの仕事は飽きないのだ。

しかし今の私は、日常から大きく逸脱している。早く元通りの生活に戻りたい。強くそれを願ったが、同時に、そんなことはできないのではないか、という不安が膨れ上がっているのも意識した。背中を狙われる毎日。この時間に危険を感じているわけではなかったが、いずれはまた波のように危機が襲ってくるだろう。そして今も、完全に弛緩(しかん)しているわけではない。程度の差こそあれ、緊張感は延々と続く。

しっかりしろ。俺はこんなことで倒れはしない。そんなに細い神経など持ち合わせてはいないのだ。

自分に言い聞かせる強がりほど空しいものはなかった。

宿に戻り、日付が変わる頃を狙って、ニューヨークに電話をかけた。向こうはサマータイムで、間もなく午前十一時になる。七海は現在、過去の事件を専門に追跡する班で勤務しているから、あまり現場に出ることはないはずだ。その予感は当たり、彼は自分のデスクの電話に出た。私からだと分かると、すぐに日本語に切り替える。日系二世の彼は多少言葉が怪しくなる傾向があるが、私と話す時には基本的に日本語を使うのだ。

「おう、どうした」

「奴はどうしてる？　チャーリー・ワンは？」

「何だよ、いきなり」彼の口調に戸惑いが滲んだ。「ぶちこまれてるよ、もちろん」

「異常なし？」

「当たり前だろうが」

「そっちの刑務所は、外と簡単に連絡が取れるよな？　電話もできるし」

「そうだけど、お前、何言ってるんだ？　あの件はとっくに終わってるんだぜ」その言い方は奇妙にわざとらしく聞こえた。

「何を隠してる？」

「隠してないよ。何言ってるんだ」

「お前は絶対ポーカーをやっちゃいけないぜ。顔と声にすぐ出るんだから」

「そうだよな」深い溜息。「この前もミックに巻き上げられた。二百だぞ？　もうやめようと思ってるんだが」

　思わず頬が緩んだ。ミケーレ・エーコ、愛称ミック。マンマの作るラザニアをこよなく愛するイタリア系の刑事だ。私も組んで仕事をしていたことがある。懐かしい仲間であり、私が中途で研修を打ち切られたことを心から残念がってくれた。

「いずれにせよ、お前が心配することじゃない」七海の言い方は、どこか突き放すようだった。

「俺に隠し事をするなよ」

「これは俺たちの問題だ」にわかに七海が喧嘩腰になる。「ニューヨーク市警にはニューヨーク市警の問題がある。お前が首を突っこむべきじゃない」

「やっぱり何かあるんじゃないか」

「なあ」あっさり態度を変えて、今度は懐柔にかかった。「頼むから、そこで大人しくしていてくれよ。お前が動き始めると必ずでかい事件になる。それは歓迎しないでもないけど、お前が傷つくのは見たくないんだ」

「俺が傷つくような情報でもあるのか」さり気ない七海の言葉が、小さな針になって突き刺さってきた。

「違う、そうじゃない。ただ、得体の知れない動きがあるだけだ。そっちには関係ないと思うよ」慌てた言いようが、彼のミスを裏づける。

「教えてくれ」

「ちょっと待て」七海が声に苛立ちを募らせた。「何言ってるんだ、お前？　チャイニーズ・マフィアのクソッたれどもが、お前に何の関係があるんだよ」

「いいから教えてくれ。お前は何を知ってるんだ？」

短い沈黙。七海が迷っているのは明らかだった。確かに彼にしてみれば、私は何の関係もない。だが、ここまでしつこく言えば、何らかの問題があることは直感で分かっているだろう。

「チャーリー・ワンが、刑務所の中から何か指令を出してる、という情報がある」

「内容は？」言いながら自分の声がかすれるのを感じた。恐怖と同時に、勘が当たった時の興奮が体を突き抜ける。

「具体的には分からない。刑務所内で飼ってるこっちの情報源の話なんだけどな。そういう情報源は、聞き耳は立ててるけど、危ない橋は絶対に渡らないから、あまり詳しい情報は摑めないんだ」

「チャーリー・ワンは、刑務所の中から組織をコントロールしているのか？」

「それは無理だ。何しろ伯父貴を嵌めて殺した男だからな。組織の中でどういう立場に立たされているかは、お前にも分かるだろう」私も、チャーリー・ワンの野望の片棒を担がされる結果になった。伯父貴――トミー・ワン、通称「マシンガン・トミー」。七海にとっては両親を殺した仇敵（きゅうてき）で、長年つけ狙っていたのだが、組織の中で彼に代わってのし上がろうとした甥のチャーリーの陰謀にかかって殺された。七海は既にその事実と折り合いをつけているようで、淡々とした声で説明する。「組織の中でも、チャーリーに反発してる人間は多い。そのせいで、奴らは分裂してどんどん弱くなってるんだけどな。それはお前のおかげだ」

「俺の話はどうでもいい。でも、チャーリー・ワンがまだそれなりに力を持ってるのは間違いないんだろう？」

「残念ながら、な。あのクソッたれな奴らはゴキブリと一緒だ。頭を潰さない限り、死なない。いや、頭を潰しても体はしばらく生きてるんじゃないか？」

彼の罵詈雑言を我慢して聞きながら、私はさらに質問を重ねた。

「今でも動向は監視してるんだろう？」

「昔ほどじゃないがな。奴らの中にも、こっちに寝返った連中が何人かいる。組織の存続が危ないと思ってるんだろう。お蔭で最近は、比較的楽に情報が取れるよ」

「だったら、チャーリー・ワンがどういう指令を出しているかも分かるんじゃないか」

「そこはレベル5の機密扱いになってるみたいだぜ。簡単には分からない」

「そんなに大変なことなのか」

「たぶんな……どんな動きがあるかは分かってるけど、それに何の意味があるかが分からない。この感じ、分かるか？」

「ああ」

　窓の外に視線を投げた。ラブホテルとキャバクラの看板はまだ毒々しい灯りを発しており、カーテンを閉めても容赦なく部屋を赤く染め上げる。目をきつく閉じ、赤い残像を何とか追い払ってから続けた。

「動きっていうのは、具体的には？」

「おいおい、勘弁してくれよ、了。俺にだって言えないことはある」

「これがそうなのか？」

　電話の向こうで盛大な溜息が漏れた。押せばこの男は折れる。それが分かっていて、私は強烈にプッシュし続けた。長年の友情――私が学生時代、アメリカに留学していた時からだから、もう十年以上になる――に罅が入る可能性もあるが、ここは踏ん張りどころだ。死んでしまっては友情もクソもないのだから。

「分かったよ。だけど、何であの連中にそんなにこだわる？」

「それは後から話す。どういうことなのか、教えてくれ」

「秘密の指令の内容がどういうことかは分からないけど、何人かが偽造パスポートを用意して出国したようだ――日本に、な」

心臓が躍るように高鳴り、息が苦しくなってきた。そんなことがあるわけがないのだが、血液の温度が上がり、汗腺から染み出すような感じすらする。

「了、聞いてるか？」

「ああ。チャーリー・ワンの部下が何人か日本に来てるんだな？　その件、こっちには正式に伝わってるのか」

「いや。偽造パスポートを使ったこと以外は、事件と決まったわけじゃないからな。非公式なルートでも話がいってるかどうか、分からない」

「事件なんだよ」

「どういうことだ」この日初めて、七海の声に真剣味が生じた。複雑な事情を説明すると、七海は所々で相槌を打ちながら確認し、最後には「マジかよ」と溜息を漏らした。

「あいつらは、俺に復讐しようとしてるんだ」

「まさか……それはどうかな」七海が一瞬躊躇った。「いいか、奴らにとって大事なものは何だと思う？　一番目が金、二番目が名誉だ。そして一番目と二番目の間には、絶対に越えられない壁がある」

「俺を殺すために、わざわざ無駄な金をかけたりしないということか。確かに、日本に何人か送りこむだけでも、相当な金がかかるからな」

「そういうこと。ただし、もしかしたらその考えは間違っているかもしれない」

「どういうことだ？」

「例えば日本で金儲けの話があって、そのついでにお前を殺そうとしたら——」

「俺はついでか？」

「まあまあ、僻むなって。しかし、今の話は興味深いな。調べてみるよ、情報源をフルに使って」

「頼む……それと、優美のことなんだけど」

「心配するな。変なことにならないように十分気をつけておく。それより勇樹は大丈夫なのか？　日本でちゃんと警備はついてるんだろうな」

「正直言って、俺の方では面倒を見切れないんだ。一緒にいるのはテレビ局の人間だから、頼りない。ちゃんとやってくれてるとは言うんだけど」

「ちょっと待った」七海の声に焦りが滲む。「それはまずい。絶対にまずい。勇樹に何かあったら、俺が優美に殺されるよ」

「あのスタッフだけじゃ、不安だ。俺はこれからも勇樹の側にいてやれそうにない」

「了解。こっちから圧力をかけておく。大した話じゃないよ、金で解決できる問題だから——おい、了、やっぱりお前が絡むとでかい事件になるんだな」

「そんなことを考えてる余裕はない。こっちは自分の身を守るので精一杯なんだから」

「いや、いずれお前は反撃するな。離れてるから直接手助けはできないけど、俺も何らかの形でバックアップはするぜ」

結局この男も事件が好きなのだ。事件の話をしている時が一番生き生きしている。それに匹敵するのは野球の話題ぐらいだが、最近は贔屓のヤンキースの不振が続いているので、事件の話ほどには盛り上がらないだろう。

「今のところ、欲しいのは情報だけだ」

「まあまあ、そう言わずに。とにかくまた連絡するから、電話は開けておいてくれよな。とにかくこいつは、間違いなくでかい事件になるよ。またお前と仕事ができるんだったら、こんな嬉しいことはないしな」

俺は今、正式には仕事ができないのだ、とは言えなかった。結局七海は、喋りたいだけ喋って電話を切ってしまった。電話をソファの上に放り出し、ベッドに横になる。ひどく柔らかいベッドで、体がどこまでも沈みこむ感じがした。そして頭を照らす赤いネオン。自分はこんなところでいったい何をしているのだろう、と自問せざるを得なかった。もちろん答えはない。反撃に出なければならないのに、そのための材料がほとんどないのが残念でならなかった。

優美に殺される、か。七海の言葉を思い出すと少しだけ緊張が解れる。あの兄妹は身長差が三十センチぐらいあるし、最近運動不足で少し腹が出てきた七海は、彼女より三十キロ、もしかすると四十キロほど重いはずだ。なのに七海は、優美と言い合いになると必ず負ける。徹底的に痛めつけられて情けなく引き下がる姿を、私は何度も見ていた。

彼女と随分長く話をしていないな、と思うと溜息が出る。優美にとっては、私を遠ざけておくことが自分探しの最善(さいぜん)の方法なのだろう。だが、いつまでもそのままでいいのか。こんな中途半端な状態は、お互いのためによくない。そろそろ白黒をきちんとさせるべき時期に来ているのだ――しかし日本とアメリカはあまりにも遠い。こんなややこしい話を電話やメールで済ませることは不可能だし、今のところ私は、渡米する時間を確保できそうもなかった。

もう一つ、勇樹のことも気になる。何かを私に話したがっているのだが、いったい何なのだろう。会って直接話さなければならないこと。それこそ、重要な問題であるのは分かるが、まだ重要な問題を抱えこむような年齢ではないはずだ。同じ年の子どもたちに比べれば、既に大人の世界に首を突っこんでいるのは確かだが、それでも秘密を持つには若過ぎる。

全てが釈然としない。中途半端――それを言えば、私という存在そのものがずっとそうだったのだと思う。刑事として生まれたのだと信じながら、あちこちで愚図愚図遠回りを続けてきたし、愛した女一人さえ幸せにできない。もちろん、一人の人間を幸せにするためには多大なエネルギーが必要なのだが、大抵の人はそれを実現しているではないか。自分の情けなさが身に沁み、それが腹の底でネオンの灯りと混じり合う。今の自分には、こういう猥雑な街の雰囲気こそが似合いかもしれない。私が酒を呑む人間だったら、今頃は確実にネオン街の中で沈没していただろう。人はそうやって痛みや恐怖を忘れる。そういうのは卑怯者、人間として弱い者のすることだとずっと思っていた。だが今の私は、酒に逃げる勇気さえないのだと後ろ向きにしか考えられない。

明日は早く起きなければならない。捜査一課の橋田係長――大西言うところの「黒幕」に近づいてみるつもりだった。警察官というのは概して早起きで、仕事が始まる前に道場で柔道や剣道で一汗かく人間も少なくない。橋田の行動パターンが摑めない以上、早目に家に到着していたかった。家は松戸、最寄り駅は常磐線の馬橋駅。起き上がり、携帯電話を手にして乗り換えをチェックした。朝一番で地下鉄半蔵門線に乗り、北千住乗り換えで六時前には馬橋に着けそうだ。普段は早起きすることを何とも思わないが、今日は少しばかりうんざりした気分になっていた。

悶々としたまま、布団を被る。腕の傷はまだしくしくと小さな痛みを送ってくるし、気が昂って目が冴えてしまった。無理にでも眠らなくては。少なくとも敵が攻撃を仕かけてこない今のうちに。

自分は本物の戦士ではないと、つくづく思った。本物の戦士なら、砲声が鳴り響き、爆発で地面が揺れる状況でも平気で眠れるだろう。兵士と私には根本的な違いがある。兵士には背中を守ってくれる仲間がいるが、今の私にはいない。その差はとてつもなく大きいのだ。

意識が消えたのはいつ頃だっただろう。枕元に置いてあるデジタル時計——パネルになった表示がめくれるもの——が三時を指していたのは覚えている。だがそれは眠る前だったのか、眠ってから一度目を覚ました時だったのか。四時半に目覚めた時にはまだ体が重く、瞼を開けておくのに多大な努力を要した。我慢できないほど熱くしたシャワーを浴び、何とか眠気を追い払う。最後に思い切り冷たくして、熱くなった体を引き締めた。冷たさが腕の痛みを再認識させたが、結果的にそれで目が覚める。

濡れた髪のままホテルを出る。風が肌を冷たく撫でていった。表はまだ薄暗く、ネオンも消えた街は短い眠りを貪っていた。昨夜入った二十四時間営業の喫茶店は開いていたが、外からちらりと見た限り人気はなく、レジについている店員も必死に居眠りをこらえている様子である。

半蔵門線に乗りこむ頃には完全に目が覚めていた。車内はがらがらだったが、あえて立ったまま周囲に目を配る。同じ車両内に、私の他に乗客は二人だけ。だらしなく足を広げ、シートからずり落ちそうになっている二十歳ぐらいの若者と、膝の上にアルミ製のアタッシュケースを置き、その上に載せたノートパソコンのキーを忙しなく叩いている中年のサラリーマン。どちらも追っ手には見えなかったが、安心はできない。これだけ空いていると、隣の車両に乗って尾行することも可能だろう。かといって、あちこち動き回って相手を警戒させるわけにはいかない。尾行には騙し合いの側面があり、気づいていても気づかないふりをすることも大事なのだ。

しかし、尾行はいないと判断する。空気が緊張していないのだ。そんなことには何の科学的な根拠もないのだが、自分の勘が研ぎ澄まされているという自信はある。

北千住で常磐線に乗り換え、がらがらの電車に乗って約二十分。駅前にあった住居表示の看板を頼りに、橋田の家を探した。国道六号線を越え、一戸建ての家が立ち並ぶ住宅地を西へ向かう。十五分ほど歩いたところで、目指す橋田の家を見つけ出した。同じような作りの家が立ち並ぶ一角で、同じ時期に同じディベロッパーによって分譲されたものだろう。橋田の家は薄い茶色の屋根の二階建てで、ようやく日が昇ったばかりだというのに、二階のベランダには布団が干してあった。プラスティック製の屋根がついた車庫にはトヨタのミニバン。反射的にナンバーをメモする。玄関の脇には、自転車が二台、停まっていた。いずれも大人用である。ドアの横にある郵便受けは空のようだった。既に新聞を引き抜き、出勤の準備をしているのだろう。

家から二十メートルほど離れ、電柱の陰に身を隠す。出勤する人たちの姿がちらほらと見受けられ、街は目を覚ましていた。六時二十分。今日も天気は良さそうだ。寒いわけでもないのに、無意識のうちに両手を擦り合わせている。

十分ほど待っていると、ドアが開き、少し光沢のあるグレイの背広姿の男が姿を見せる。中肉中背、これといって目だった特徴のない男だが、それは張り込みや尾行の時には役立つはずだ。渋谷のスクランブル交差点の中でこの男を見つけるのは、不可能に近いだろう。刑事らしい、殺気だった気配もない。一瞬だけ見えた顔で特徴的だったのは、二つの小さな瘤がくっついたような顎と太い眉だけだった。手には新聞、その他に荷物はない。振り返り、家の中に向かって何か声をかけると、歩き出した。私は十数えてから彼の後をつけ始めた。

まだ人通りが少ないので、十分距離を置いて尾行を続けることができた。重そうな革底の靴を履いているのに橋田はかなり歩くスピードが速く、真っ直ぐ背筋を伸ばしたまま駅の方に向かって行く。特に周囲を警戒する様子もなく、私の腕時計で確認した限り、十二分で駅に到着した。私が駅から家に辿り着くのに要した時間よりも三分短い。いつもこのペースで歩いているなら、結構な運動になっているはずだ。

上りの常磐線はまだ通勤ラッシュには程遠かったが、空席は見つからなかった。橋田は千代田線直通の代々木上原行きに乗り、車両の中央付近に陣取る。つり革を使わずに、立ったまま新聞を広げた。隣の人に触れる心配もないのに、丁寧に四つに畳んで読み始める。私は車両の一番端に位置し、時折彼の方を見て所在を確認するだけにした。余程混んでこない限り、あの位置を動くことはないだろう。

北千住を過ぎる頃、車内の乗車率は百パーセントになった。人の隙間から、何とか橋田の姿が確認できる程度の混み具合になる。霞ヶ関までは四十分ほどかかった。案外時間がかかるが、本庁へ通勤するにはこれでも近い方だろう。今は、茨城県内から通うのも普通になっている。私も本庁に勤務することになると、結構通勤時間がかかるのだが、今のところそのチャンスはありそうもない。それどころか、このまま働いていけるという保証すらなかった。

霞ヶ関駅の長い地下通路を抜け、総務省の脇に出る。そこから警視庁の正門までは二百メートルほどだ。最近、中央官庁が次々に建て替えられた結果、四半世紀前に竣工した警視庁の建物は古い部類に入るようになってしまった。桜田通りと内堀通りの角に立てられた庁舎は、道路が鋭角的に交わっているのに合わせて設計されているため、特徴的なV字型になっている。正面玄関はちょうど二つの通りの角にあり、職員が次々と飲みこまれていく。彼の姿が内堀通りに面した正面玄関に消えるのを見届けて、尾行を終えた。

踵(きびす)を返した途端、見知った顔に出くわす。相手は怪訝そうな表情を浮かべたが、一瞬後には銀縁の眼鏡の奥の目が柔和になった。

「何してるんだ、こんなところで」横山(よこやま)が先に口を開く。私は警戒心が表に出ないよう、淡々とした表情を作って頭を下げた。

「尾行です」

「尾行？」横山の眉がすっと上がる。

「警察官を尾行してました」

「ちょっと待て」横山が私の肩を押して反対方向を向かせた。肩に手を当てたまま、歩き出すように促す。私が立ち止まったままでいると、そのまま桜田濠(さくらだぼり)を右側に見ながら、内堀通りを歩き出した。

「いいんですか？　遅刻しますよ」後ろから声をかけると、前を向いたまま小さくうなずく。早足で彼の横に並んだ。

「時間は大丈夫だ。溜まってた書類仕事を片づけようと思って早目に出てきただけだから」

「仕事の邪魔をしたら申し訳ないです」

「気にするな」

彼がこの方向を選んだ理由は、すぐに分かった。中央官庁の庁舎が立ち並ぶ霞ヶ関には、ゆっくり話ができるような場所がない。お茶を飲みながら話をするには、どこかの庁舎に入りこんで食堂を使えばいいのだが、横山はそれでは誰かに見られる危険性があると思っているのだろう。結局歩きながらというのが一番安全だ。しかも警視庁に通う人間は、基本的に桜田門か霞ヶ関のいずれかを利用する人がほとんどで、私たちが歩いている方向から出勤してくる人間はまずいない。目撃される心配が少ないのだ。

「この前は悪かったな」

「はい？」

「お前が電話してきた時。素っ気なかっただろう」

「ああ、そうでしたね」

横山がちらりと横を向き、私の顔を見た。苦笑しているようだったが、元々表情に乏しい男なので本音は分からない。

「はっきり言う男だな」

「あの時は、見捨てられたような気分になりましたよ」

「その件では、お前に謝らなくちゃいけないな」

「どうしてですか」

「お前が容疑者だという話は、あっという間に広がったんだ。その後、広がった時より も早く消えたが」

「消えてるんですか？」

「ああ」

「横山さんも、俺がやったと思ったんですか」

　無言。それが彼の気持ちを代弁していた。人に信用されないのは辛い。その愚痴を誰にも零せないのも辛い。しかし今の私には、彼を責める気持ちはなかった。逆の立場だったら、私はどうしていただろう。後輩を信じて、噂話を続ける周りの連中に向かって「馬鹿なことを言うな」と怒鳴りつけることができるだろうか。

「お前、誰に狙われてるんだ」

「どうしてそう思います？」

「そうじゃなけりゃ、こんなことにはならないだろう。昔捕まえた犯人に恨まれてるとか、そういう覚えはないのか」

「ありません。敵は内輪にいるはずです」

「確かに警察は、正義の味方の集まりってわけじゃないよな」溜息をつくように横山が言った。「もちろん、皆理想を持って警察官になるんだろうが、警察っていうのは官僚組織の中の官僚組織だ。官僚的という言葉が一番似合う役所は、財務省でも外務省でもなくて警察だ」

「ええ」

「キャリアとノンキャリアの問題が象徴じゃないかな。他の役所じゃ、ここまで露骨な差はない。官僚にとって一番大事なことが何か、分かるか？」

「自分の立場」

「そう。それと仲間だ。警視庁の中だけでも、どれだけ『何とか会』があるか……公式非公式を含めて、網の目みたいに張り巡らされてるわけだよな」

「ええ」

「お前は、刑事部の中を引っ掻き回した。それは、警視庁の中にいる人間なら誰でも知ってる話だ」

「どうせ悪い話でしょう」

「そういうことは、一方的には決めつけられない」少しうつむいたまま、横山が首を振った。「あの一件で損をした人間も得をした人間もいる。さっきも言ったみたいに、網の目なんだよ。どこがどうつながってるか、全体像が見える人間は一人もいない。ある一点を引っ張ると、全然違うところに影響が出たりするからな……お前、尾行してるって言ったな」

「ええ」

「誰を尾行してたんだ」

「すいませんけど、それは……」

「少なくとも俺は、お前に危害を加えようとしている連中とは関係ないぞ」自嘲気味に横山が言った。

「そんなつもりで言ったんじゃありませんよ」

「分かってる」

横山は海上保安庁の角を左に折れた。国土交通省や総務省が入ったこのブロックをぐるりと一周するつもりだろうか。

「一つだけ、忠告していいか」

「もちろん。横山さんの忠告なら大歓迎ですよ」

「逃げろ。ここはとにかく逃げておけ」つぶやくように言って、横山が立ち止まる。

「お前は、自分で何とかするつもりかもしれない。いや、お前の性格から言って、絶対そう考えてるはずだ。だけどそれは、何の解決にもならないんだぞ。お前がある組織を敵に回したら、たとえ勝ったとしてもまたしこりが残る。そうしたらまた、新しい戦いが始まるだけなんだよ。それはお前が警察を辞めるまで続くし、辞めても終わらないかもしれない。そういうことを延々と続けていけるのか？　自分の仕事をきちんとこなしながら？　無理だろう」

「だけど、首をすくめていても危険は去らないんですよ。自分で何とかしないと、俺は殺されるかもしれない。頑張るしかないでしょう」

　横山がまたゆっくりと歩き出した。老人が一歩一歩の感触を確かめるような歩き方であり、そこに私は彼の苦悩を見て取った。

「助けてやれなくてすまん」

「何言ってるんですか」

「正直言って、俺は怖い」私の知る中で最も冷静な人間である横山の口から、そんな台詞を聞くとは思わなかった。私の動揺が伝わったのだろうか、微笑(ほほえ)もうとした彼の唇が無様に引き攣る。「がんじがらめにされたら動けなくなる。誰が敵かも分からなくなる。結局、やばいことには目を瞑って、目の前の仕事をするしかないんだ」

彼には家族がいる。生活がある。守らなければならないものの大きさは、私にも十分過ぎるほど理解できた。

「情けないと思うか、俺のことを」

「いえ」

「正直に言っていいぞ」

「言いません」言えない。言う権利もない。しかし、少しだけ手を煩わせても彼は受け入れてくれるのではないかと思った。「でも、一つだけお願いがあります」

「何だ」

「クレジットカード」

「それが？」

「持ち主について知りたいんです」

「……いいだろう」顔をしかめたままだったが、横山は請け合ってくれた。ほっとして手持ちのデータを伝えると、素早く手帳に書き取る。「できるだけ早くやってみよう」

「ありがとうございます。もう一つ、いいですか」

「話による」

「俺のことを見守っていて下さい。助けてくれとは言いませんけど」

再び立ち止まった横山が、長々と私を見詰めた。その目の奥に潜む弱さを、私は間違いなく見た。悪いことをしたと思う。信頼できる先輩を、不用意に追いこんでしまったのだ。この戦いは、最後には私一人のものになるだろう。生き残るために。刑事としての仕事を続けるために。

6

横山は、別れる直前まで冷静さと礼儀正しさを失わなかった。朝飯でもどうだ、と誘ってくれさえしたのだが、とてもそんな気にはなれなかった。丁寧に断って霞ヶ関駅に引き返し、ホテルをチェックアウトするために、地下鉄を乗り継いで錦糸町に向かう。部屋に戻って荷物をまとめ、フロントで清算しようとすると、若いスタッフが「ちょっとお待ち下さい」と慌てて言って、奥の事務室に引っこんだ。何事かと声をかける暇もなく、事務室から年長のホテルマンが飛び出して来る。手にはメモを握っていた。私の顔とメモを交互に見て、慌てた口調で喋りだす。プラスティック製の名札で、彼の名前が永井だということを確認した。

「鳴沢さんでいらっしゃいますね」額に汗が噴き出ていた。それほど暑くないのに。

「ええ」

「お車はレガシィで？」ナンバーを告げた。車はホテルの駐車場に預けてある。

「それは確かに私の車ですけど、それがどうかしましたか？」

「いや、その、実に申し訳ないことなんですが……」ポケットから皺くちゃのハンカチを取り出し、脂ぎった額を拭う。私と同年配に見えたが、髪はかなり後退しており、納得いくまで額を拭うには相当な時間が必要なようだった。

「何事ですか」

「あの、お車を狙った人間がおりまして」

「何ですって」瞬時に顔が蒼褪めるのを感じる。「いつですか」

「つい一時間ほど前ですが、駐車場の係が気づきまして……あの、でも、何もなかったはずですので、ご安心を」

「とにかく、駐車場に行きましょう」できるだけ落ち着いた声で言って、ホテルに隣接した駐車場に向かったが、途中からほとんど小走りになってしまった。

　駐車場は二階建てで、一応料金所があるものの、きちんと扉が閉まる構造ではない。

歩いてなら誰でも簡単に出入りできる。私のレガシィは二階に停めてあった。駐車場の床はメッシュ状の鉄板で、ハイヒールを履いた女性はまずまともに歩けない作りだ。車の周囲を回りながら状況を頭に入れる。鍵はロックされたままだった。バンパーの破損箇所もそのまま。床にはいつくばって、車体の下側を改めた。発信機を取りつけられた形跡はない。次いでロックを解除し、車内を隅々まで調べる。永井の言う通り、何もなかったようだ。車から出ると、彼の心配そうな顔が目の前にあった。

「いかがでしょう？」

「無事みたいですね」

「すいません、こういう車上荒らしのようなことは……」

「しょっちゅうあるんですか」

「いや、とんでもない」両の手首を痙攣(けいれん)させるように振った。「初めてですよ」

「駐車場の係の人と話せますか」

「はい、もちろん」

スロープもメッシュ状の鉄板で、歩いて上り下りするのは危なっかしい。それでも私は強引に駆け下り、永井より先に料金所のドアに手をかけた。中にいた若い係員が、びくりと体を震わせて私を見る。

「車が荒らされるところを見たのはあなたですね」

「はい」椅子を蹴飛ばすように立ち上がる。

「一時間ほど前、ということは……」腕時計を見た。「八時前、ですか」

「そうです。八時から勤務なんで、上の様子を見に行ったら、車のドアをいじってる奴を見つけました」

「こじ開けようとしていた？」

「はい、そんな感じで」

「男ですか、女ですか」

「男の二人組です」

「人相は分かりますか？」

「いや、それが」係員の顔が曇った。「声をかけたら、すぐに逃げ出しちゃったんで。上に行くにはスロープと階段があるんですけど、奥にある階段を使って一気に下へ逃げて……車の方をチェックしないといけないと思って、追えませんでした。顔までは見てません」

「他の車は被害に遭ってないんですか」

「ええ、お客様のレガシィだけみたいなんですよ」

「そうですか……」人相が分からないから断定はできないが、私をつけ狙っている連中だろう。車にまで手を出してきたわけだが、それぐらいは当然、予想していて然るべきだった。私は何も隠していない——まだそれを信じていないのだろう。「その連中、下へ降りてからどうしました」

「さあ、そこまでは」

「逃げた？」

「と、思います」

「車ですか」

「すいません、それもはっきりしないんですよ」

「あの、申し訳ありませんが」おずおずと永井が割って入った。「このこと、警察には届けますか？　その、鍵もこじ開けられていないし、何も盗まれていないということなら、被害届を出す必要もないと思うんですが、いかがでしょう」

「ええ、必要ありません。私が警察官ですから」

一瞬ほっとした表情を見せた直後、私の言葉の意味を呑みこんだ永井の顔がげんなりと蒼褪めた。

結局動き回っているのが一番安全だ、という結論に達した。青山の現場に取って返し、周囲の聞き込みを再開する。相変わらず手ごたえはない。夜はまた橋田の動向を探ってみるつもりだったが、それまでこのまま聞き込みを続けていいものか。何か所かに種は蒔いてあるが、それが育つのをただ待っているのも馬鹿馬鹿しい。

城戸を訪ねてみよう、と思った。おそらく彼が摑んでいる情報はまだ曖昧なもので、話をしても平行線を辿る可能性もあったが、互いに予想もしていなかった一言が突破口になる可能性もある。思い切って、昨日貰った名刺の番号に電話をかけてみた。大沢が出る。

「昨日はどうもお疲れ様でした」相変わらず馬鹿丁寧な口調で、背中をくすぐられるような感じがした。

「城戸さんに会えませんか」

「少々お待ち下さい」受話器を掌で塞ぐがさがさという音が聞こえた。やがて戻ってきた彼の口調を聞いた限り、城戸が何と言ったのかは想像もできなかった。「今からでしょうか」

「ええ。今青山にいるので、一時間後ぐらいでどうでしょう」

「とすると、一時半ですね」また一瞬声が消える。「結構です。今から私の携帯の番号を申し上げますので、近くまで来たら電話していただけますでしょうか」

「分かりました」

「地検ではなく、中華街にお越しいただけますか？　すぐ近くなんですが」

「分かりました」

大沢は、位置を簡単に教えてくれた。目標は加賀町署。すぐ側に駐車場があるので、そこに車を停めたら電話して欲しい、と再度つけ加えた。

「城戸検事も、ぜひ食事をご一緒したい、と申しております。遅目の昼食になりますが、よろしくお願いします」

彼もついに情報を漏らすつもりになったのだろうか。かすかな期待感を胸に、私は車を走らせた。


約束の時間に十分遅れたが、やるべきことはやっておかなければならない。駐車場に停めた車から降りると、手帳のページを四枚破き、風が吹いても揺れないが、誰かが開けようとしたら落ちるような角度で、ドアに深く差しこんでおく。

大沢に電話を入れると、店までの道程を教えてくれたが、一回では頭に入らなかった。それを白状すると、大沢は電話をつないだまま歩いて来て欲しい、と言った。中華街は慣れない人には歩きにくいですからね、と心底申し訳なさそうにつけ加えながら。実際、横浜にほとんど縁がない私にとって、中華街は日本の中の異国だった。原色が目立ち、店先で中華饅頭の湯気が立ち上る。狭い道路に人が溢れかえり、歩きにくいことこの上ない。大沢の指示を聞きながら、身をかわすように早足で進んだ。

指定されたのは五階建てのビル全部を占める店で、最上階まで上がるよう指示された。エレベーターに乗ると、急に外の喧騒が遮断される。扉が開くと、毛足の長い赤じゅうたんを敷いた廊下に出迎えられた。どうやら両側には、個室が並んでいるらしい。しかし行き先を迷うことはなかった。大沢が部屋の前まで出て、待っていてくれたのだ。私に気づくと小さな笑みを浮かべ、深々と頭を下げる。おそらくここの店員よりも、よほど愛想がいいだろう。それも押しつけがましくない。

「お待ちしておりました」

「遅くなって」

「とんでもありません。検事も楽しみにしておりますす」

ここは奢れというサインかもしれないな、と覚悟を決めた。かなり高そうな店で、入る時に店の前に出ていたメニューを確認しておかなかったことを悔いる。どうせ払うにしても、値段の見当がついているのといないのとでは心構えが違うのだ。クソ、ケチなことを言うな。自分に言い聞かせて部屋に入った。

「よっ」テーブルについた城戸が軽く右手を上げる。いかつい顔には大きな笑みが広がっていた。

「お忙しいところ、申し訳ありません」

「いやいや、とんでもない」笑みがさらに広がった。「ま、座ってよ。せっかく知り合いになったんだから、やっぱり飯ぐらい一緒に食わないとね」

大沢が椅子を引いてくれた。軽く頭を下げて席につきながら、「仕事の邪魔じゃないんですか」と城戸に訊ねる。

「何言ってるんだよ」城戸が顔の前で大袈裟に手を振った。「飯は食わなくちゃいけないんだし、どうせ食べるなら大勢で楽しく食べる方がいいだろう。普段は忙しいから、庁舎の食堂ばかりだしね。そこのカレー、不味くはないんだけど、いい加減飽きたんだよ……直ちゃん、何で渋い顔してるんだ？」

「いえ」大沢が短く否定した。ちらりと彼の顔を見たが、渋い表情などまったく確認できない。この二人の間には、他人には分け入ることのできない濃厚な関係があるようだ。

「分かってるよ。昼から中華はまずいって言いたいんだろう」

「それぐらいは自覚されてると思っていましたが」大沢が冷たく指摘する。

「ああ、ああ、分かった」面倒臭そうに首を傾げ、私に話を振った。「別に病気ってわけじゃないんだから。ダイエットが大事なのは分かってるけど、いつも鳥の餌みたいなものばかりじゃ参っちまうよ。だいたい、少し太ってる人の方が長生きするっていうデータもあるんだぜ？　たまにはたっぷり油を入れてやらないとな。人生の潤滑油だよ。あんたもそう思わないか」

「いつも何を食べてるんですか」

「庁舎の食堂が多いな。カレーや天ぷら蕎麦ぐらいで……」

「そういうものにも、たっぷり油が入ってますよ」

「あんた、本当に話しにくい人だね」苦笑しながら、城戸が大沢に合図を送った。無言で立ち上がった大沢が、壁に設置されたインタフォンを取り上げて料理を頼む。

昼飯にしては大量だった。五種盛りの前菜から始まり、料理は全て大皿で運ばれてくる。確かにこの油の量は、城戸の腹回りに致命的なダメージを与えそうだ。彼は嬉しそうに料理を次々と平らげたが、大沢はそれを一々チェックしながら、テーブルの下でメモ帳に書きこんでいた。本当にカロリー計算をしているのだろうか。もしもそうだとしたら、夜の食事は強制的にミネラルウォーター一本にされるかもしれない。一時の快楽を取るか、健康を取るか。城戸は難しい立場に追いこまれているようだ。私から見れば、大沢はあまりにも神経質に過ぎるようだが。もしも今が検事だったら、大沢は卒倒してしまうかもしれない。そうでなければ穏やかな仮面を脱ぎ捨てて辞表を叩きつけるか。

食事の間中、私たちは当たり障りのない会話を続けた。途中から城戸が出場した箱根駅伝の話になり、故障棄権した時に彼を追い抜いて行ったのが、私の出身校のチームだということが分かった。その件が分かると彼は何か複雑な感想を抱いたようだが、私に恨み節をぶつけてくることはなかった。

デザートのマンゴープリンが出てきたので本題に入ろうとすると、城戸がいきなり手を上げ、私に向かって掌を開いてみせた。顔をしかめて不満を表明してやると、訳知り顔で首を振る。

「仕事の話は食事が終わってからだ」

「もうデザートですよ？　終わったみたいなものじゃないですか」

「デザートまでが食事なんだよ。フランス料理だったら、食事の時間の半分がデザートじゃないか。デザートを食べるために料理を片づけてるみたいなものなんだから。中華だって同じだよ。ただし、中華のデザートはフランス料理ほど充実してないがね」

自説を披露し終えると、しかし城戸は素早くプリンを片づけた。重要な話が待っていることをはっきりと意識しているのだ。プリンのオレンジ色の砕片が残ったガラス製の器を脇に押しやると、ワイシャツのポケットから煙草を取り出す。大沢がめざとく見つけて忠告を飛ばした。

「駄目です」

「何で」駄々っ子のように、城戸が下唇を突き出す。「食後の一本はいいってことになってるじゃないか」

「今日、午前中に一本お吸いになりましたよね」大沢がメモ帳に視線を落とす。「十時半に、一度部屋を出られました。トイレにしては長い時間でしたけど……もしかしたら一本じゃなくて二本でしたか？」

「ああ、ああ、分かった」面倒臭そうに言って、煙草をパッケージに戻す。「勘弁してくれよ。古女房じゃないんだから」

「お言葉ですが、これも給料のうちかと存じます」

「そうか？　公務員の服務規程を読んでみろよ。そんなことは書いてないから」

「検事の健康状態を良好に保って、仕事に専念していただきたいだけです」

「お二人とも、漫才はその辺でいいですか？　あまり笑えない」

私が割りこむと、二人はにわかに口を閉ざした。城戸が照れたようにうつむきながら咳払（せきばら）いをし、顔をあげると「じゃ、聞こうか」と切り出した。

「アメリカですか、中国ですか」

私の問いかけを、城戸が無言で無視する。だが顎が強張り、かすかに痙攣しているのを私は見逃さなかった。攻撃するなら、相手がダメージから立ち直っていない時に限る。次の質問を畳みかけた。

「中国系アメリカ人ですか？」

「ちょっと待て」こらえきれない様子で城戸がストップをかける。私は口をつぐみ、彼の次の言葉を待った。だが、その場の会話を中断しようという以上の狙いはなかったようで、不快な沈黙が私たちの上に降りる。

「あの、差し出がましいですが」大沢が消え入りそうな声で割りこみ、私と城戸は同時に彼の顔を見た。「鳴沢さん、いきなり爆弾を落とさないで、最初から話していただいた方がいいのではないでしょうか」

もっともだった。うなずき、野崎が伝えてくれた警視庁公安部の動き、それに七海から聞いたチャイニーズ・マフィアの情報を説明する。公安部の話の方は、城戸の耳にも入っているはずだ。特に動じずにポーカーフェイスを保っていたが、アメリカの情報を聞いた時にははっきりと顔色が変わった。彼の中では、一本筋が通ったのかもしれない。城戸は私がまだ見つけていないミッシング・リンクを既に手中にしているというのか。

本筋には触れずに、冗談めかして言った。

「あんたも随分幅広い情報源を持ってるんだね」

「城戸さんほどじゃありませんよ。今回の件は、たまたま偶然です」

「偶然」初めて聞く単語であるかのように、ゆっくりとその言葉を繰り返した。「世の中、偶然なんてものはほとんどないんだよな。原因があって結果がある。関係がありそうなAとBは実際につながってる。そういうものじゃないかな」

「今は素直に『はい』とは言えません」

「だろうな、この状況じゃ」

「城戸さんはどうなんですか？　私の話で、何かぴんとくるものがありましたか？　アメリカのチャイニーズ・マフィアの一件は、日本にも正式に情報が入るはずです。いや、もう入ってるかもしれませんけどね。この話を俺が聞いたのは昨日の夜で、それからもう十二時間以上が経っていますから」

「ニューヨーク市警だろう？　そういうところの情報は、公式には警察庁を通じて入ってくるんじゃないかな。具体的な事件でもない限り、検察は直接関係ないよ」

「でも、いずれは知ることになるでしょう」

「東京地検が、な」城戸の表情が渋くなった。「そういう訳が分からないことは、まず警察庁から警視庁に回るはずだ。そもそも関連している事件は東京で起こっているわけだしな。警視庁の管轄じゃないか。俺が出る幕はないよ」

「じゃあ、城戸さんはいったい、何を追いかけていたんですか？　あなたが持っている情報は何なんですか」

「そう厳しく突っこむなって」私の質問は苦笑に迎えられた。「話せないことなんていくらでもあるんだから」

「そうですか」深い失望感が私を襲った。情報のバーター交換を考えていたのだ。いくつかのキーワードが、城戸の話と合致している。まだ煙を上げているような情報を私が渡せば彼も話してくれる、それが真相につながるはずだ、と。甘かった。検事というのは基本的に、余計なことを喋らないように教育されているのだ。城戸が難しい顔つきで腕組みをし、空になったテーブルを眺める。

「あんたの方が今でも先を行ってるんじゃないかな。どうやら俺は、少し遅れたみたいだ。さすが、警視庁の刑事さんは違う」失望しているのは彼も同じらしかった。いや、彼の方がより深いかもしれない。刑事ごときに先を越されるのは我慢ならないと、心の中で歯噛みしているのではないだろうか。

「からかわないで下さい」

「からかってないよ。本気でそう思ってる。何しろあんたは、でかい組織を敵に回して本気で怒らせるような男だからな」

「その話は勘弁して下さい」

「野崎も言ってたよ。原理原則の男だから、扱いには気をつけろってな。俺なんか、レールから外れてばかりだから」

「あの人は、俺のことを何か誤解してるんです」

「そうかな」城戸が小さく首を捻った。「あいつの人間観察眼は確かだぜ。しかも元刑事だから、特に刑事を評価する目は正確だ」

「そうでもないと思いますよ」

「よせよ」苦笑いしながら城戸が手を振った。「野崎を悪く言うもんじゃない。奴は武闘派だから、怒らせると怖いぞ」

「何も殴り合いをしようとしてるわけじゃありません」

「そんなことされたら、こっちだって困る」笑いながら言ったが、城戸の意識がどこか別の方を向いているのは明らかだった。しばらく口を引き結んでいたが、やがて何かを決心したように口先で言葉を踊らせる。「野崎が言ってたよ。あんたはよく、人が隠したがってるものを日の下に引っ張りだしちまうってな」

「それが刑事の本来の仕事じゃないでしょうか」

「そうかもしれないけど、あんたの場合は度を越してるんじゃないか。捜査に直接関係ないことまで明るみに出す。痛がる人間は大勢いるだろうね」

それは仕方ないことなのだ。昔——新潟県警にいた頃の私は、そこまで深く事件を掘り下げることはなかった。犯人を逮捕して自白させればそれで終わり、さあ、次の事件に行こう、という勢いだけで仕事をしていたのは事実である。しかし、祖父の犯した事件を自ら封印してしまった後は、事件に対する考え方が明らかに変わった。どんな事件にも一段深い真相がある。それが法的な解明につながるとは限らなかったが、どうしても最後の一枚の皮をめくって、底まで見なければ納得できないようになってしまった。

「もう一つある」

「何ですか」

「あんたの歩いた後は、ぺんぺん草も生えていないそうだな」

「それも誤解です」

「野崎は、あまり大袈裟なことは言わない男だぜ」

「今の言い方が彼の表現だったら、十分大袈裟ですよ」

「まあ、そうかな……でも、あんたが係わってると、最初に予想していたよりも事件が大きくなることが多いらしいじゃないか。正直言って、俺はそれじゃ困るんだよ」

「どういうことですか」

「俺は諦めてない。今回の事件は必ず仕上げるつもりだ。だけどあんたが絡んでくると、俺が計画していることなんか、どこかに吹っ飛んじまうんじゃないかな」

「自分の事件がそれほど大事ですか」

「当たり前だ」それまで軽い口調で喋っていたのが、急に真剣な口調になる。「事件にかける思いっていうのは、検事だろうが刑事だろうが変わらないんだぜ。俺は自分の事件が大事だ。絶対に守りたい」

「俺がそれをぶち壊すって言いたいんですか」

「うん……まあ」立てた人差し指を眉間に当て、目を寄せるようにしながら私を見る。

「それは、あんたが巻きこまれてる一件が、これからどう動いて行くかによるな」

「俺の命がかかっているとしても、自分の事件を優先するんですか」

「大袈裟なんだよ」城戸が喉の奥で笑った。「あんたは死んでないだろうが。今までも無事に切り抜けてきたんだろう？　そういう人間が、簡単に死ぬとは思えないな」

慰めのつもりで言ってくれているのかもしれなかったが、まったく慰めになっていなかった。

五分五分の情報交換だと思ったのだろうか、城戸は食事代をあっさり割り勘にした。それほど高くはなかった。これが中華街のいいところかもしれない。

駐車場へ戻って、徹底して車を調べる。GPSの発信機などをつけられている形跡はなかったし、ドアに挟みこんだ紙もそのままで、食事をしている間にこの車を調べた人間はいない、と確信する。

橋田。始業時間よりもずっと早く職場に着く、仕事熱心な男。あの年齢――見た目では四十代後半から五十代の初め――で係長ということは、順調に現場を踏んで出世してきたのだろう。一課長まで上り詰めるのは本当に僥倖に恵まれないと難しいが、うまくいけば警視に昇任して、最後は一課の管理官、あるいは所轄の課長辺りで警察官人生を終えることになるのではないか。あまりにも特徴のない容貌からは、他に想像することもできない。正確なデータが必要だった。

私の手の内にはジョーカーがあるが、それは何回も切れるものではない。二度も三度も使っているうちに力が落ち、最後にはジョーカーの方で、私の手から離れていくかもしれない。しかし今は、敵の姿を見定める必要がある。大西が手に入れてくれた情報を固めるのだ。

横浜から東京へ戻る前に、車の中から電話をかけた。水城はひどく素っ気なかったが、迷惑がっているわけではなく、誰かが近くにいるのは明らかだった。署長室には、常に人がいる。署内からの報告もあるし、来客も多い。警察署長というのは、警察業務の責任者であると同時に、地域社会の顔役でもあるのだ。

「かけ直す。五分後」短く言って電話を切る。両手で包みこむように携帯を持ったまま、ラジオのニュースに耳を傾けた。内容がまったく入ってこない。そして二つの殺人事件は、完全にニュースのラインナップから消えたようだった。

きっちり五分後、携帯が鳴った。水城の落ち着いた声が耳に飛びこんでくる。

「どうした」

「すいません、お忙しい時に」

「下らん挨拶はいい。本当に忙しいんだ」

「橋田という一課の係長について教えて下さい。橋田善晴」電話の向こうで水城が沈黙した。剣道で間合いを取るような気配だった。「署長？」

「ああ、聞いてる」

「橋田善晴です。ご存じですよね。数か月前まであなたの部下だった男です」

「そこへ辿り着いたか……」

「当たりなんですね？」

「残念だがな」

「残念？」水城がすっと息を呑む様子が感じられた。ここから先は、踏みこむと危険な領域になる――無言のうちに私にそう教えているようだった。「何が残念なんですか」

「相手の正体が分かれば、お前は突っこむだろう」

「専守防衛です。好きでやってるわけじゃない」

「違うな。お前の性格はそんなものじゃない。目の前に敵がいれば、絶対に逃さないだろう。それは警察官として当然のことだが、時と場合によるんだぞ」

「今がその時じゃないって言うんですか」

「黙って逃げることを覚えてもいい年だぞ、お前も」

横山も同じことを言っていた。私はそれほど無茶をしているというのだろうか。単に飛んでくる弾を避け、撃った人間を締め上げようとしているだけなのに。敵がどれほどいるかは分からないが、少なくとも水城は橋田がその中心にいることを認めたも同然である。どんな組織でも、頭を潰せば体の動きは必ず止まる。その時に、全体を打ち倒すチャンスが生じるのだ。

「ありがとうございました」説教を聞きたい気分ではなかったので、さっさと電話を切るために礼を言った。が、水城は鋭い声で「待て」と呼びかける。私は沈黙を守ったまま、彼の次の言葉を待った。

「やり過ごしていれば、そのうち相手も攻撃するのに疲れる。持久戦も立派な作戦なんだ。お前には、待って我慢するだけの力もあるだろう」

「そんな余裕はありません」

「考え直せ。危険だ」

「橋田がですか？　そもそもあの男はどこに隠れていたんですか。十日会の人間だということは分かっていたんでしょう？　どうして動かさなかったんですか」

「それは、いろいろ事情がある」苦しげな口調だった。もちろん私は、自分が言っていることが因縁に過ぎないことは承知している。あまりにもたくさんの人間を一気に処分すれば、大スキャンダルになるのだ。十日会の問題は新聞紙面に躍り──長瀬(ながせ)に特ダネの材料を投げて書かせたのは私だ──それが一つのきっかけになって監察が重い腰を上げたのだが、最終的な処分はいかにも官僚的な、穏便なものだったのだ。逮捕された人間は五人。しかし、その他に首を切られた人間は一人もいなかった。以前水城が言っていたように、閑職に飛ばされるか、辞職するように追いこまれたという程度である。

「そんな事情は、俺には関係ありません。橋田はそんなに大物なんですか？　現在の十日会を代表するような男なんですか」

「十人抜き、みたいな言葉を知ってるか」

「駅伝ですか」ふと城戸の顔を思い出しながら言った。

「違う、会社の役員人事だ。どこの会社でも、役員の序列ははっきり決まってるだろう。それを、若い奴がいきなり先輩を追い抜いて社長になったりする。そういうことだ」

「橋田は平の取締役クラスだけど、トップの幹部じゃない。ところが上の連中が根こそぎ逮捕されたり左遷されたりしたから、社長の椅子が回ってきたということですか」

「そうだ」

「だから俺を陥れて、痛い目に遭った先輩たちの敵をとって、十日会の勢力をまた拡大したい。そういう図式ですよね」

「俺はそう考えてる」

「分かりました」

「分かったって、何がだ」

「敵の頭が誰か分かれば、やることは一つです。組織全体を相手にするのは大変だけど、トップは一人しかいないんですからね。百人と戦うよりも、一人の方が楽でしょう」

「お前には何を言っても無駄なのか」水城があからさまな溜息をついた。「それより、橋田が十日会のトップにいるという情報は、どこから仕入れたんだ」

「申し訳ありませんが、それは言えません」

「ネタ元は俺にも明かせないっていうことか……分かった。ネタ元を守るなら徹底して守れよ。十日会にばれたら大変なことになる。とにかく、動くな。お前が反撃に出れば、十日会の連中はまた陰に隠れてしまうかもしれない。もっと悪質な手を使ってくるかもしれない……もちろん、連中がお前を陥れようとしている確証はないんだけどな。とにかく、俺はあの連中を完全に抑えないといけない。お前がかき回せば、それも難しくなるかもしれない」

「分かってます。いろいろとご忠告、ありがとうございました」

「礼を言うぐらいなら、俺の忠告に従ってくれ」

「それとこれとはまた別の問題です」

「お前ならそう言うと思ったよ」

　電話を切って、一つ溜息をつく。水城が言うことにも一理ある——ネタ元を守るということだ。確かに、これ以上大西に深入りさせるわけにはいかない。彼は警視庁の人間ではないし、ヘマさえしなければ出世は約束されているのだから。彼の明るい未来を奪う権利は私にはない。

車を出そうとした瞬間、また電話が鳴り出した。画面を見て横山からだと確認してから電話に出る。彼は最小限の言葉で、クレジットカードの名義人の名前と住所、電話番号を教えてくれた。丁寧に礼を言って電話を切る。よそよそしい態度が戻ってきていたが、それは仕方ないことだろう。彼を危ない縁に誘ってしまったことを意識する。

やるべきことが二つできた。一つは橋田の周辺を探り、こちらから逆襲する方法を探ること。もう一つはクレジットカードの主を調べ、私に直接的な攻撃を加えている連中の正体を調べることだ。それが分かれば七海と連絡を取り合って、正規のルートでの捜査にも期待できるだろう。もちろん、チャイニーズ・マフィアが日本で動き回っているとすると、こちらにも有利な材料はある。あの連中は目立つのだ。今回のクレジットカードのように、必ずどこかに足跡を残す——アマチュアじみたやり口が少しだけ引っかかった。

私とニューヨークのチャイニーズ・マフィアとの係わりは、数年前に遡る。横山と一緒に捜査した、大規模な悪徳商法事件がそのきっかけだった。グループの幹部と手を結んでいたのが、七海も追っていたチャイニーズ・マフィアの大幹部、トミー・ワンだったのだ。トミー・ワンはアメリカでの内紛で殺されたが、一連の事件が巡り巡って、私の前に困難な現実を投げ出している。もしかしたら私の残りの人生は、全てがあの連中との戦いになるのではないだろうか。世界中に広がる中国系の人たちのネットワークは、広くて深い。その闇の部分に乗っかっているチャイニーズ・マフィアは、どこでも好きなところに手を伸ばすことができるのだ。世界にはキリスト教やイスラム教の空白地帯はあっても、中国人が住んでいないところはない。ただし金になる場所は限られているわけで、やはりアメリカでの活動が目立つ。

まず、どの線で動くか。

橋田をじっくり調べたいが、当面は家を監視するぐらいしかできない。それは夜になるだろう。となると、昼間の残った時間は、クレジットカードの持ち主を調べるために使わなければならない。アクセルを踏み、慎重に車を出す。行き先は世田谷だった。

7

十数年前、世田谷でひどい目に遭ったことを思い出した。大学時代のことだが、ラグビーの練習試合で区内の大学のグラウンドに赴き、終わった後で酒を呑もうという話になった——私がまだ水代わりにビールを呑んでいた時である。相手チームのグラウンド近くにある居酒屋でしこたま酔っ払い、駅まで歩くのも面倒臭いということでタクシーに分乗したのだが、私が乗ったタクシーの運転手は、東京へ出て来たばかりという頼りない男だった。後で地図を見たところ、その居酒屋から最寄りの駅までは直線距離にして二キロほどだったのに、着くまでに三十分もかかってしまった。環七と環八で東西を、小田急線と東急線で南北を区切られた地域である世田谷の中央部は、あらゆるドライバーにとって鬼門であることを私は思い知った。一方通行、すれ違いのできない細い道が複雑に入り組み、一度迷うと目的地に辿り着くのは困難を極める。世田谷出身の友人でさえ、「あそこはドライバーにとってサルガッソー海だ」と溜息をついたものだ。

私はその海に迷いこんだ。カードの名義人の住所は小田急経堂駅の近くなのだが、世田谷通りからアプローチして、一本脇道に入った途端に一方通行で迷子になってしまったのだ。カーナビもほとんどあてにならず、出口を探しては車を走らせる、無益なドライブが続く。ようやく目的の住所に辿り着いた時には、夕方近くになっていた。

不思議な建物だった。住宅地の只中にある古い三階建てのビルが当該の住所で、一階は楽器屋になっている。近くに車を停められる場所がなかったので、経堂駅の方に戻って駐車場を探し、問題のビルから歩いて十分ほどもかかる場所に停めざるを得なかった。いかにも雑居ビル然とした建物だったが、郵便受けを見ると上階には人が住んでいた。住所は二階の二〇一号室だったが、郵便受けには名前がない。二〇一号室のドアをノックする前に、近所の聞き込みから始めることにして、手始めに一階にある楽器屋を訪ねた。

狭い店で、壁には所狭しとギターがレイアウトされている。手書きの値札をちらりと見て、思わず目を剝いた。ゼロが六つ。百万？　ギター一本に？　綺麗な木目を生かした透明感のある塗装は確かに美しいものだったが、それでもあまりにも法外な金額ではないか。手作りのストラディバリウスに一億円の値がつくのは理解できないでもないが、エレキギターは所詮工業製品のはずだ。見るとほとんどのギターが異様に高価なもので、最初に目に入った百万円の値札でさえ、最高額でないことがすぐに分かった。これなら、一月に一本でも売れれば、左団扇で暮らせるのではないだろうか。

レジのあるカウンターにいる若い男に声をかける。濃紺のエプロンをつけ、赤をベースにしたチェックのシャツを腕まくりした男は、私が警察官だと名乗ると不審そうに目を細めた。基本的に事件などあまりない住宅地なのだろう。彼の厳しい視線を無視して、二〇一号室の住人について訊ねる。

「いや、知らないですね」返事はあくまで素っ気なかった。

「郵便受けに名札がありませんでしたけど」

「そんなこと言われても」不信感をそのままあらわすように、口調は素っ気なかった。

「俺は毎日ここに通ってくるだけで、このビルにどんな人がいるかは知りませんから」

嘘をついている様子はなかった。これ以上の情報は引き出せないだろうと判断し、ビルの大家について訊ねる。

「ああ」男が人差し指を天井に向けた。

「上に住んでる?」

「そう、三階です。このビルのことなら、その人に聴かないと」

「そうですか。どうもありがとうございました——」

「気をつけて下さいね。かなり変わり者ですから」男の表情がわずかに崩れた。その変わり者に私が苦労させられることが楽しくて仕方ない様子だった。

「そうなんですか?」

「こんな店を道楽でやってるぐらいだから、変わり者でしょう」

「道楽?」

「商売になりませんよ、こんなやり方じゃ」男が肩をすくめた。「確かに最近は、高い楽器がよく売れますよ。オッサン連中が、若い頃買えなかった高いギターを欲しがるから。でも、限度がありますよね」

「それじゃあ、どうしてこんな店をやってるんですか」

「言ったでしょう？　オーナーは変わり者だから」男の口元が緩み、皮肉っぽい笑みが零れる。「毎日ここに二時間ぐらい座って、ずっとギターを磨いてるんですよ。あれは要するに、ギターフェチなんだな。商売なんか二の次ですよ」

同調するわけにもいかず、もごもごと礼を言って店を出た。どうやら私が一番苦手なタイプらしい。ギターの説明を延々と聞くという関門を抜けないと、まともな会話は成立しないような気がした。

店主の部屋は、三階のフロアを全て占めているようだった。階段を上がった先にある廊下は、蛍光灯に照らされていても薄暗く、段ボール箱があちこちに積み重ねてあるために、幅が半分ほどになっている。青いドアは鉄製で、塗装がかなりぼやけていた。小さなインタフォンを鳴らし、返事を待つ。たっぷり一分ほど待たされた後、いきなりドアが開き、白髪混じりで全体がグレイに見える長髪を後ろで束ねた男が顔を見せた。五十歳よりは六十歳に近いようで、小柄な体を濃紺の作務衣に包んでいる。

「そいつは壊れてる」

「はい？」

「インタフォンだ」

「でも、私が鳴らしたのは聞こえたんでしょう」

「いいや」やけに自信たっぷりの態度だった。「壊れてると言っただろうが」

「じゃあ――」

「気配だ」満面の笑みを浮かべ、男が自慢気にうなずく。「人が来れば気配で分かる。あんた、警察官でしょう」

「お店の方から連絡が入ったんですか」

「いや、警察官は一目見れば分かる。昔お世話になったからな」

「そうですか」前科持ちか。しかもそれを誇るような態度というのは気に食わない。

「その頃の話を聞きたいかね」

「いや、特には」

私の言葉を無視し、男はべらべらと喋り続けた。いわく、学生運動は熱いムーブメントだった。逮捕ぐらいされなければ、一人前だとは認められなかった。俺は全てを捧げた。卒業と同時に普通の会社勤めを選んだ仲間もいたが、俺はそういう人間は裏切り者だと今でも思っている。俺は体制に組みこまれなかった。こうやって社会の片隅で一人、生きている。

店員の男が言った「変わり者」とはこの程度のレベルだったのか。彼もまだまだ社会経験が少ないようだ。この男のような経歴を持つ人間は、世の中に五万といる。数十年前の経験を未だに自慢気に喋る人間が少ないだけだ。喋らない理由は明白である。自分が何事も成し遂げられなかったことを、はっきり理解しているからだ。成し遂げられなかったことを喋っても何の自慢にもならない。

「実は、下の二〇一号室のことなんですが」

「あそこは空き部屋だよ」

あっさり答えを持ち出され、拍子抜けした。そんなことだろうとは思っていたが。

「いつから空いてるんですか」

「一か月……もうちょっと前か。契約切れで、三月いっぱいで出て行ったんだ」

「その人は、どういう人ですか」

「何でそんなことをあんたに言わなくちゃいけないのかね」急に警戒心を露にして、男が声を潜めた。「警察に協力する義理も義務もないと思うが」

「そうですね」

「おや、突っこまないのかい」からかうように男が言ったが、私は無言でうなずくに止めた。こういう物言いには慣れているし、一々つき合っていては話が先に進まない。

「その人なんですが……三木秀和という人ではありませんか」クレジットカードの名義

人だ。

「さあ、どうかね。もう住んでいないとは言っても、元店子のことをべらべら喋るわけにはいかない」

「何をされてた方なんでしょう。お勤めですか？」

「どうかな」

「その人は、クレジットカードの偽造に係わっていた可能性があります」

「偽造？」急に男がそわそわしだした。突っ張り通せば私はすぐに引く、と読んでいたのだろう。彼が命がけになっていたつもりの学生運動は、所詮ゲームだ。本当に傷ついたのはごく一部の人間だけであり、大多数の人間は逮捕されたことも勲章程度にしか思っていない——彼がそう言っていたように。警察など簡単に出し抜けると、甘く見ているのだ。

「二〇一号室は今も空いているんですよね？　見せていただけませんか」

「そんなことをする義務はない」

「部屋がカードの偽造工場に使われていた可能性もあります。外国人が出入りしていたことはありませんか？」

「外国人？」急に頭から抜けるような声を出した。「知らんな、そんなものは」

「では、近所で聴いてみます。この辺りは住宅街ですから、日本語を話さない人や見た目が日本人と明らかに違う人が歩いていたら目立つでしょう。このビルの二〇一号室で何が行われていたか、興味深いですね」

「それが大家の私に何の関係があるんだ」

「それは、裁判で主張されればいいでしょう。私には何とも言えません。単なる警察官ですから」

男がぐっと唇を引き結んだ。まさかそんなことになるはずがない。貸していた部屋が犯罪に使われていたとしても、それだけで罪に問われるはずがないと踏んでいるのだろう。確かによほど特殊なケースでなければ、彼の考えている通りだ。しかし私は、彼の頭に疑念を植えつけることに成功した。今は小さなものかもしれないが、いつかは大きく育ち、彼の頭を埋め尽くす。

「私は、二〇一号室を借りていた三木という人に会いたいだけなんです。あなたにご迷惑をかけるつもりはありません」

「今でも十分迷惑だよ」吐き捨てたが、言葉に力はなかった。

「しかし、教えていただけないなら、もっと迷惑になるかもしれません。私にはそんなつもりはないんですけどね」

男が口の中で何かもごもごと言った。聞き取れなかったが、喋る前に最後の文句を言わないと満足できなかったのだろう。

さらにやり取りを交わした後、男は結局三木の行き先を教えてくれた。今時、引っ越すからと言って次の住所を大家に教える人間も珍しいような気がしたが、私にとっては僥倖だった。もっとも、三木がどんな男かということは、依然として判然としなかったが。この男がチャイニーズ・マフィアと何らかのつながりを持っているかどうか——その糸は今のところあまりにも細く、私には見えていない。

三木の引っ越し先は、同じ世田谷区内、それも前のアパートから二キロと離れていない場所だった。最寄り駅は小田急線の千歳船橋(ちとせふなばし)。周囲には背の高い建物がまったくなく——ごみ焼却場の煙突が空に向かって立ち上がっているぐらいだった——アパートの前には区民農園が広がっている。

慎重にいくことにした。先ほど訪ねたビルのオーナーの説明では、三木はこれといった特徴のない中年の男、ということだった。契約を解除して家を出る時に、もしも荷物が間違って届くようなことがあったら、と新しい住所を教えていたのだが、その時に初めて丁寧な話し方の男だと気づいた、という程度である。職業、不詳。アパートを契約した時には「サラリーマンだ」と言っていたようだが、どこで働いているかを聞いたことはない。家賃は振り込みだったので基本的に顔を合わせることもなく、実際に話をしたのは入居の時と出る時との二回だけだったという。あまりにも極端に思えたが、賃貸住宅というのはそういうものかもしれない。

三木の家はアパートというより小さなマンションというべき規模で、三階建ての建物は夕日を浴びてオレンジ色に染め上げられていた。本当にサラリーマンだとすると、まだ家にはいない時間だろう。可能性は二つに一つだ。一つは、三木がチャイニーズ・マフィアと何らかのつながりがある可能性。もう一つは、何も知らずに名前だけを使われた可能性だ。その際、住所や金を引き落とされる銀行口座を別にしておけば、本人が気づくことはない。

五時半。一日の終わりが近づくと同時に、夜に蠢く連中が動き出す時間帯。そろそろマイケル・キャロスから、勇樹の様子を知らせる電話も入ってくるだろう。もう一つ、弁護士の宇田川からも連絡があって然るべきだと気づいた。もしかしたら仕事を放り出しているのかもしれないと思い、彼の携帯電話にかけてみる。反応はなく、留守番電話が応じたのですぐに切る。何を言っていいのか、上手い言葉が思いつかない。

車を出てアパートに向かった。玄関ホールから続く階段を上って三階まで行き、三木の表札がかかったドアを見つけてノックしてみる。返事はなかった。一分待ってもう一度ノックしてみたが、やはり反応はない。一瞬だけ、ドアに耳を押しつけてみたが、中に人の気配は感じられなかった。まだ帰宅していないのだろう、と判断する。ホールに引き返し、郵便受けを確認すると、四つに折り畳まれた夕刊が突き刺さったままだった。郵便受けにも三木の名前があるのを確認して、少なくともカードの名義人がここに住んでいることだけは確認が取れた。しかし後は、待つしかない。

仕方なしに車に戻り、今後の予定を検討した。いずれ三木は帰って来るだろう。だが、それまでの時間をただ待つことに費やすのは馬鹿馬鹿しく思えた。火急の問題はどちらだ、と考え始めると、すぐに結論が目の前にぶら下がる。十日会だ。橋田だ。あの男を何とかしないと、闇の中に潜む相手に向かって、滅茶苦茶に手を振り回しているようなことが続く。それがエネルギーの消費を招き、私の破滅を引き寄せるだろう。顔の見えない相手は、スウェーバックしながら手を出さずに逃げ回っていれば、私が消耗し切ることを知っている。こちらから有効打を打ちこまないと、この勝負、確実に負ける。

もう一度松戸か。また長い張り込みになるのは分かっていたが、少なくともここにい続けるよりはやりがいがあると分かっていた。東京を南西部から北東部に縦断し、さらに川を渡って千葉まで行くには、結構な時間を要する。最寄り駅から小田急線を使えば、直通の千代田線、常磐線を使って一本で行けるということに気づいたが、車を放置していくわけにはいかない。場合によっては、今後この車が私の宿泊場所、命綱になる可能性すらあるのだ。

夕方の六時……首都高環状線の渋滞は殺人的になる時刻だろう。どこか迂回路はないかと道路地図を取り上げた途端に、携帯電話が鳴り出した。大西の名前が浮かんでいる。いい機会だ。今までの尽力に礼を言って、これ以上首を突っこまないように忠告しよう。そう決めて電話に出たが、彼の弾んだ声は、私の狙いを押し潰した。

「いいネタ元を見つけました」

「その件なら、もう――」

「紫旗会の人なんです。紫旗会、ご存じですよね」

「ああ」思わず唾を呑んだ。紫旗会と十日会は、極論すればどちらが次の警察庁長官を出すか、警視総監の出身母体になるかで争っていた。しかし十日会の事件があった時、紫旗会は一切手を出さずに息を潜めていた。私が十日会を叩き潰す――あるいはあの連中が自爆する――のを横目で見ていただけで、その後で全てを手に入れたことになる。

しかし私は、紫旗会の連中とは接触しないように気をつけてきた。十日会を叩き潰したことと、紫旗会を利してしまったことは、私の中では別問題なのだ。

「紫旗会がどういうグループか、君は知ってるのか」

「もちろん。それに敵を知るには、敵の敵から情報を得るのが一番ですからね。紫旗会の中で、鳴沢さんに会ってもいいと言ってる人がいるんですよ」

「……今、警察大学校にいる人間なんだな」

「ええ」

「橋田の情報もその男から出た？」

「違います。裏づけてはくれましたけどね。どうですか？　橋田を攻めるにしても、もっと材料を持っていた方がいいでしょう。ただ張り込みや尾行をしてるだけじゃ、効率が悪いですよ」

「信用できるのか、その男は」

「鳴沢さんは俺を信用できますか」

「ああ」

「だったらその人のことも信用して下さい」

太陽のように明るい彼の笑顔が頭に浮かんだ。この男は、私が期待していた以上に優秀に育っているようだ。あっという間に情報網を作り上げている。

「こっちはもう終わりなんですけど、これからどこかで会えませんかね。今、どこにいるんですか？」

「二十三区西部、だな」

「具体的には言えないってことですか……中間地点はどの辺りでしょう」

「吉祥寺（きちじょうじ）だな」

「吉祥寺か……あまりよく知らないんですけど、どこか話をするのにいい場所がありますか」

咄嗟（とっさ）に頭に浮かんだのは、先日冴と会った蕎麦屋だった。客が少なければ、話をするのに適した、静かな場所である。この前は使わなかったが、確か奥に個室もあったのではないか。

店の名前を告げ、一時間後にそこで落ち合うことにする。電話を切ってから店に連絡を入れ、三人分の予約を入れた。個室を使うことにする。店で一々メニューを検討するのも面倒なので、コース料理を確認して「蕎麦懐石セット」を予約した。吉祥寺はここからならあまり遠くはないはずだが、夕方のラッシュを見越してすぐ出発することにする。

大西の好意はありがたかったが、一つの派閥に対抗するために別の派閥を利用するのが、正しいことだとは思えなかった。少なくとも私の感覚では、それは別の派閥に組みこまれることを意味する。どんなものであっても、恩を受けたらそれを無視していることはできないのだ。しかし今は、そんなことを言っている場合ではない。どれだけ手が汚れようが、まずは危機を跳ね返すことが先決だ。洗えば手は綺麗になる。

ただしそれは、私だけの話である。この会合が終わったら、大西には手を引かせなければならない。彼は手を汚す必要もないし、ましてや私によってそんな状況に引きずりこまれる理由はまったくないのだ。目の前に綺麗な青い海が開けている時に、わざわざ下水溝に飛びこむ必要はない。


十分早く店に着いた。奥の座敷に陣取り、二人の到着を待つ。ぼんやりとメニューを眺めていると、冴の気配や香りがそこかしこに残っているように感じた。そんなはずはないのに。彼女とここで会ったのが、随分昔のことのように思える。集中しろ——どうしてこんな店で待ち合わせてしまったのか、自分の愚かさに腹が立った。

約束の時間ちょうどに、個室の障子が開いた。大西が、穏やかな笑みを浮かべて軽く会釈をする。もう一人、彼が連れてきた男はやや緊張した面持ちで、私の顔を一瞬見て頭を下げた。筋違いだとは思ったが、私が上座に、二人が向かいに座る。店員がお茶を持ってきたので、二人の顔を順番に見た。「酒は?」訊ねると無言で同時に首を横に振る。私は店員に向き直った。

「飲み物はお茶で、料理は一度に全部出してもらえませんか」

「お蕎麦もですか？」

「蕎麦も一緒でいいです」

「分かりました」釈然としない様子のまま、店員が引き下がった。障子が閉まるのを待ち、低い声で二人に話しかける。

「お忙しいところ、どうも」

「鳴沢さんです」大西がすかさず紹介してくれた。「こちら、警視庁捜査共助課の若林(わかばやし)警部です」

まだ警戒心が解けないようで、若林は緊張しきった表情のまま、小さく頭を下げるだけだった。小柄な大西よりもさらに小柄な男で、艶々(つやつや)した黒髪を地肌が見えるほどきっちりと七三に分けている。その下の顔は、季節を真夏と勘違いさせるほど焼けていた。一目見た限りでは年齢の見当がつかなかったが、私と同年輩ではないか、と想像した。

「ゴルフ焼けですか」だとしたら呑気な話だな、と思いながら訊ねる。

「いや、テニスですが」

「若林さんは、インカレで全国で三位になったことがあるんですよ。今でも現役プレーヤーです」私の言葉に棘が生えているのを察知したのか、大西がフォローした。

「全国三位だったら、プロにもなれたんじゃないですか」話の接ぎ穂として、私は彼を持ち上げた。

「テニスで飯を食える人はほとんどいませんよ。プロ野球選手になるより難しいかもしれない」ぼそぼそとしわがれた声だった。それから年次の話になり、私は若林が自分より五歳年上だということを知った。驚きが顔に出たのだろう、彼が自嘲気味に言った。

「この年になってこういう顔だと、示しがつかないですね」

「部下も多くなるわけですしね。管理職としての威厳は、警察大学校の研修では身につかないでしょう」

若林の太い眉がわずかに寄った。慌てて大西が割って入る。

「まあまあ、鳴沢さん、そう突っかからないで」

「突っかかってないよ」

「気持ちは分かりますよ」若林は丁寧な口調を崩そうとしなかった。「あなたは痛い目に遭ったことがある。今も痛い目に遭ってる。我々のような人間が気に食わないのは当然でしょうね」

「どうしてあんなグループを作ってるんですか？　出世したがる気持ちは分からないで

もないけど、自分たちに都合のいいように現実を捻じ曲げることは許されない」

「俺たちはそんなことはしていない」若林が初めて露骨に感情を露にした。「それは十日会の連中の方だ」

「同じようなものじゃないですか。あなたたちも、いつ軸が狂うか分からない」

「鳴沢さん」大西の声が鋭くなった。唇をかすかに震わせている若林を目線で制しておいてから、私に忠告を与える。「よしましょうよ。若林さんはせっかくこんなところまで来てくれたんだから」

「……分かってる」だが、自分の中で簡単には折り合いがつきそうもなかった。敵の敵は味方。大西の論理は歴史上何度も言われてきたことだし、正しい時もあるが、敵の敵がさらに悪質な敵になることもある。

「まあねえ、あなたがそう言うのは理解できないでもない」若林が煙草のパッケージを開け、尻を指先で弾いた。一本引き抜いて銜えると、そのまま唇の端でぶらぶらと揺らす。「同じ立場だったら、俺だって疑心暗鬼になるでしょうね。自分以外の人間は信用できなくなるかもしれない。だけど、そうやって穴の中に潜ったままじゃ、何にも分からないでしょう」

「どうして俺に情報をくれる気になったんですか」

「正直にいこうか」急にくだけた口調になって、若林が煙草に火を点けた。「あのね、俺たちは十日会の連中が邪魔だ。ぜひいなくなって欲しい。別にあんたを持ち上げるつもりはないけど、十日会をぶっ潰したことは評価してる。あれであんたは、警視庁の中で生き延びる道が開けたんですよ」

「どういうことですか」彼の意外な発言は、私の頭を混乱させた。

「大きな手柄だと考えた人間もいたんです」

「紫旗会の中で?」

「まあ、それは……あんたの性格を考えると、俺たちの仲間に入らないかと誘っても、無駄だということは分かっている。それにあんたは、必ず渦を巻き起こす人間だからね。うちの会は問題を抱えこみたくない」

「はっきり言いますね」

「それが当たってることは、あんたが一番よく分かってるでしょう」質問ではなく決めつけだった。無言を守ることで、私は彼の言葉を肯定した。若林が煙草をゆっくりとくゆらせる。「でも、やったことは評価しなくちゃいけない。だからあんたは、ずっと守られてたんですよ。馘になってもおかしくないことも、何度もあったでしょう。余計なことに頭を突っこんで、あちこちで正しいやり方を捻じ曲げて……普通ならとっくに処分されてる。警察から蹴り出されていてもおかしくない。それなのに、はっきりした罰を受けたことは一度もない」

「本部に上がれないで、あちこち飛ばされましたけどね」

「そういうのは罰と言わないよ。恨み節を言いなさんな」いつの間にか若林の口調は、老獪(ろうかい)な刑事のそれに変わっていた。顔つきさえも、ベテランらしく余裕と疲れが同居したものになっている。「どこにいようが、ずっと捜査に携って好きな仕事ができてるんだから。文句を言える筋合いはないでしょう。逆に感謝してもいいぐらいじゃないかな」

彼の言うことにも一理ある。捜査権のない故郷の新潟で、古い事件を勝手に捜査したこともある。命令を仰がず、無茶苦茶なやり方で犯人に暴力的に対峙(たいじ)したこともある。単に研修を受けに行ったアメリカで、チャイニーズ・マフィアを追って北から南へ縦断したことに関しては、なにをかいわんや、だ。

要するに、私には守護者がいた。

「俺たちは、汚い手は使わない。十日会の連中と違って、そういう下品なことはしないんですよ」若林が断言した。「だけど情報は提供しましょう。結果的にこちらの利益になるはずだからね。もちろん、十日会の連中が何を企(たくら)んで、最終的にどうしたいかは分からない――」

「お待たせしました」障子が開き、料理が運ばれてくる。生々しい話は封印され、機転を利かした大西が、今年の巨人はどうして勝てないのかについて、自説を開陳し始めた。若林は適当に話を合わせながら、料理が並び終わるのを待っていた。私は二人の会話をぼんやりと聞き流しながら、自分が巨大な組織の掌の上で遊ばされていただけだったのだ、と痛切に感じていた。刑事一人の暴走を尻拭いすることなど、紫旗会のように大きな組織にとっては訳もないことなのだろう。特に十日会が表舞台から姿を消して以来、紫旗会は警察庁、警視庁いずれの組織でも、中枢を占めているはずだ。

　店員が引っこむと、大西がすかさず文句を言い始めた。

「蕎麦は後でもよかったんじゃないですか」

「一々障子を開けられたんじゃ話ができないだろう。伸びるのが嫌なら先に食えよ」

「そんなこと言ったって……鳴沢さんの奢りじゃなければ、切れてるところですよ」

「君が切れるわけないだろう」

「海君は人格者だからね」表情を和らげて若林が言い添えた。大西がどこに行っても名前を訓読みされていることに気づき、私も頬が緩むのを感じた。

「仕方ないな」結局大西は最初に蕎麦に手をつけた。私も若林もそれに倣う。一番先に蕎麦を食べ終えた若林が、一瞬だけ手帳を開いて中身を確認してから、内容をそらんじた。

「橋田善晴。五十二歳。巡査を拝命したのは昭和五十二年。墨田署がスタートで、その後機動捜査隊、銀座署刑事課、捜査一課、そこから横滑りして捜査三課、台東署、その後捜査一課に戻って現在に至る。キャリアはそういうところだね。もちろん、管区学校や警察大学校に行ってた時期は除くけど」

「現場での叩き上げですね」

「そういうこと。仕事に関しての評判は悪くない。じっくり取り組むタイプですよ。切れがあるわけじゃないけど、任せておけばきちんと結果は出す。趣味と実益を兼ねて剣道をやってる。三段だ」

「以前は、十日会の中でそれほど目立つ存在ではなかった」

「あんたがぶっ潰した頃は、彼はまだそんなに偉くなかったんだね。出世したんですよ、あの組織の中で」

「彼が俺を陥れようとしている――」

「そんなことは分からない」若林の声が冷淡になった。「連中が何を考えてるかまでは、ね。それは分かって下さいよ」

「ええ」

「彼の班は、今、特に事件を抱えていない。あんたにこんなことを説明するのは無意味だろうけど、一課の暇な班は本当に暇だ。請求書の処理をするか、資料の整理をするぐらいしか仕事はないからな。だから、いろいろと動き回る余裕もできる」

「今、十日会にはどれぐらい人がいるんですか」

「それは分からない。警部以上のクラスで二十人ぐらい、と言われてるけど、簡単には確認できないよ。前回の一件以来、自分は何も関係ないという顔をして離れていった人間も多かった。それは賢い選択だと思うがね」

「自分たちの利益のためには、人を殺すぐらいのことはすると思いますか？　以前と同じように」

「それはない」

「どうして断言できるんですか」

「今度同じようなことをやったら、完全に潰れるからさ。単なる仲良しグループでいる間はいいけど、あの連中は明確な利害関係でつながってる。ヘマをすると直接自分の出世に響くことは、身に沁みて分かってるはずだ。まず、一線を踏み出すことはしないだろう」

「だけど俺を狙ってる——今のところは成功してませんけど」

「実は、そこが俺たちにも分からないところなんだ」新しい煙草に火を点けると、若林が胡坐(あぐら)を崩して身を乗り出した。「人が二人死んでる。その捜査線上にあんたの名前が出たのは間違いない。逮捕でもされれば、あんたの評判は地に落ちるし、もしかしたら容疑が晴れないまま有罪判決を受ける羽目になるかもしれない。それは、復讐としては最高のものだよな。あんたは仕事も誇りも失う。殺されるより辛いことかもしれない」

「でも、人を殺すようなことまではしないと？」

「それほど筋の外れた話じゃないと思うが」

「誰かを使って殺しをやらせたとしたらどうですか」

「何か心当たりがあるのか？」若林の目が鋭く光った。

「ありません」あった。少なくとも想像の上では。だがそれを、彼に告げるわけにはいかない。こんなところで紫旗会を利するようなことはしたくなかった。できれば自分の手で真相を明らかにしたいし、それが不可能でも、二つのグループの色に染まっていない人間の手で事件を解決してもらいたい。もっとも、誰が無色の人間なのか、調べる術(すべ)さえないのだが。

「一つ、重大なヒントがあるよ。連中がアジトにしている場所があるんだ」若林が新宿区内の住所を告げた。すぐにはどこか分からなかったが、素早く手帳に書きつける。

「連中はそこで何をしてるんですか」

「情報交換。データの保存。中がどんな風になってるかは俺も知らんがね。連中は、昔から同じようなことをやって——」

マナーモードにしてあった電話が、ジーンズのポケットの中で震え出した。若林が口をつぐむ。見知った電話番号であり、脈拍が一気に限界まで跳ね上がった。電話に出た途端、低い笑い声が嫌らしく耳を突き刺す。

「誰だ」返事はない。二人に声をかけるのも忘れ、個室を飛び出した。スニーカーをつっかけたままで店を飛び出し、雑踏に紛れる。

電話番号は、私の自宅のものだった。

「誰だ」

「小野寺(おのでら)冴を預かっている」あの男だ。美鈴を拉致したと嘘をつき、私を駐車場に呼び出した男の声に間違いない。

「俺の家にか？」

「そういうことだ。お前はここに来ざるを得ない」

「そこを家探ししても何も出ないぞ」

「それは分かってる。一度やったからな」

クソ。私の家に忍びこんだのは、名前も割り出していないあいつらだったのだ。鉄アレイを盗んだのもこの男だろう。

「待ってるぞ」

「また騙すのか？　二度は通用しないぞ」

「本当だったらどうする。もちろん、お前以外の警察官がここに来たらどうなるか、分かってるな」

電話はいきなり切れた。人波の中に取り残された私は、呆然と携帯電話を見詰めた。本当だったら？　クソ、冗談じゃない。たとえ別の道を歩いているとしても、彼女が大事な友人であることに変わりはないのだ。躊躇う必要など微塵もない。

料理と後輩と情報を残したまま、私は走り出した。「鳴沢さん！」と叫ぶ大西の声が、頭の後ろで響いた。

第四部　命

1

駐車場から歩道に車を乗り出した瞬間、フロントガラスに誰かが身を投げ出した。慌ててブレーキを踏みつけると、目の前に大西の四角い顔が歪んで広がる。シフトレバーを「P」に叩きこみ、ドアを押し開けて上半身を外に突き出した。

「何やってる――」私が言い終える前に、大西は助手席のドアを引きちぎるように開けて、車内に滑りこんでいた。運転席に座り直して、無茶を叱責する。

「何考えてるんだ」

「行きましょう」

「どこへ」発進するわけにもいかず、その場に止まるわけにもいかず、私は苛立ちを拳にこめてハンドルに叩きつけた。

「どこだか知りませんけど、早く行きましょう。邪魔になってますよ。歩道の真ん中で車を停めちゃいけない」

結局、大西の一言が背中を押した。しかし、何とか彼を振り切らなければならない。危ない目に遭わせるわけにはいかないのだ。

「どこなんですか、鳴沢さん」

「何の話だ」

「惚けないで下さいよ」ちらりと横を見ると、大西は顔をしかめて右手首をぶらぶらさせていた。「あんな凄い顔をして飛び出していったら、何かあったと思うに決まってるでしょう。俺だって、ぼうっとしてるわけじゃないんですよ」

「ああ――ああ、そうだな」ハンドルをきつく握り締める。前の信号が黄色から赤に変わるのを無視して、交差点に突っこんだ。スクランブル交差点を埋め始めた人の波が一瞬止まり、私はその中を、クラクションを連打しながら泳ぎ切った。

「いったい何事なんですか」大西がシートの中で何とか姿勢を保とうと身を捩る。「尋常じゃないですよ。運転中は携帯電話もかけない鳴沢さんが、こんな運転をするなんて」

隠し切れるだろうか。それに、彼は納得して車を降りてくれるだろうか。無理だ、という結論に達するのにさして時間はかからなかった。南へ、中央高速の調布インターへ向けて車を走らせながら、簡単に事情を説明する。もっとも、私自身が事情を全て把握しているわけではなかったので、中途半端な、穴だらけのものになってしまったが。

「つまり、鳴沢さんの昔の相棒が拉致された、と。しかも現場は自宅なんですね？　何とまあ、ふざけた話だ」のんびりした口調でまとめたが、その底にははっきりと怒りが感じられた。

「とにかく、犯人が俺の家から電話してきたのは間違いないんだ」

「それが二人を殺した犯人なんですか？　そして鳴沢さんを陥れようとした連中だと？」

「分からないけど、線の一本であるのは間違いない」横を見ると、大西はまだ痛そうに手を振っていた。「頼むから、無理しないでくれよ。君はこんなところで失点すべきじゃない」

「失点って何ですか」澄ました声で大西が言った。「刑事として失点するよりも、人間として失点する方が嫌ですよ、俺は。さあ、余計なことは置いておいて、考えましょう。作戦がないと絶対に駄目ですよ」

この男はいつの間にこんなに冷静に、逞しくなったのだろう。心強い限りだったが、依然として私は、彼の将来に暗い雲を呼び起こすことだけは避けたいと願っていた。

自宅の近くまで着いた時には、九時近くになっていた。この家を見るのもひどく久しぶりに思える。車の音が聞こえないよう、かなり遠くに停めて歩き出した。周囲をぐるりと回り、普段の光景と違うものを見つけようと努める。

すぐに分かった。車だ。薄い空色のメルセデス。詰めが甘いと言うべきか、堂々としていると言うべきか……同じ車を何回も使うとは。依然としてナンバープレートは外した状態で、このまま停めておけばいずれは誰かが不審に思うだろう。

「海君、ナイフを持ってないか？　錐でもいいんだけど」

「まさか」ぎょっとして大西が立ち止まる。メルセデスをざっと眺め渡した。「これが犯人の車ですか」

「そうだ。前のバンパーを見てくれ」

大西が前に回りこむ。一瞬しゃがみこんですぐに立ち上がり、「凹んでますよ……事故ですかね。傷は新しいみたいだけど」と独り言のように言った。

「轢き逃げをしたんだ。俺の目の前で」

「とんでもない奴らだな」大西の目が暗くなり、きつく握った拳が震えた。「人を殺すことを何とも思ってないわけだ……どうしますか？　パンクさせるなら何か手を考えますけど」

「いや」いったん彼の提案を否定してから考える。相手は何人いるのか。バックアップがいるなら、車を動かさないようにしても無駄だ。しかし、今まで一方的にやられ続けたことを考えると、仕返しの一つぐらいしておくべきだとも思う。「やっぱりやるか」

「了解です」強張った表情を浮かべ、大西がうなずく。「何を使いますかね……車には何か使えそうなものはないんですか」

「ちょっと待ってくれ」

レガシィに引き返してトランクを探り、工具入れを取り出した。今までお世話になったことは一度もないが、念のために工具一式は用意している。街灯の下で中をあらためると、小さなハンマーと着脱式のドライバー一式が見つかった。ついて来た大西にそれらを見せる。

「これぐらいしかないな」

「せめてマイナスドライバーを使いましょう」私の手の中の工具を見て、大西が忠告する。「プラスのやつより刃先が鋭いですからね」

「了解」ドライバーはプラスマイナスがそれぞれ六サイズ揃っている。マイナスの中で一番太いのを選び、ハンマーと一緒にジャケットのポケットに落としこんだ。メルセデスのところに戻って、周囲の状況を頭に入れる。私の家は緩い左カーブの途中にあり、この位置からは建物の半分ほどしか見えない。灯りは点っていない様子だった。向こうからこちらは見えないだろうと判断し、メルセデスのトランクの背後でしゃがみこむ。

「二階の部屋は見えるか」

「カーテンは閉まってます」中腰になった大西が、素早く報告した。「家の中からこちらを見るには、あそこしかないでしょう」

「ああ」

「人がいる様子はありません」

「張っててくれ」

「了解」

右のリアタイヤの横に回りこむ。しゃがんだまま家を見ようとしたが、メルセデスの巨大なボディに視界が塞がれた。車に集中し、ホイールとタイヤの境目辺りにドライバーをあてがう。アタッチメント式なので、持ち手がついていない状態では巨大な釘のようにも見えた。ハンマーを振り下ろすとドライバーの先が滑ってホイールに食いこみ、鋭い金属音を立てる。慌てて手を止めて周囲を見回したが、誰かがこちらに注意を払っている様子はなかった。大西がちらりと私の方を見て「大丈夫です」と低い声で保証する。

闇に目が慣れるのを待ち、二度目はもう少し慎重にやった。はっきりとした手ごたえがあり、ドライバーがタイヤを切り裂く。深く食いこんでいたので抜くのに苦労したが、確実にタイヤが萎み始めた。反対側に回り、左のタイヤもパンクさせる。駆動輪が両方パンクしていれば、長くは走れない。

「終わった」そう告げて立ち上がり、トランクに寄りかかる。いつの間にか、額にはびっしり汗をかいていた。ジャケットの袖で汗を拭うと、カーキ色の布地が黒く染まる。それから私たちは、無言で手早くメルセデスを調べた。ナンバーは前後とも外されている。車内には、この車を使っている人間の身元を推測させるようなものは何もなかった。念のため、トランクに手をかけてみたが、もちろんロックされている。ボンネットをこじ開け、エンジンをいじって完全に動かなくすることもできるが、そこまで時間はないだろう。

レガシィに引き返す。大西は黙ってついて来た。もう一度工具箱を探り、一番太いプラスのドライバーを持ち手に挿しこんで、大西に渡す。

「武器はこれしかないんですね」大西の鼻に皺が寄った。

「何を期待してるんだ。これは普通の車なんだぜ」

「それじゃあ、そうですね……消火器はどうでしょう」

「ああ」グラブボックスを開け、缶状の消火器を取り出す。高さ十五センチほどの小型のもので、キャップを取るだけですぐに使えるというのが売り文句になっていた。外に出て彼に渡してやる。

「ええと」缶に顔を近づける。「使いやすいスプレータイプです……これはいいですね。三百六十度、どんな角度からでも使えます。なるほど。ガス類は一切使用していません、人体にも安全です、と。これじゃ、目潰しにはなりませんね」

「潰せなくても、目くらましぐらいにはなるんじゃないか」

「仕方ないな」

大西がスーツの左右のポケットに、消火器とドライバーを振り分けて入れた。

「鳴沢さんは？」

「さっきのマイナスドライバーがある。後はこれだ」拳を握って、大西の顔の前に突き出した。彼は露骨に顔をしかめ、首を傾けるようにして私の拳を避ける。

「それだけで大丈夫なんですか？　相手はどうなんですか」

「何を持ってるか分からないな。銃と対面することは覚悟しておいた方がいい」

薄明かりの中、大西の喉仏（のどぼとけ）が小さく上下する。何とか笑おうとしたようだが、顔が引き攣るだけだった。

「行くか」

「ちょっと待って下さい」大西が遠くにぽつりと浮かぶ私の家を見詰めた。「冷静に考えて下さい。ここは所轄に連絡すべきですよ。相手が何人いるか分からない、どんな武器を持っているかも分からない状態で、二人だけで突入するのは無茶です」

「俺以外の警察官が来たら、彼女が危ない」

「それは脅し文句の定番でしょう。きちんとやるべきですよ。人質事件に関しては、その道のプロもいるんだから」

「時間もないし、危険は冒したくないんだ」

「二人だけでやる方が、よほど危険だと思いますけどね」

「君は降りてもいいんだぞ。何も聞かなかったことにして、ここで帰ってもいい――いや、そうすべきだ」

「まさか」否定した彼の顔には、かすかな怒りが浮かんでいた。

「まさか、じゃない。今ならまだ、降りられる」

大西がぎゅっと目を閉じ、すぐに開けた。表情が引き締まり、口元に覚悟が浮かんでいる。ポケットからドライバーを取り出し、しげしげと眺めた。

「あーあ、こんなもので何とかしろって言われてもね」緊張を解いて薄い笑みを浮かべる。「まったく、仕方ないですね。鳴沢さんにつき合ったら、こういうことは避けられないんだから。最初に警戒しなかった俺が馬鹿でしたよ」

「だから、つき合う必要はないんだよ」

「今さらそれはないでしょう。俺はもう、覚悟してるんです。でも、作戦も何もなしでいきなり、というのはやめましょう。少し考えましょうよ。玄関を開けて素直に入っていっても、何にもできませんよ。あの家の構造はどうなってるんですか」

　言われて、手がないでもないことに気づいた。それはまだ口には出さず、家の構造を説明する。

「半地下のガレージ。そこへの入り口は二か所だ。正面に車を入れるシャッター、それと裏口がある。裏口の鍵は、連中がこじ開けたんじゃない限り、かかっているはずだ。ガレージからは、階段を使って玄関の脇に出られる」

「玄関から入るか、ガレージから入るか、ですね」

「ああ」

「裏口からガレージに入って、そこから玄関に行く方が、気づかれる可能性が少ないでしょう」

「そうだな」

「人質はどこにいると思いますか」

「分からない。一階にリビングルームと書斎、二階には三部屋ある。どこにいてもおかしくない」

「こういう時は上から始めるのが常識ですけど……それはどうにもならないですね」

「そういうことだ。君はエレベーターを使ってくれないか」奥の手をここで持ち出した。

「エレベーターがあるんですか？」大西が目をむいた。「どういう家なんですか。普通、家にエレベーターなんかないでしょう」

「ホームエレベーターってやつだ。家主が、将来足腰が立たなくなった時のことを考えて作ったらしい。二人しか乗れないし、俺は使ったことがないけどな」きちんと動くのだろうか——大丈夫だろう。三か月ほど前に業者が点検にきた時は、何の異常もなかったのだから。

「で、俺はそのエレベーターをどう使うんですか」

作戦を伝えた。最初大西の表情は真剣だったが、やがて疑念を表明する色が目に浮かび、最後には溜息で終わった。

「やっぱり無茶ですよ。武装した人間を連れてきた方がいい」

「駄目だ」

「相手が銃を持ってたらどうするんですか。消火器ぐらいじゃ太刀打ちできませんよ」

大西がポケットから消火器を引っ張りだす。確かに。彼の手の中でそれはひどく頼りなく、おもちゃのようにしか見えなかった。

「その時は、君は逃げてくれ」

「それができないことぐらい、分かってるでしょう……しょうがないな。この場ではボスは鳴沢さんだから」

「ボスなんて言わないでくれ、相棒」

「相棒と呼ばれたことで納得するしかないでしょうね」自嘲気味に言ったが、彼の口調には嬉しさが滲み出ていた。

二人で携帯電話を取り出し、キー操作音がオフになっていることを確認する。さらに、メールの着信音もオフにした。余計な音を立てない限り、敵に気づかれずに連絡し合うことができる。

「行くぞ」

「了解」

メルセデスの背後から抜け出し、私たちは家に向かった。後ろから大西がささやくように質問を発する。

「これが冗談だったらどうしますか？　本当は人質なんかいなくて、相手が鳴沢さんをからかってるだけだとしたら」

「俺がそれをどれだけ望んでるか、君には分からないと思うよ」冴の携帯にも、事務所にも何度も電話をかけてみた。どちらも反応なし。彼女が捉えられ、私の家に拉致されている可能性は、決して低くはない。美鈴の時とは何かが違う――極めて感覚的なものなのだが。

「そんなに大事な人なんですか」

「ああ」一瞬足を止め、振り向く。「大事な相棒だ。向こうがどう思ってるかは分からないけど」

裏口からガレージに入るのは何年ぶりだろう。もしかしたら、家主から家の説明を受けて以来かもしれない。そもそも裏口を使う理由などなかったから。鍵はかかっていた。解錠し、できるだけドアを開けないようにして、狭い隙間から体をこじ入れる。私のすぐ後に大西が続いた。ガレージには侵入者の形跡はなく、ＳＲもウェイトトレーニング用の器具も無事だった。

　車をバックで入れた時、後部バンパーのちょうど後ろに当たる位置にホームエレベーターがある。ドアは薄いクリーム色で、前面には磨りガラスが入っている。中の人の顔をはっきり確認することはできないが、影は映る。それを指摘すると、大西が素早くうなずき、しゃがみこむ真似をした。床に這いつくばっていれば、少なくとも相手はこちらを見ることはできない。問題は、エレベーターが作動する音までは消せないことだ。作動音は非常に静かだったはずだが、停止する際に立てる音までは止められない。

　事前の打ち合わせ通り、私は玄関へ続く階段に足をかけた。その瞬間、誰かが歩き回る足音が、かすかにだが耳に入ってくる。大西もそれに気づいたようだった。私を見て、無言のまま指示を求めてくる。首を振り、最初の計画を崩さない方針を明らかにした。耳を澄ましたが、こちらの心臓を破壊しそうな悲鳴とか、苦しむ呻きなどは聞こえない。少しだけほっとしたが、完全に安心はできなかった。冴が声も出せない状態でいる可能性もある。

　しばらく足音に耳を傾け、それが一階のリビングルームから生じていることを確信した。重い木製品がこすれる耳障りな音もしたのだが、それはダイニングテーブルか何かが動いた音に違いない。

いったん階段から離れ、大西に近づいて耳打ちした。緊張のせいで、彼の額には細かな汗の粒が浮いている。

「一階のリビングに誰かいる」

「間違いないですか」

「分かるさ。自分の家なんだぜ」

「どうします？」

エレベーターが一階に達するまでどれぐらいかかるだろう。五秒？　十秒？　ドアの開閉時間も計算にいれなければならないから、正確な時間を決めることができない。

「俺はリビングルームの正面から行く。階段を上がり始めてから十……いや、二十数えたら、エレベーターで上に来てくれ」

「事前に乗って待っていて、二十秒後にスタートということでいいですね」

「ああ」

「このエレベーターは、一階のどこに着くんですか」

「リビングルームの裏側……というか、そういうことだ。分かるか？」

「廊下からの入り口の反対側？」

「そう」きっちり言葉で説明することすらできない。情けなく思ったが、ここで立ち止まっている余裕はなかった。

「了解しました。鳴沢さんが正面から行って、俺が背後から回って……挟み撃ちですね」

「そういうことだ」

「相手が三人以上いたら？」

「いないことを祈ってくれ。俺は部屋に入ったら、できるだけ早く警備会社への通報ボタンを押す。物凄い音がするんだ。大騒ぎになれば、向こうも逃げ出すかもしれない」

「そう、ですか」何か言いたそうだったが、彼自身、それより上手い手は浮かばない様子だった。「では」と短く言って、エレベーターの扉横についたコントロールパネルの、上向きの三角形を押す。エレベーターの扉が音もなく開き、中で柔らかい小さな灯りが点った。うなずきかけて、階段へ向かう。

靴と靴下を脱ぎ、裸足（はだし）になった。ひんやりとしたコンクリートの冷たさが、足の裏から脳天まで突き抜ける。しばらくその場に立ち止まったまま、体が冷たさに慣れるのを待った。問題ない、と判断したところで振り返る。手を伸ばしてエレベーターのドアを押さえていた大西が小さくうなずく。

かすかに上向きの風が吹いているようだった。音を立てないように、できるだけゆっくりと上がって行く。二十秒ではなく三十秒にしておくべきだった、と後悔した。上り切ってからリビングルームの中を確認する時間がない。引き返すか、それともメールで指示を与えて……とも思ったが、どちらにしても時間がない。

玄関横に通じるドアに手をかける。わずかに開いていた。やはり侵入者がガレージ経由で家に忍びこんだのは間違いないようだ。その隙間をできるだけ早く、しかし音を立てないように気をつけながら押し開ける。腕時計を確認すると、既に二十秒が経過していた。一瞬パニックになりかけたが、リビングルームはすぐそこである。もう、気づかれても構わない。足音を立てて走り出し、廊下を五歩で横切って、リビングルームのドアを引き千切るように開ける。

最初に私を迎えたのは暗闇だった。それも、ほぼ完全な暗闇。二重になっているカーテンはどちらもしまっており、それで外のわずかな月明かり、街灯の照明も完全に遮断されている。冴の気配は——闇に覆われて、何も分からない。逡巡する間もなく、私は「小野寺！」と叫んだ。体中の血液が沸騰し、頭が熱くなる。

照明のスイッチに手を伸ばしかけた時、ふいに背後で気配が変わるのを感じた。空気が揺らめき、それを断ち切るように鋭い気配が上から下へ振り下ろされる。慌てて体を丸め、前方へ身を投げ出した。何かが首の後ろから左肩にかけて当たり、激しい痛みが体を突き抜ける。大丈夫だ。相手は刃物を使ったわけではない。回転して受身を取りながらそう考えたが、動きが止まる寸前にソファにぶつかって、おかしな方向に体が転がってしまった。すぐに起き上がろうとしたのに、バランスを崩して床に這いつくばってしまう。その瞬間、自分の鼻先に足があるのが見えた。どこかで見覚えのある足が。瞬時に事態を察し、私は手を伸ばして足に触れた。滑らかな脛の感触が掌に触れる。温かい。大丈夫、少なくとも生きているはずだと自分を納得させ、何とか立ち上がろうとした。

　中腰の姿勢までは持っていけた。だが相手は、私に完全に立ち上がる暇を与えず、再び凶器を振り下ろしてきた。片膝を突いた姿勢のまま、自分と冴の両方を守るために、咄嗟に怪我を忘れて左手を顔の前に上げる。衝突の直前、膝に力を入れてわずかに姿勢を高くした。そうすることで、振り下ろす途中で凶器を受け止め、勢いを殺すことができる――できた。が、衝撃は想像以上だった。おそらく、鉄パイプのようなものだろう。骨まで響く鋭い痛みが上腕を突き抜けた。

　声を上げながら、相手の脚を捉えようとタックルをしかける。だが相手は素早く脚を引き、またもや鉄パイプを振り下ろした――クソ、興奮した汗の臭いを嗅げるところまで近づいていたのに。首の付け根に鈍い痛みが走り、一瞬体が痺れる。もう一発くらったら危ない。だが相手の下半身ははるか遠くにあり、摑まえることはできそうになかった。横に転がってこの場を逃れるか——しかしそれだと、冴を守れなくなる。正面からもう一度突っかかるしかないが、それはギャンブルに過ぎない。それも勝ち目の薄いギャンブルだ。

相手の動きが止まった。エレベーターだ。

「動くな！」大西の声が響く。一瞬、空気が凍りついた。その間隙を使って、私は両膝を突いた姿勢から一気に反撃に転じた。脚ではなく、腹を狙ってタックルに入る。摑んだ——だが寸前で、相手が私の腕と自分の体の間に腕を差し入れたので、両手をきっちりロックして押し倒すまではいかなかった。それでもぐっと押しこみ、壁に叩きつけることには成功した。この辺りに照明のスイッチと、警備会社への通報スイッチがある。相手の体から離れると、手探りで照明をつけ、通報スイッチに拳を叩きこんだ。すぐに鼓膜を震わせるような音が鳴り響き始める。大西が消火器を発射し、室内を白く染めた。侵入者が、リビングルームから撤収しようと窓に突進する。消火器で白く霞む光景の中、男が右手をふるって鉄パイプを窓に叩きつけ、そのまま体を丸めるように外へ飛び出すのが見えた。

冴――椅子に縛りつけられ、猿轡をかまされている。緑色のブラウスの右肩付近が大きく破れ、その周辺の色が濃くなっていた。白い肌に醜い傷が残っているのを見て、私は思わず目を背けそうになった。だが、冴の強い視線に吸い寄せられる。その目は怒りを湛え、足を踏み鳴らしながら無言のうちに「追え」と命じていた。

「待て！」私は一声怒鳴ってすぐに窓に向かった。裸足の足の裏にガラスの破片が刺さり、鋭い痛みが走る。大した怪我ではないと判断して、そのまま窓から外へ飛び出した。大西がついてくる気配が感じられたので、「ここを頼む！」と言い放って、男の背中を追った。

足の裏が血で濡れ、アスファルトの上でかすかに滑る。構わず、男を追いかけた。男はメルセデスに辿り着き、引きちぎるようにドアを開ける。家の中のどこかに、もう一人が潜んでいたようだ。状況が怪しくなってきたのを感じ取り、一足先に玄関から逃げ出して待っていたに違いない。既に運転席に座ってエンジンをかけており、ドアが閉まるのを待たずに車を発進させる。タイヤが軋り、ヘッドライトが頼りなく左右に揺れた。ハイビームに切り替わり、私の目を焦がす。このまま轢き殺すつもりかと思って身構えたが、直前で強引にUターンを実行し、スピードを上げる。尻が不自然に沈みこみ、不安定に左右にぶれるのを私は見逃さなかった。痛みを忘れて全力でダッシュし、レガシィに辿り着く。メルセデスのテールランプはまだ辛うじて見えている。タイヤをやられているので、思うようにスピードを出せないのだ。

その場で方向転換し、追いかけ始める。レガシィの足回りは元気だ。あっという間にカーブの所で追いついたので、思い切り距離を詰める。アクセルを緩めず、真後ろからバンパーにぶつけていくと、メルセデスの尻が大きく揺れた。それでも何とか姿勢を立て直してカーブを抜けていく。こちらはぶつけた時のショックでコントロールを失い、左側のガードレールに突っこんでしまった。慌ててブレーキを踏みこみ、ハンドルに両手を突っ張る。ライトが割れ、目の前で破片が飛び散った。制御不能。ハンドブレーキを全力で引っ張ると、リアタイヤがずるずると流れ、車が半回転して逆向きになる。最後はガードレールに張りつくように止まった。慌ててハンドルを切って車を動かそうとしたが、車の動きはひどくぎこちない。タイヤハウスをやられたようだ。辛うじてガードレールから引き剥がして道路に直角になる位置まで動かした時、メルセデスが次の急なカーブに突っこんで行った。反射的に「危ない」と叫んだ次の瞬間、メルセデスがふっとかき消える。

何とか車を動かして、メルセデスが消えた場所まで行く。ガードレールの切れ目から下へ落ちたのだ、と気づいた。ガードレールから身を乗り出すと、緩い斜面を猛スピードで下っていくのが見えた。ヘッドライトがあちこちにふらふらと揺れ、完全にコントロールを失っている。そのまま下の道路――この辺りはきついカーブの坂が続いて九十九折になっている――まで到達するかと思ったが、メルセデスは持ちこたえられず、急に滑って横向きになったかと思うといきなり横転した。そのまま一回転して大きくバウンドした後、停止する。セルモーターを回す音が空しく上まで聞こえてきたが、ほどなく二人は車を諦めたようだ。ドアが開いて駆け出していく姿が目に入る。

追い切れない。それは分かっていたが、私は頬が緩むのを感じた。連中は車という大きな証拠を残していったのだ。辿る筋が多ければ多いほど、こちらが追いかけるスピードも速くなる。

問題はどこまで多摩署に話すか、だ。自分でやれるところは他人に渡さない。面倒な所は多摩署に調べさせておいて、美味しい所はこちらで貰う。

これは私の事件だからだ。誰にも渡しはしない。

大西は、混沌の中に何とか秩序を生み出そうとしていた――砕け散ったガラスを片づけるという行為を通じて。私がリビングルームに入って来たのを認めると、軽く頭を下げて箒と塵取りを掲げた。

「ガレージにあったやつをお借りしましたよ。それと、警備会社から電話がありました。誤報だって言っておきましたけど、それでよかったですよね」

うなずき返してから、冴を捜した。それに気づいて、大西がキッチンに目をやる。足を踏み入れると、彼女は薬缶を載せて火をつけたガス台をじっと見詰めていた。大西の背広を肩に羽織り、じっと火を見詰めている。さながらその火が、自分を汚したものを浄化するとでもいうように。

ゆっくりと首を回し、冴が私を見る。久しぶりに激しい怒りを感じさせる表情だった。たぶん彼女は、怒っている時の顔が一番魅力的なのだが。そういう台詞が通じそうな気配ではなかったので、冴の言葉を待つ。

「どういうこと」

「説明すると長い」

「時間ならいくらでもあるわ。夜はまだ長いんだから」皮肉っぽく言って、ガス台の火を止める。湯気がキッチンの隅を白く暖かく染めていた。

「コーヒーなら俺が淹れる」

「そうね。人の家の台所で勝手にやるのは礼儀知らずよね」素っ気なく言って、ダイニングテーブルにつく。コーヒーの準備をしながら切り出し方を考えた。一から話していたら、夜が明けてしまうかもしれない。それに彼女の怪我も気になった。平気な顔をしているが、それはアドレナリンが噴出しているからで、やがて痛みと疲れがそれに取って代わるのは目に見えている。

「怪我は？」

「大したことないわ。ちょっと切られただけだから。どちらかと言えば、紳士的な人たちだったわね」

「冗談じゃない。何か服を持ってくるから着替えてくれ」

「いいわよ、別に」面倒臭そうに拒絶した。

「奴の背広に血がつくじゃないか」

「そうか」案外素直に言って、冴が背広をするりと肩から外した。滑らかな肌と、それと対照的な醜い傷が露になり、私は反射的に視線をそらした。

「医者は？」

「これぐらい、自分で治療できるわ。怪我には慣れてるし。何かある？」

「ああ。ちょっと待っててくれ」

三人分のコーヒーを淹れ終わるには、少し時間がかかる。ペーパーフィルターにコーヒーの粉をたっぷり入れ、香りを立たせるために最初に少しだけ蒸らす過程を省略して、一気にお湯を注ぐ。フィルターの縁から溢れそうになったので、落ち着くのを待ってからキッチンを出た。リビングルームを横切って書斎に向かう時、大西と目が合う。その視線は説明を求めていたが、二人別々に話をする気持ちの余裕も時間もなかった。

書斎で、救急箱と、冴が着られそうなトレーナーを見つけ出した。二つを渡すと、彼女は「お風呂、借りるわね」と言って立ち上がった。そのまま、迷うことなくバスルームに向かう。彼女は昔、何度かこの家に来たことがある。それを思い出して、私は苦いものを噛み締めていた。私の気持ちを見抜いたように、冴が一瞬振り返って「タオルはいらないから」と短く告げる。

キッチンに取り残された私は、コーヒーに専念することで気持ちを落ち着けようとした。かなり難しいことだったが、集中力が完全に崩壊する前に冴が戻って来た。切られたブラウスは手に持ち、私のトレーナーを着ている。ひどくぶかぶかで、洒脱なデザインの長いスカートにはまったく合っていなかったが、文句を言い出す気配はなかった。

「これ、捨てていいかな」ブラウスを肩の高さに掲げてみせる。

「ああ。怪我はどうだった」

「大したことないわ。縫う必要もないと思う。少し血が出ただけよ」

「傷が残るかもしれない」

「今さら……残ってる傷は一つだけじゃないし」右肩。彼女は以前、そこを撃たれたことがある。言葉の重みを受け止めながら、三人分のコーヒーを淹れた。

大西を呼んだが、彼は雨戸と格闘中だった。確かに、窓が破れたままで放っておくわけにはいかない。しばらく閉めたことがなかったので動きが鈍くなっていたが——上からシャッターのように下ろすタイプだった——何とか下ろして完全にロックする。

「これでとりあえずは大丈夫でしょう」額の汗を前腕で拭いながら大西が微笑んだ。次の瞬間には急に咳きこむ。人に向けても安全という触れこみだったのに、消火器がかすかな異臭を残していたのだ。咳が落ち着くと、目の端の涙を拭いながら忠告する。「後で掃除機をかけて下さい。床はちゃんと拭いた方がいいかもしれません。土足で踏み荒らされましたからね」

「そういう君も、まだ靴を脱いでいない」

「すいません」大西の耳が赤くなった。慌ててその場で靴を脱ぐ。ダブルソールの黒いウィングチップが室内で綺麗に揃えられた様は、どこか滑稽だった。

三人でダイニングテーブルにつくと、初対面同士のようにぎこちない雰囲気が流れた。沈黙を破ったのは冴で、「ありがとう」と柔らかい声で言って大西に背広を返す。

「とんでもないです」今度は絵の具を塗ったように、彼の耳がまた赤くなった。

「本当はクリーニングに出して返さなくちゃいけないわよね」

「いえ、あの、大丈夫ですから」

冴はある種の人間にとって、極めて大きな影響力をもたらす。大西もその影響を受ける一人のようだった。その「ある種」がどういうタイプの人間なのか、私は未だに共通点を見出せずにいる。

冴がコーヒーカップに手を伸ばした。一口啜り、カップ越しに私を見やる。髪は乱れて額を斜めに横切り、化粧っ気のない顔は蒼褪めて見えた。それでも強烈なエネルギーを放っている――怒りのエネルギーを。

「ココアはないのね」唐突に彼女が言った。

「そっちの方がよかったか？」

「昔は、あなたが飲んでたじゃない」唇の端に笑みが浮かぶ。

「最近は飲まないな」

「そう」どこからか取り出したゴムを口に銜(くわ)えたまま、髪をかき上げる。後ろで一本に縛ると、少しだけ目が引っ張られ、表情がきつくなった。「じゃあ、始めましょうか。最初から話して」

2

説明を終えるのに二十分。その時間は、私にも頭の中を整理する余裕を与えてくれた。黙って聞いていた冴は、私の話が終わると幾つか質問をぶつけてきたが、会話は遠くで響き始めたサイレンの音で中断させられた。放置されたメルセデスが見つかったのだろう。

「随分遅いわね」冴が不満気につぶやく。

「近くに家もない場所だから。通報が遅れたんだろう」私は答えた。

「これからどうするの？」

「まだ決めてない。でも、多摩署に全部話すつもりはないよ」

「私は、ここにいなかったことにして欲しいな」

「どうして」

「話がややこしくなるし、あんな間抜けな連中に拉致されたなんて、人に知られたくないから。この商売では、こういう失敗は信用に係わるのよ」

「分かった」

「そもそも、ここでは何もなかったことにする方がいいと思うわ」

それが正解だろう。多摩署がメルセデスを調べれば、私に結びつくかもしれない。しかし冴の言う通り、この家で起きたことは誰にも知らせる必要がないだろう、と判断する。

「まったく、あの連中は……」冴が目つきを尖らせる。歯嚙みする音が聞こえてきそうだった。

彼女は今日の夕方、仕事の依頼があるという電話で呼び出され、そのまま拉致されたのだという。暴力的なことは一切なかったというが、肩の怪我を見れば、それが嘘だということは明らかである。もちろん、この程度の傷では彼女を凹(へこ)ますことはできないはずで、そこを連中は見誤っていた。

しかし、あの連中が私の周辺を徹底的に調べ上げていたのは間違いない。現在は直接つながりのない冴をもターゲットにしてくるぐらいだから……。

「まずい」思わず立ち上がっていた。

「どうしたの」冴が怪訝そうな目つきで私を見上げる。

ジーンズのポケットから携帯電話を引っ張り出し、マイケル・キャロスの電話を呼び出した。彼の呑気な声が流れ出してきて、ようやく一安心する。連絡をくれなかったことを詰ると、しきりに謝罪の言葉を口にしたが、心からのものとは思えなかった。まあ、いい。勇樹が無事でいてくれれば、私としては何も文句はないのだ。とにかく身辺に気をつけるようにと忠告すると、彼は警備会社から人が送りこまれてきた、と明かした。七海が早々手配してくれたらしい。了解して電話を切り、溜息をつきながら椅子に腰を下ろした。勇樹と話しそこなったな、と思ったが、そもそもゆっくり話す余裕もなかった。

「これからどうしますか」大西が私を現実に引き戻す。

「とにかく、いつまでもこの家にいるわけにはいかないな。海君、彼女を送ってもらえないか」

「一人で帰れるわよ」冴が突っ張った口調で反論した。

「まだ安心できない」

「俺は構いませんけど、鳴沢さんはどうするんですか」と大西。

「車がアウトだ。そっちの処理をしないと……」突然、思い出した。村山モータース。随分遅い時間になってしまったが、彼なら引き受けてくれるのではないか、という予感があった。「取りあえず車の修理を頼む。家に置いておくわけにはいかないし、動かせそうもないから」

「じゃあ、修理を頼んだら、全員でどこかへ移動しない？」冴が提案した。「この件、私も嚙ませてもらうから」

「は？」予想外の台詞に、私は間抜けな声を出してしまった。

「あの連中。許さない」

「俺がバックアップをお願いした時には、君は断ったじゃないか」

「事情が変わったのよ。今は私の事件にもなったんだから」彼女の声は強硬だった。

「やられっ放しで、そのまま尻尾を巻いて逃げるわけにはいかないのよ。こんなことが表沙汰になったら、仕事にも差し支えるの」

「分かった、分かった」怒っている時の彼女は、普段の倍の力を発揮する。しかし私は、自分からバックアップを頼んだことも忘れ、彼女をこの件に巻きこまずに済む方法はないものかと考えていた。「とにかく、電話をかけさせてくれ」

　家の電話で番号案内にかけ、村山モータースの電話番号を調べる。電話すると、十回ほど呼び出し音が鳴った後で、眠そうな声が応じた。声の調子から、先日出くわした息子の方だろう、と判断する。

「レッカーをお願いしたいんですが」

「ちょっと待ってよ。今何時だと思ってるんですか」

「車の修理で来てもらってもいいって言ったのは、そっちじゃないか」

「ああ？　あんた、喧嘩売ってるのか？　いや、ちょっと待った。ええと、誰だっけ……もしかして鳴沢さん？」

「正解。早速仕事を頼もうと思って」

「仕事をくれるのはありがたいけど、明日じゃ駄目なの？　何でまたこんな時間に……」

「できるだけ早くお願いしたいんだ」

「仕方ねえなあ。深夜割り増し料金でいい？」

そんなものがあるとは思えなかったが、この場は話を合わせることにした。

「金のことは任せますよ」

「特別料金でね。住所は？」教えると、電話の向こうでメモを取る気配がうかがえた。

「で、どうしたんですか？　事故った？」

「そんな感じだ。全身ぼろぼろだから、覚悟しておいて下さいよ」

「覚悟するのはそっちじゃないですか。そこまで言うんだったら、相当金がかかるよ。とりあえず、十分ぐらいで行きますから。とにかく具合を見てみるよ」低い笑い声を残して村山が電話を切った。時計を見る。十時半。車を処理してから、身を隠す場所を見つけなければならないと考えるとげっそりする。一方大西と冴は、まだまだやる気を失っていないようだった。私が村山に電話している間に情報交換をしていたようだったが、キッチンに入って行くとぴたりと会話を止める。

「密談か？」

「いろいろ、ですね」大西がにやりと笑う。冴も釣られるように笑みを浮かべた。大西の話術が彼女をリラックスさせ、怒りを鎮めたのだろう。自分にはない能力だ、ということを意識する。私はこれまでどれだけの人を怒らせ、悲しませてきただろう。逆に一人でも喜ばせることができたのだろうか。そう考えると、自分の過去を全て否定したくなった。

「あーあ、これは確かに全身ぼろぼろだね。ひどいな」レッカー車で乗りつけた村山が、私のレガシィを一目見て悲しげな感想を漏らした。それから非難するような視線を私に向ける。さながら私がハンマーを振るって、この車を滅茶苦茶にしたとでもいうように。

「いったいどうやったらこうなるわけ？」

「ガードレールに張りついた」

「それだけ？」

「それだけだよ」

「フェンダーがタイヤに食いこんじゃってますよ。これでよく走れたね」

「何とか」

「預かるけど、これはちょっと時間がかかりそうだな」悲しげな目を車に向け、ゆっくりと首を振る。

「明日の朝までに間に合わない？」

「ちょっと」村山が目を細めた。「冗談はやめて欲しいね。これだけひどいと、直すのにかなり時間がかかるし、うちだって暇じゃないんだ。先に修理に入ってる車が終わってからですよ。順番待ちは当然でしょう」

「代車はないですか。足がないと困るんだ」

「代車、代車ねえ……ないこともないけど」村山が、薄らと髭の生えた顎を撫でる。

「それを貸してもらうわけにはいきませんか。金は余分に払ってもいい」

「じゃあ、領収書とかは出せない代車でもいいかな？」村山が悪戯っぽい笑みを浮かべた。

「もちろん」

「俺が個人的にいじってる車があるから、それなら使っていいですよ」

「ちゃんと動く？」

「当たり前でしょうが」村山が目を細める。「こっちはプロなんだから」

「失礼」

「分かりゃいいけどね」軽い調子で、彼は私の謝罪を受け入れた。本来は気のいい男なのだろう。そうでなければ、たまたま一度会っただけの人間に頼まれて、こんな時間にレッカー車で乗りつけるようなサービスはしないはずだ。

「じゃあ、始めますから。ちょっと下がってて下さい」

村山が、レッカー車の運転席に飛び乗る。ほとんど油汚れのない濃紺のつなぎ姿で、非常に軽快な動きだった。そう言えば、先日会った時は髪を古臭いリーゼントにしていたのに、今日は油っ気がない。額が髪で隠れていると、どこか幼い感じがした。

運転席から身を乗り出しながら、村山が私のレガシィに向かってバックした。一発で適切な位置に停め、車を飛び降りる。レッカー車のアームを操作しながら、私に大声で呼びかけた。

「うちの工場まで乗ってく？」

「この車、何人乗れるんですか」

「助手席にもう一人」

「実はあと二人いるんだ」

「三人は無理だな。歩いて来る？　それでも十分ぐらいだから。場所は分かってるんでしょう」

「ああ」割れたガラスで足の裏に負った傷は、応急処置を終えていた。それほど深い傷ではなく、テーピングをふんだんに巻きつけたので、歩く際には痛みをほとんど感じない。「歩いて行きますよ。先に出発するけど、いいかな」

「もちろん。同着ぐらいになるんじゃないかな」

「了解」

　いったん家に戻り、大西と冴に声をかけた。二人はすっかりリラックスした様子で、二杯目のコーヒーを飲みながら、軽い笑い声さえ上げながら談笑している。自分だけが仲間外れにされた気分だったが、全身を満たす疲労と怒りで、寂しさを感じる余裕すらなかった。

　歩いて十分のはずの工場に着くのに、十五分かかった。何も言わなかったが、やはり大西も冴も重い疲労の衣を被っているのだ。村山は途中、私たちに排気ガスを浴びせかけて追い抜いていったが、そのことについて誰も文句も感想も言わなかった。

最初に蘇生したのは冴だった。村山は早速代車を用意してくれていたのだが、それがよりによってR34のスカイラインGT・Rだったのだ。一時は日本車最速を誇ったこの車は、スピードを愛する彼女の気持ちをいたく刺激したようである。刑事時代はインプレッサ、数か月前に会った時はスポーツ向けにチューンされたプジョーに乗っていたぐらいで、速い車には目がない。村山も、自分でチューンアップしているというこの車の自慢話を延々と続けた。吸排気系とロムをいじって五百馬力は出ている、というところで、私は代車として借りるのを断ろうか、と本気で考え始めた。おそらく、最新のポルシェやフェラーリよりも高出力を叩き出しているだろう。いくら四輪駆動でパワーを効率的にアスファルトに伝えようが、どれだけ高剛性のボディを誇ろうが、この車でのドライブは自殺への近道にしか思えない。しかし冴の目は輝き、体と心に負った傷は既に癒え始めているように見えた。村山も調子に乗り、レガシィの見積もりを出すまでその辺を一回りしてきて下さい、と冴にキーを放って寄越した。

一人はまずい。運転席に冴が乗りこむのを見て、私は慌てて助手席に体を滑りこませた。とはいっても、体をすっぽり包みこむバケットシートなので、きちんと座るだけで大変な労力が必要だったが。冴が私の方をちらりと見て、エンジンをスタートさせる。深夜の住宅街では非常識な、爆音のような排気音が車内にも遠慮なく侵入してきた。

冴は無言で車を走らせた。シフトの感触を確かめるように慎重で、無茶な走らせ方はしない。しばらく運転に専念していたが、やがてぽつりと口を開いた。

「どうして助けに来たの」

「馬鹿なこと聞くなよ」

「無視してもよかったのに」

「そんなことはできない」

「そうかな。私だったら――」冴が言葉を吞んだ。そう、彼女は一度、私の協力要請を拒否している。断った冴の言い分は、私たちの微妙な関係を考慮すれば当然と言えるものだったが、私の心に小さな影を落としたのも事実である。いざという時に背中を守ってくれる人間を一人なくしたと実感したせいもあるし、大事な仲間との遠い距離を意識するのが辛くもあったからだ。

「いや、同じ立場だったら、君もこうしたと思う」

「そんなこと、分からないわよ。私とあなたは立場が違うんだから」

「立場なんか違っても関係ない」

「どうして」

「世の中のほとんどの人は立場が違うけど、実際には交わりを持っている。意識的にせよ無意識にせよ、助け合ってる。それが普通なんじゃないかな。そうじゃなければ、同じ組織に所属して、同じ価値観を持つ人間同士しか、つき合えないことになる。それじゃあ、世間は成り立たないよ」

「でもあなたは、ずっとそうやってきたんでしょう？　自分以外の人間を信用しないで、組織には背を向けて」

「人は誰でも間違う。俺も例外じゃない」

「自分が間違ってたって認めるわけ？　今までの生き方を否定することになっても？」

冴の目は大きく見開かれていた。

「俺の生き方なんて、いくら否定されても構わない。大したものじゃないんだから」肩をすくめる。「人生なんて何度でも再構築できると思うし、それは恥じることでも何でもないんじゃないかな。とにかく俺は今回、迷わなかった。君を助けなければいけないと思った」

「本当に？」

「何が」

「迷わなかったっていうこと。一瞬も？」

「いや」言葉を切り、ちらりと彼女の顔を見る。穏やかな、感情の乱れを感じさせない表情が浮かんでいた。「一瞬だけ迷ったかもしれない」

「どうして」

「君に怒鳴られるのが怖かったんだろうな。余計なことをするなって」

「まさか」冴が低い笑い声を漏らす。そこに、まだ残る心の強張りを感じる。私はもう一度、今度は少し長く彼女の横顔を眺めた。ハンドルを握る手が白くなっている。「あんなこと、滅多にあるわけじゃないわ。自分に力がないことを思い知らされて……」

「向こうは武器を持ってた。君を傷つけた。このハンディは大きい」

「それは言い訳にならないわ。正直言って、私は怖かった」そういう感情――恐怖感を冴が認めたのは、初めてだったかもしれない。「肉体を傷つけられると、どうしても精神が凹むわね。それじゃ駄目なのに。修行が足りないわね、私も」

「いいんじゃないか？　まだ先は長いんだから。修行してる時間なんて、いくらでもあるよ」

「握手」冴が、シフトノブに載せた左手をすっと助手席に伸ばしてきた。私は右手で彼女の手を軽く握り、小さく上下させた。彼女の手は昔と同じように冷たく、硬質な筋肉の存在を強く意識させる。

「いいのか」

「私にも、個人的にあの連中を叩きのめす理由ができたから。それに敵は大きいんでしょう？　だったらできるだけ、味方は多い方がいいわよ」

「今のところは俺と君、二人だけだぜ」

「彼は？　大西君は計算に入ってないの？」

「あいつには将来がある。変なところで躓(つまず)いて欲しくない」

「まったく、鳴沢は相変わらず後ろ向きね」冴が声を上げて笑う。先ほどよりも幾分明るい調子だった。「これで手柄を立てれば、彼がもっと調子よく出世できるとは思わないの？」

「どっちの可能性が高いか、考えてくれよ。俺は賭けをするつもりはない」

「でも、彼を手放しちゃ駄目よ。きっと戦力になるから。何より彼は、鳴沢信者なんだからね」

「その宗教は、多分フランスではカルト扱いされるだろうな」あの国は、宗教に対する扱いが極めて狭量だ、と聞いたことがある。

「まあ、そんなこと言わないで……とにかく、作戦会議が必要ね」

いつの間にか、私たちは村山モータースの前に戻っていた。村山は中に引っこんでいるようで、工場の前では、大西が缶コーヒーを手の中で転がしながら、手持ち無沙汰に周囲を見回している。私たちが車から降りると、右耳に人差し指を突っこんでみせた。

「そのマフラー、違法でしょう」

「たぶんな」実際、私も少し耳鳴りがしていた。

「警察に追いかけられますよ。変なところで弱点を掴まれない方がいいと思うけどなあ」

「いや、こいつなら追いかけられても十分逃げられる——きちんと運転できればの話だけど」

「運転手なら引き受けるわよ」冴が軽い調子で割りこんだ。

「勘弁してくれ。俺はまだ死にたくない」肩をすくめると、冴が怪我をしていない左手で私の胸にパンチを叩きこんだ。まったく遠慮のないもので、全身のあちこちに刻まれた傷が一斉に悲鳴の交響楽を奏でる。

「いやあ、鳴沢さん、申し訳ないけどこれは本当にびっくりするかもしれないな」下半分が開いたシャッターを身を屈めて潜り抜けながら、村山が言った。「ボーナスが近いといいんだけどね。気絶させたら申し訳ない」

　村山が私に見積もりを手渡す。工場から漏れる乏しい灯りで見積もり総額を確認した瞬間、私は卒倒はしないまでもはっきりと血の気が引くのを感じた。軽自動車なら中古車を一台買えるのではないだろうか。

「ちょっとこれは……どうにかならないんですか」

「無理。全とっかえになるパーツもあるんで。悪いけど、これでもかなりサービスしたんですよ」

「……分かった」この男は無茶な金額をふっかけはしないだろう、何故かそういう確信があった。見積もりを丁寧に四つに畳んで財布にしまう。ボーナスが近いか遠いかよりも、ボーナスの時期にそれが受け取れる立場にいるかどうかが問題だ、と思った。

「じゃ、車はお預かりしますんで。一応、中を確認してもらえますか。大事なものが残ってたらまずいからね」

「ちょっと待っててくれ」冴と大西に声をかけ、シャッターの隙間から工場の中に入る。身を屈めると、全身が悲鳴を上げた。足の裏をカバーしているテーピングもずれてしまったのか、小さいが鋭い痛みが走る。

工場は奥行きはないが横に広い作りで、オイルの臭いが充満していた。毎日どんなに綺麗に掃除しても、決して取れないだろう。コンクリートの床面が黒く染まったこのガレージは、ニュータウンそのものよりも古い歴史を持っているかもしれない。

私のレガシィは、古いトヨタ・カローラと、まだ新しい日産マーチに挟まれて、無残な姿を晒(さら)していた。カローラは板金中、マーチは塗装作業の途中で、大きなマスキングテープが巻かれた姿は包帯だらけの患者を彷彿させたが、それでもレガシィに比べれば軽傷である。レガシィが即座に救急救命室を必要としているのに対し、カローラもマーチも家で大人しく寝ていれば自然治癒しそうであった。レガシィは、ドアを開け閉めしただけで心肺停止するかもしれない。

「左の前のドアが開きにくいね」

指摘されたので、まず運転席に座り、グラブボックスに手を伸ばす。中には車検証とマグライト、運転用の革のグラブが入っているだけだ。それと、例によってチョコレートバー。冴の歓心を買うのに役立つかもしれないと思って、ポケットに収める。それから助手席の方に体を乗り出し、ドアポケットの中を探った。指に触れるのは埃(ほこり)だけだった。先ほどガードレールを舐めた時にかなり衝撃を受けたので、何か落ちていないかとカーペットの上を手で探る。体を起こして一度外に出て、何とか助手席のドアを開けられないか、と村山に注文した。

「さあ、どうかな」首を傾げながら、村山がドアに手をかける。「よ」と短くかけ声をかけておいてから、テクニックではなく力でドアを開けた。めりめりと嫌な音が耳を突き刺す。

「ヒンジが完全にやられてるから、このドアは全交換だね。ボディ側も結構いじらないと」説明しながら村山が上半身を車に突っこみ、シートを思い切り後ろに下げて床を手探りした。私は運転席側の床をチェックする。

「何もないみたいだね」言ってからシートを元の位置に戻そうとした村山が、その瞬間「あれ」と短く声を上げた。

「何か?」

「ちょっと待って」這いつくばり、左手をシートの裏側に差し入れて、何かを回収した。ビニール袋に包まれ、ガムテープで固定されていたらしい。誰かがここに発信機を仕掛けたのか、とも思ったが、彼が放って寄越したのは小さなUSBメモリだった。

「何ですか、それ」

「いや」曖昧に答えながら、私の思考は一つの方向に向かって収束しつつあった。「じゃあ、よろしくお願いします」と村山に声をかけ、作業場を出る。私の態度に違和感を抱いたのか、彼は「ちょっと」と声をかけてきたが、そんな台詞では私の歩調を緩めさせることはできなかった。何事か話し合っている冴と大西を無視し、さっさとGT-Rの助手席に乗りこむ。二人が怪訝そうな表情を向けてきたので、ドアを少し開いて「さっさと行こう」と声をかけた。

二人が車に乗りこむまで、私はポケットに突っこんだ手の中でずっと、ＵＳＢメモリを握っていた。このまま体温で温め続ければ、仮定という名前の卵から真実が生まれるとでもいうように。

人に見られない場所で作戦会議をする必要があった。私の家は当然駄目だ。大西が借りているアパートと冴の事務所が偶然にも近くにあることが分かったので、彼女の事務所を使わせてもらうことにする。連中は冴の事務所の所在地など、とうに摑んでいるだろうが、個人の家に上がりこむよりはまだましだろうという判断だった。事務所は雑居ビルの二階にあり、一階が二十四時間営業の牛丼屋なのだ。こういう人の出入りが盛んな場所には、心理的に忍びこみにくい。「いつもはあの看板が鬱陶しいけど」ハンドルを握る冴が零した。「今夜はありがたいわね」

所長と二人だけという事務所は、小綺麗に片づけられていた。事務用のスペースは十二畳ほどだろうか、デスクが二つ、それぞれ壁の角を利用して斜めに置かれ、壁には人の背の高さほどもあるファイルキャビネットが押し付けられている。部屋の中央には応接セット。ファクスとコピーを兼ねた複合機がその背後にあった。非常に素っ気ない部屋だが、窓のちょうど横に位置する牛丼屋の看板が、黄色い光で室内を染め上げている。

「ここは無事だったみたいね」

冴がハンドバッグを片方のデスクに放り出し、私たちにソファを勧める。私と大西は二人がけのソファに並んで座り、彼女のために長椅子を残した。冴は目を瞬かせながら、長椅子の誘惑に抗っているように見えた。

「何か飲む？」

「いや」喉は渇いていた。だが、こんな時間にコーヒーを飲むべきではない。それを察したのか、冴が「水はどう？」と提案してきた。それなら異存はない。彼女が部屋の隅にある冷蔵庫を漁っている間、私はＵＳＢメモリを取り出してテーブルの上に置いた。

「何なんですか、これ」大西が腕を組み、メモリに不審そうな視線を注いだ。

「見ての通りだ」

「そうじゃなくて、どこにあったんですか」

「俺の車の助手席。シートの裏」

「いったい誰が――」

「岩隈ね」私が考えていたのと同じことを言いながら、冴が五百ミリ入りのペットボトルを三本、両手で挟みこむようにして持ってきた。大西が如才なく立ち上がり、ボトルを受け取る。一本を私に寄越すと、自分はすぐに蓋をねじ取って喉を鳴らした。見ているうちにさらに渇きを感じて、私も一気に半分ほど飲んでしまった。

冴が向かいの長椅子に座る。体を斜めにして足を組み、トレーナーの襟首を引っ張った。サイズが合わないので、綺麗な細い首、それに傷口に貼りつけた大きな絆創膏の一端が露になっている。水を一口飲んで小さな吐息を漏らすと、メモリを摘み上げた。

「いつからあなたの車にあったの？」

「たぶん、岩隈と会った時から」ウィークリーマンションまで車で送った時のことを思い出す。彼は何か不審な動きをしていなかっただろうか？　記憶にない。だが事前に用意しておけば、私に気づかれずに座席の下に隠すのは難しくなかっただろう。

「昔と変わらないわね。岩隈らしいわ」

「どういうことですか？」大西が戸惑いを見せる。ここにいる三人の中で、彼だけが岩隈を知らないのだ。説明しようとすると、冴が短い一言で片をつける。

「保険よ」

「保険？」大西が首を傾げる。

「そう。岩隈っていう男は、妙に用心深いところがあるの。前に私たちに絡んできた時も、鳴沢を保険代わりに使おうとした。あれは成功したって言えるのかしら」

「どうだろう」私は首を振った。「ただ、最終的にあの男は、自分の人生を守れなかった」

「残酷だけど、それは事実ね」

　ペットボトルを置いて立ち上がり、冴が自分のデスクからノートパソコンを持って戻って来た。三人が一緒に覗ける位置に置き、電源を入れる。ウィンドウズが立ち上がるのを待って、USBメモリを挿した。自動的にフォルダが開き、中身が現れる。

「ロックぐらいしておくべきだと思わない？　相変わらず岩隈は、やることが中途半端ね」冴が肩をすくめてから、フォルダに一つだけ入っているファイルをダブルクリックした。ワープロソフトが立ち上がる。

「もう、どうしてこんなに小さいフォントで書いてるかな」怒ったように言って、冴がデスクから眼鏡を取ってきた。はっきり見えるようになったのか、画面に集中したが、一瞬後には私の顔をじろりと見た。「何か？」

「いつから眼鏡を？」

「一月前」

「目はいいのかと思ってた」

「最近、急に悪くなったの」苛々した口調で言って、ファイルをスクロールする。「まったく、岩隈って本当にまともな原稿なんか書いたことないんでしょうね。原稿を書かないフリーライター。そういうの、本当にライターって言うの？」

「内容は？」

「滅茶苦茶。これじゃ記事にできないでしょうね。何だか刑事の報告書みたい」

ぴたりと動きを止め、冴が眼鏡を外す。その顔が奇妙に引き攣っていたのを私は見逃さなかった。今まで見たこともない表情——緊張しているようでもあり、怯えているようでもあり、その一方で嬉しくて仕方ないというようにも見えた。

「どうした？」

「読んでみて」

パソコンを動かして私の方に画面を向ける。身を乗り出す格好で岩隈の原稿を読み始めた私に、冴の乾いた声が降りかかってきた。

「鳴沢、これは私たちが経験したことのないレベルの事件だわ」

最後に大西がファイルを読み終えた時には、真夜中をとうに回っていた。それに気づいて、私は慌てて大西に帰宅を勧めた。

「とりあえず、君とはここでお別れだ」

「ちょっと待って下さい」大西が欠伸を嚙み殺しながら言った。「そういうの、なしにしましょうよ。今は緊急事態なんですから」

「警察大学校の方は？」

「そんなもの、何とでもなります。明日は土曜日だし、いざとなったら病欠っていう便利な制度もあるんですから」

「いいのか？」彼の申し出に甘えるわけにはいかないと思いながら、私はつい確認してしまった。

「当然です」

「小野寺は？」

「もちろん大丈夫」

「事務所の方はいいのか？」

「ここは何とでもなるわ。私は何をすればいい？」

宙ぶらりんにしてある仕事で、すぐに取りかかれることは二つあった。クレジットカードの名義人、三木の情報を調べること。もう一つは十日会のアジトの監視。それは橋田の動向を調べることにもつながる。どういう割り振りでいくべきか考えているうちに、三つ目の仕事が頭に浮かんだ。

「小野寺はカードの方を頼む」

「持ち主の身元を洗うのね」

「そうだ。こいつがチャイニーズ・マフィアとつながってるかどうか、まずそれが知りたい」

「名前を使われただけっていう可能性もあるわね。引き落とし先の口座や連絡先を別にしておけば、気づかないでしょう。本人の懐が痛むわけじゃないんだから」

「ああ、そうかもしれないけど、とにかく潰しておきたいんだ。ニューヨークとも連絡を取るけど、こっちでも情報を集めないと」

「了解。明日の朝一番で始めるわ」

「俺はどうしましょう」と大西。

「十日会のアジトを調べてくれ。連中の動向を摑みたい」

「分かりました。とりあえず張り込んでみますよ」

「どんな人間が出入りしてるか、それが知りたいんだ。特に動向が気になるのは――」

「橋田ですよね」苦笑交じりに大西が言った。「任せて下さい。俺だって、少しは成長したんだから」

「失礼した。少しは、どころじゃないよな」頭を下げてみせると、冴が驚いたように溜息をついた。

「鳴沢、いつの間に頭の下げ方を覚えたの？」

「下げるべき相手には下げるよ。海君は当然、その対象だ」

「よして下さい」大西が顔をしかめ、顔の前で手を振った。「鳴沢さんにそんなこと言われると気味が悪い……それで、鳴沢さんはどうするんですか」

「俺は横浜に行く」

「横浜？　何ですか、それ」

事情を話した。USBメモリの内容は、城戸の捜査に勢いをつけるだろう。それに、これを何かの取り引き材料にも使えるかもしれない。

「そう上手くいきますかね。相手は検事でしょう？　こっちの都合のいいように情報を引き出すことができるかな」大西が首を捻った。

「信用していい人だ」

「だったら、あとは交渉次第ってわけね」冴が膝を叩いて立ち上がった。「相手を怒らせないようにね」

「怒らせることを期待してるみたいだけど、これがまた、竹みたいな人なんだ。強い風が吹いても大きく揺れるだけで、絶対に折れそうにない」

私もそうあるべきなのだろう。以前、「竹になりなさいよ」と言ってくれた人がいるのを思い出す。どんなに強い風を受けてもやり過ごすことができるしなやかさを持て、と。分かっていた。それがあちこちにぶつからずに生きていく、正しいやり方だ。

しかしそれを学ぶのは、もう少し先でいいのではないか、と思った。


大西と二人で冴を家に送り——彼女は今も実家に住んでいる——その後事務所に戻った。一夜の宿としては、やはりここが一番安全だろう、という結論に達したから。

事務所に引き返した時には一時半になっており、体力は限界に近づいていた。大西は牛丼屋の看板を見て涎（よだれ）を垂らしそうな表情を浮かべていたが、それを無視してさっさと事務所に戻る。早い時間に蕎麦を食べただけなので腹は減っていたが、この時間に何かを食べるのは犯罪に等しい。

事務所には毛布と寝袋が常備してあった。暖かいベッドには程遠かったが、今はこれで我慢しなければならない。遠慮したのか、大西は寝袋を選んで床に横になったが、すぐに軽い寝息を立て始めた。毛布を貰ってソファに横になった私は、強い疲労と戦いながらも、今夜は眠れないだろうと覚悟を決めた。

冴が指摘したように、この事件は大きい。私に直接関係あるのはあくまで二件の殺人だが、背景が大きいのだ。自分がこんな巨大な壁を相手に突進を繰り返していたことが分かった今は、かすかな怯えさえ感じる。どうやって決着をつければいいのか。一介の刑事にどうにかできる問題ではなく、こういう事件のプロが総出でかかっても、立件できるかどうかは危ういだろう。城戸にしてもそうだ。本来、大所帯の東京地検特捜部が手をつけるべきで、横浜地検で彼一人が頑張ってもどうにもならないだろう。さらに言えば、もっと多くの人間が絡んで、分厚い協力態勢を敷いて仕上げるのが捜査の常道だ。

　私はどこに刺さるべきか。事件はすべからくシンプルに考えるべきだが、今回ばかりはあまりにも大きく複雑で、自分が当てはまる箇所の見当もつかなかった。巨大なビルに取りつく蟻。風が吹けばすぐに壁から剝がされ、吹き飛ばされてしまうだろう。

　一晩中考えても答えは出ない。それを悟った時、私は眠りに落ちた。夢も見ない深い眠りだった。

　鍵を開ける音で目が覚める。侵入者か？　慌てて毛布を跳ね除け、長椅子から飛び降りる。床に足をついた途端、ガラスの破片で負った傷が鋭く痛んだが、その緊張感は冴の顔を見た途端に消散した。

「何してるの？」怪訝そうに言って、彼女が部屋の照明を点ける。眩しさに、大西がぶつぶつと文句を言って体を丸めた。

「いや、何でもない」照れ臭くなって毛布を畳む。大西も慌てて寝袋から抜け出し、大きく伸びをした。

「よく眠れた？」

「意外とね」答えると、冴が大きな紙袋を掲げてみせる。

「サービス」

「朝飯ですか？」大西が溶けそうな声を出した。

「そう」冴がテーブルの上に紙袋の中身を広げ始めた。

「ひゃあ、ありがたいなあ」大西が頭の天辺(てっぺん)から抜けるような声を出した。手作りの握り飯、漬物、きんぴらごぼう、卵焼きが並ぶ。

「ちょっと待った」かすかに頭痛が残る頭を振りながら、私は訊ねた。「まさか、君が作ったんじゃないよな？　眼鏡をかけてるだけでもショックなのに、料理もするようになったなんて言わないでくれよ。俺の心臓はそれほど強くない」

「母親よ」素っ気なく言って、冴が事務室の奥にある流しに向かった。ガス台に薬缶がかかり、火が点く音が聞こえてくる。

「嬉しいなあ。久しぶりにまともな朝飯ですよ」大西が二人がけのソファに、ぴんと背筋を伸ばして座った。

「今日は忙しくなるから、今のうちにエネルギーを補給しておかないとね」

私たちは握り飯に手を伸ばした。昨夜から長く続く空腹も手伝って、あっという間に平らげてしまう。冴がお茶を持ってきた時には、あらかたなくなっていた。冴が素早く手を伸ばし、残った握り飯を一つ、確保する。

「これを食べたら戦闘開始ね」

「分かってる」熱いお茶を飲み、私は食べ物を胃の底に落ち着かせた。ふいに、シンプルにやればいいのだ、ということに気づいた。私が扱わねばならないのは、あくまで事件の表層部分である。ややこしい底の方に手を伸ばす必要はない。それは誰か別の人間がやるべきなのだ。

表面を引っかいて皮を剝がすのは、ある意味軽い仕事かもしれない。だがそこに自分の命がかかっており、殺された二人の恨みを晴らすことになるのだと思えば、躊躇も卑下もする必要がない。

殺しの捜査こそ、私の仕事なのだ。

3

　それぞれに動き始めようとした途端、私の携帯が鳴り出した。かなり早い時刻であり、藤田ではないかと想像したが、着信表示を見た途端に、忘れかけていた案件が一気に蘇った。

「鳴沢さん……あなた、本当に摑まえにくい人ですね」弁護士の宇田川だった。うんざりした口調を隠そうともしない。「昨夜も何度も電話したんですけど、電源、切ってました？」

　切ってはいない。しかし、自宅に突入する直前にマナーモードにして、そのままだったのだ。その後のどたばた、さらに短いが深い眠りのせいで、電話にはまったく気づかなかった。

「申し訳ない。でも、昨夜は電話に出られなかったんだ」

「お忙しいのは結構なことですね」宇田川が鼻で笑う。ほとんど喧嘩を売っているような態度だった。

「あなたこそ、お忙しいんですね。随分時間がかかったじゃないですか」

「最優先事項じゃないですからね。だいたい、まだお金も貰ってないんですよ」

「しまった」思わず額を叩く。「それはすぐに何とかします。とりあえず、分かったことを教えて下さい」

「構いませんけど、払いこみは確実にお願いしますよ。何だったら、口座番号をもう一度申し上げましょうか？」皮肉たっぷりに宇田川が言った。

「それはちゃんと控えてあります。で、どうでした？」

宇田川が石井との面会の様子を話してくれた。ある名前が出た時、私は失われた輪のかなりの部分がつながったのではないか、と直感的に思った。彼と電話で話す前は、誰がチャイニーズ・マフィアの手引きをしているかが謎だったのだ。日本では、日本語を話せない人間がややこしい真似を始めると、途端に目立つ。誰か日本人が協力していないと、隠密裏に事を運ぶのは難しい。

その名前には心当たりがあった。心当たりがない名前も出てきた。古い事件、その残り火が今になって燃え上がり、私を焼き尽くそうとしている。あの連中は、復讐心だけでは動かないだろう。何かしようとする際の動機は、全て金だ。もちろん金も絡んでいるのだろうが、今回はあらゆる人間の欲と目的が一致してしまったということなのだろう。

刑務所の中には様々な人間がいて、案外外の情報が流れこんでいるものだ。石井はそれを耳にして、私に警告を発したのだろう。最初に聞いた時に、もっと真面目に受け取っておくべきだった。

「もしもし？　聞いてますか」宇田川が不審そうな声を出した。

「ああ、聞いてます。申し訳ない」途中からはほとんど聞いていなかった。突然自分の前に投げ出されたパズルのピースをはめこむのに忙し過ぎたのだ。

「とにかく、金は振りこんで下さいよ。ボランティアでやってるわけじゃないんだから」

「分かってます。どうもありがとう」

電話を切って手帳を取り出した。私のただならぬ様子に気づいたのか、冴も大西も動きを止めて私を見守っている。手帳に幾つかの名前を書き出し、それぞれを線で結んだ。途中、手が止まる。二つの名前を線でつなごうとして急に自信がなくなり、破線にした。可能性としては捨て切れないが、あまりにも突飛過ぎる。それを二人に見せながら説明すると、大西が押し殺した声を上げた。

「これはえらく複雑ですね……しかもスケールがでかい」自分を両腕で抱くようにして体の震えを抑える。「新潟にいたんじゃ、こんな事件には一生お目にかかれないだろうな」

「そんなこともない。新潟では、十年に一度は新聞の一面に載るような事件が起きる。周期的なんだ」

「でも、まだつながってない所があるわね」冴が、私の手帳を指さした。実線ではなく破線で結んだ箇所だ。「ここはまだ、想像でしかないっていうこと?」

「ああ。つなぐ材料がないんだ」

「確かに、あまりにも関係が薄いわね」

「そうでもないと思う。警察官っていうのは、誰でも片足を黒い世界に突っこんでるみたいなものだから。それは捜査のため、情報を取るためなんだけど、時には黒い方に染まってしまうこともある」

「どういうこと?」冴が顔をしかめる。

「朱に交われば赤くなる。黒に交われば灰色になるんだよ」

「しかし、参ったな」大西が頭をがしがしと掻いた。「日本で本当に怖い存在っていうのは、警察とヤクザと政治家だって言いますよね。今回はヤクザじゃなくてチャイニーズ・マフィアだけど、言葉が通じない分、ずっと怖いんじゃないかな」

「政治家は怖くないわけ?」冴が訊ねたが、大西は力なく首を振るだけだった。私はだらけた方向に流れそうな二人の会話を引き取った。

「小野寺は、自分の車で動けるな？」

「そうする」小さくうなずいたが、肩の痛みが引っかかったのか、かすかに顔を歪めた。

「ＧＴ‐Ｒは遠慮しておくわ。あれを運転するのは、運動みたいなものだし」

「じゃあ、あの車は海君が使ってくれ」

「俺ですか？」大西が自分の鼻を指差した。心なしか、顔が蒼褪めている。「あんな化け物、運転できるかな」

「大丈夫だろう。車がないと、張り込みはやりにくいぜ」

「あの車だと、張り込みをするには目立ち過ぎるかもしれませんよ」

「レンタカーを借りてもらってもいいけど、時間の無駄だ」

「そうですね……分かりました」溜息を一つつき、覚悟を決めたように大西が言った。

「じゃあ、俺は出かけます」

「駅まで乗せて行ってくれ。俺はこのまま横浜に向かう」

「了解です」

私たちはそろって事務所を出た。一瞬振り返り、冴を見る。受話器を肩と首で挟んだまま、こちらを見て嬉しそうな笑みを浮かべていた。狩り。刑事を辞めたとはいえ、その習性は未だに彼女の中に根づいているに違いない。数か月前、公務員である刑事と、個人営業である探偵の立場の違いについて、彼女と話し合ったことがある。その話し合いは冴から私への決別宣言だったと思っていたのだが、事件となるとやはり話は別のようだ。

狩猟解禁だ。

冴が私にうなずきかける。うなずき返してから、先を行く大西の背中を追いかけた。

大西と駅で別れてから、私は電話を取り出した。ビルとビルの間にある細い路地に入りこみ、街の騒音を遮断してから大沢の携帯電話にかける。まだ早い時間だったが、彼は普段と変わらぬ調子で応じた。

「早くから申し訳ない――」

「とんでもありません」

「今日は休みじゃないんですか」

「いえ」

「土曜なのに?」

「ええ。城戸検事が出ている限りは、私も出ることになっています」

「ああ」手間が省けた。取り敢えず横浜地検まで出向けば、用件は済むわけだ。「城戸さんにお会いしたいんですが、時間を取ってもらえますか」

「少々、お待ち下さい」

大沢の声が遠ざかる。城戸と話し合っている様子が伝わってきたが、なかなか結論が出ない。ようやく声が戻ってきた時も、彼はまだ私に指示を与えようとしなかった。

「今、どちらにいらっしゃいますか」

「都内ですけど、一時間半ぐらいでそちらに行けると思う」

「一時間半、ですか。申し訳ありません、もう一度お待ち願えますか」再び大沢の声が遠ざかった。二人は何かややこしい仕事をしているのだろうか。もしかしたら、管内で殺しでもあったのかもしれない。捜査をするのは警察だが、当然検事もつき合わねばならないのだ。だとすると、まずいところに割りこんでしまったことになる。もしも夜中に叩き起こされて現場にでも行っていたなら、彼らはほとんど寝ていないはずだ。ほどなく大沢の声が戻ってくる。眠そうには聞こえなかったが、この男はどんな状態でも声の調子は変わらないのだろう。

「すいません、大変お待たせしました」

「いや……どうしても無理なら、電話でも構わないんですが」

「大事なお話ではないんですか」

「それは、もちろん」

「一時間半後に東京駅でお会いするということでどうでしょう」

「東京駅？」

「はい。城戸検事はこれから東京へ行く予定なんですが、その前に少し時間を割り当てることができます」

「いいんですか？」

「他ならぬ鳴沢さんのお話だから、と。城戸検事がそう申しておりました」

「背中が痒（かゆ）くなるからやめてくれ、と伝えてもらえないかな」

「承知しました」

待ち合わせの場所と時間を決めて電話を切り、駅の切符売り場にかかっている路線図を確認する。私の方は、一時間もかからずに着けるはずだ。もう少し余裕がある。その間を利用して、ニューヨークに電話をかけることにした。

七海はすぐに摑まった。向こうはもう夜だが、彼はまだ市警本部にいるようだった。

ふと、マンハッタンの南端にある市警本部の建物を懐かしく思い出す。チャイナタウンの南、市庁舎（シティ・ホール）や裁判所などが集まった官庁街にある市警本部は、ひどく素っ気ない真四角の建物だ。茶色いレンガ造りで、ほぼ正方形の窓が幾何学的に並んだビルには、いかなる建築的な意匠も美学も感じられない。近隣の市役所や裁判所が、百年ほど前のアメリカの建築様式を今に伝えているのに対し、あまりにも淡々としている。もちろん、警察の庁舎が華美に走る必要などまったくないのだが、周囲の光景に違和感を与えているのは間違いない。白いカンバスに浮いた染み。

「生きてるか？」会話は、七海の物騒な一言で始まった。

「嫌なこと、言うなよ。実際殺されかけたんだから」

「おいおい」七海が盛大に溜息をついた。「今のは冗談で言ったんだぜ？　マジかよ。何でお前はいつも、ややこしいことに巻きこまれるんだ」

「好きでやってるわけじゃない……それより、勇樹の警備を増やすように手配してくれたんだな」

「ああ」

「ありがとう。助かる」

「とんでもない。俺だって、あいつのことは心配なんだよ。で、どうだ？　こんな時間に電話してきたってことは、何か分かったのか？　そっちは朝になったばかりだろう」

「もう、一仕事終えたよ……ジョン・ラッセルっていうアメリカの上院議員がいるよな」

「ああ。共和党の大物だ。確か、ジョージア州選出だけど……奇妙だな」

「何が」

「お前の口からその名前が出るのが」

「その理由はこれから話す」

昨夜頭の中に叩きこんだ岩隈のレポートの中で、ジョン・ラッセルに関係のある箇所だけをかいつまんで説明した。七海は絶句し、私が話し終えても唸り声しか聞こえてこなかった。

「ちょっと待てよ……その話、どこまで信用していいんだ」

「裏は取れていない。だけど、整合性はあるんだ。それより、お前の方の感触はどうなんだ？　こんなことで人が殺されると思うか」

「中国人の人権感覚は、俺たちとはだいぶ違うからな。人の命は重いっていうけど、国や状況によって軽くもなる」

「今回は軽かった、と」

「それで情報を止められるなら、軽いもんじゃないかな」

「そうか」岩隈がアメリカに渡りたがっていた理由が、ようやく分かった。問題は、彼がどうやってこんな情報を摑んだのかということである。その情報にしがみつき、東京でさらに自分なりに情報を収集していたことは理解できるが、端緒が分からない。彼の能力をはるかに超えた事件であることだけは明らかだった。

「手引きをしている連中もだいたい分かったよ」

「ということは、いよいよ直接対決か？」

「いや、もう少し輪をつなげたい。空いている部分がまだあるんだ。そっちでも情報を収集してくれないか」

「了解」

「ところでこの件は、アメリカではどの程度問題になってるんだ？　俺がいた頃には聞かなかった話だけど」

「こっちでも表には出ていないと思う。ただ、噂は流れてるみたいだな。もっとも、俺は詳しくは知らないよ。どう考えても俺が捜査するような案件じゃないから。だけど、調べてみるよ」

「しかし、アメリカっていうのは不思議な国だな。あちこちから影響を受けてるんだ」

「そりゃあそうだよ。基本的に移民の国なんだから。皆、根っこは別のところに持ってる。そういう俺も移民みたいなものだし」

「その割に、日本のアメリカに対する影響力は少ないいんじゃないか」

「散々家電や車を売ったじゃないか。それでもう十分だろう」かすかな憤りが感じられる七海の口調は、完全にアメリカ人のそれだった。それも、デトロイト辺りにいる対日強硬派の。

「俺に言われても困る」

「そうか……そうだな。とにかく、情報収集してみるよ。何か分かったら連絡する」

「頼む」

電話を切り、一つ溜息をついた。携帯電話のバッテリーはまだ持つだろうか……近くのコンビニエンスストアに入り、念のために携帯用の充電器を買った。これを使うとバッテリー本体の寿命が短くなると聞いたことがあるが、途中で切れて使えなくなるよりはましだろう。電話と充電器をポケットに落としこみ、私は都心へ向かう人で混み合う電車に乗った。

東京駅の広い構内を突っ切って丸の内北口へ向かい、外へ出た途端、横断歩道の向こうに待ち合わせをしたビルを見つけた。この辺りは基本的に一ブロックに一つ、大きな建物が建っているだけなので、目当ての場所を見つけ出すのはたやすい。

交差点を渡ると、すぐにビルの入り口になる。一階は大きな吹き抜けの通路で、東京駅から永代通り方面に抜ける人の近道になっていた。高い天井、そして広々としたホールが、ビルの中にいることを一瞬忘れさせる。一階にある指定されたティールームに入った時には、約束の時刻までまだ十分ほど余裕があった。しかし座った席が暖まらないうちに、城戸と大沢が足早に店に入って来る。私を見つけると、城戸が素早くうなずいた。

「結構ですな」腰を下ろしながら薄い笑みを浮かべる。「約束の時間より早く来て待っている人間は信用できる」

「詐欺師は大抵、時間を守りますよね。人を信用させるために」

「褒めてるんだから、素直になんなさいよ」城戸が一転してうんざりした表情を浮かべる。拭えない疲れが顔に張りつき、目の下は黒ずんでいた。昨日も遅かったのか、あるいは徹夜したのかもしれない。神奈川県内で殺しがあったのではないかという自分の想像を、私は持ち出した。城戸が首を振って否定する。

「そんなんじゃないんだ。俺は今は事件係じゃないから、死体が出たって一々呼び出されない。もちろん、忙しいことに変わりはないけどね」

事件係——まさに殺し専門の検事である。事件かどうか分からなくても、変死体が見つかっただけで必ず呼び出されるので、専用の携帯電話を持たされているはずだ。捜査本部ができれば、警察との打ち合わせ、捜査方針の指導などで忙殺される。事件の多い横浜地検の場合は特に大変だろう。二十四時間三百六十五日、休みがないといっても過言ではない。

「何をそんなに忙しくしてるんですか」

「まあ、それはいろいろと、ね」用件は何だ、と切り出してくるかと思ったが、城戸はまずメニューを手にした。小さな溜息を漏らしながら、指先でなぞる。さながら恋人の写真に触れるように。

「城戸さん、ここは我慢を」隣に控えた大沢が忠告する。

「直ちゃん、ケーキぐらい食べたってバチは当たらないんじゃないか？ 東海道線、結構混んでたじゃないか。立ちっ放しだったから、あれで五十キロカロリーぐらい消費してるだろう。それにうちの娘なんか、一度にチーズケーキを二つぐらい、平気で食べるぞ」

「高校生と一緒に考えてはいけません。城戸さんは代謝率も落ちてるんですから」

「落ちてて悪かったね」むっとした口調で言って、またメニューを眺める。

「城戸さん、甘いものがお好きなんですか」二人のやり取りを聞いていたせいで、ついそう訊ねてしまった。

「いや、そんなこともない……なかったんだけど、ここのところ酒を控えてるせいか、何だか嗜好が変わったみたいなんだ」悲しい目つきをメニューに向ける。

「アルコールをやめても、代わりに甘い物を食べ始めたら無意味ですよ」

「あんたの場合は、食べ物を気にする必要なんかないんだろうけどね」彼の目が、羨ましそうに私の腹の辺りを這い回った。

「私の場合は、ちゃんと運動してるから大丈夫なんです。でも、食べるものにも気を遣ってますよ」

「いやはや、同じような仕事をしてて、どうしてこうも違うもんかね……すいません！」自棄っぱちな声で、城戸がウェイトレスを呼んだ。私と大沢の意見は聞かずに、コーヒーを三つ、注文する。

コーヒーが運ばれてくる間、彼は雑談——ずっと中華街の美味い店の話だった——で間をつないだ。さほど焦っている様子がないところを見ると、私のためにたっぷり時間を取ってくれたようである。コーヒーが運ばれてくると、すかさず大沢が砂糖壺をすっと城戸の前から遠ざける。城戸は何か文句を言いたそうだったが、そうする代わりに溜息をつき、何も入っていないコーヒーをスプーンでかき回した。

「さて、それでわざわざ土曜の朝に俺に連絡してきた理由は？」

「ジョン・ラッセル」

瞬時に城戸の顔が蒼褪める。ポーカーフェイスの苦手な男だということは分かっていたが、これほどまで露骨に顔に出るとは。

「ちょっと待て」コーヒーではなくコップの水を飲み、城戸が神経質そうに瞬く。自分の中で燃え上がり始めた炎を消そうと必死になっていることが窺い知れた。「どこでその名前を知った」

「岩隈から」

「岩隈？　どういうことだ」今度は一転して眼光が鋭くなる。「死人から手紙でも貰ったのか」

「実はそうなんです」

城戸が周囲を見回す。土曜の午前中。普段はサラリーマンやＯＬで賑わうであろう店内に、ほとんど客はいない。そして今ここにいる客の中で、ジョン・ラッセルの名前を知っている人間は一人もいないだろう。

「詳しく話してくれ」

「駄目です」

「どうして」

「これは、城戸さんには直接関係ない話じゃないんですか」駆け引きスタートだ。

「何かネタを握ってるんだな？　だったらそれを教えてくれ。あんたが一人で弄んでても、何にもならんだろう」

「城戸さんの狙いはジョン・ラッセルじゃないでしょう」私は腕を組んで、椅子に体重を預けた。「いくら横浜地検の検事だって、合衆国上院議員には手が出せないですよね」

「それが糸なんだ」

「何のですか」

「糸の両端。その片方がジョン・ラッセルなんだよ」

「もう片方が日本にあるんですね」

城戸が盛大に溜息をついた。いよいよ話しだそうとするための儀式のように見える。

「そういうことだ。しかも神奈川県内にな」

「おそらく、警視庁の公安部も――殺された山口さんも、同じネタを摑んでいたんだと思います」

「だろうな。あの連中の具体的な動きは分からないが、たぶん俺たちは一緒に走ってると思う。相手の顔は見えてないがね」

「外事ネタでもありますからね」

「そういうことだ……で、あんたはこの事件の背景をどこまで知ってるんですか」

「今、一生懸命調べてます。俺はまったく知らないことでしたから。専門外だし、そもそも興味がない話だ」

「そういう仕事に係わってる人じゃないと、まさに他人事だろうな。俺だって、個人的にはまったく興味がない話だよ」

「でも、事件にはしたい」

「そりゃそうだ」城戸が大袈裟に両手を広げて見せた。「これぐらい、スケールの大きな事件なんだぜ。もしかしたら、第二のロッキード事件に発展する可能性もある」

「それを城戸さん一人で何とかできるんですか」城戸の顔色が微妙に変わる。彼のプライドに正面から太刀を浴びせてしまったと気づいたので、すぐに謝罪する。城戸は鷹揚(おうよう)に私を許した。

「あんたが疑問に思うのも当然だよな。実は今日も、その件でこっちに出てきたんだ。野崎と会うことになってる」

　隣に控える大沢が一瞬顔をしかめたのが分かった。そこまで話していいのか、と忠告したいのだろう。それは私にはすぐに分かったし、城戸も彼の微妙な動きに気づいたはずだが、一度口から出た言葉を否定しようとはしなかった。

「東京地検に持ちこむんですか」

「今はまだ、相談してる段階だけどね。捜査は向こうと合同でもやれればいいんだ。俺は別に、自分の面子なんぞに拘（こだわ）りはないからね。事件を仕上げるためなら誰の手でも借りるよ。それがあんたとの違いかもしれない」

「どこまで仕上がってるんですか」

「まだまだ、入り口だ。要するに俺は、岩隈という男がいいネタ元になるんじゃないかと期待してたんだよ。奴が相当詳しく事情を知っていることは、分かってたからな」

「かといって、彼がいないと決定的に情報が失われるわけでもない？」

「もちろん」今度は自信ありげに胸を張った。「そもそも俺の方の端緒は、岩隈じゃないんだ」

「神奈川県にも、正義感を持った人がいるということなんですね。こういう情報を検察に持ち込むわけだから」

「正義感？　青臭いことを言うな」城戸が皮肉に唇を歪めた。「敵を刺したがっている奴がいるだけだよ」

「つまり、日本にいるジョン・ラッセルの友だちを潰したい」

「そういうこと。ま、検事の仕事なんてそもそもが汚いもんだ。事件のためなら、どんな人間でも利用する。一件が終われば、今度は情報源もぽい、だ」右手を投げ出し、ぱっと掌を開いてみせる。「とにかくワルを潰せるなら、俺たちはどんなことでもするんだよ」

「城戸さんは、何か身の危険は感じませんでしたか？」

「いや」城戸の眉がかすかに上がった。

「どうして俺だけが狙われるのか、それが分かりません」

「確かにな……同じ事件を追いかけてる人間でも、随分差があるわけだ。狙われるか、そうじゃないか。しかしこの件には、まだミッシング・リンクがあるんだろうな」

十日会。そしてチャイニーズ・マフィア。十日会が私を狙う理由は分かる。チャイニーズ・マフィアの連中が私を追い回す動機とタイミングも理解できていた。しかしこの二つにつながりがあるかどうかは、依然としてはっきりしない。破線以上に強いつながりは見えてこなかった。

「それはいずれ、見つかると思うぜ」城戸が請け合った。

「どうしてそう思います？」

「勘だ」

「それじゃどうしようもありませんよ」

「原因なくして結果なし。今、こういう状況になっていることには、絶対理由があるんだ。そして理由があれば、あんたは必ずそれを探り出す。俺たちかもしれないが」

　つなぐ材料があるとすれば、獄中にある石井の情報である。彼は、今回チャイニーズ・マフィアが来日する際、誰が手引きしたのかを知っていた。その手引きをした人間は、警察と関係がないわけではない。その人間がある種のハブになり、チャイニーズ・マフィアと十日会を引き合わせた――いや、この仮説にはあまりにも説得力がない。二つの存在はかけ離れ過ぎている。二つの悪が一つになることに意味があるとも思えなかった。理論上説明できることと現実の間には、極めて高い壁が存在している。

　その後も城戸と禅問答のように抽象的な情報交換を続けた。しかし、城戸が漏らした――意図的かもしれなかった――固有名詞の幾つかが、私に次の動きのヒントを与えてくれた。彼がちらりと腕時計を見たので、潮時だと思い、伝票に手を伸ばす。大沢が私より一瞬先に奪い取った。

「ああ、いいんだ」城戸が鷹揚にうなずく。「あんたは、ここのお茶代は請求できないだろう。こっちで処理しておくよ」

「それじゃ、申し訳ない」

「いいんだ。それにあんた、急いでるんだろう？　顔に書いてあるぜ」

「すいません。じゃあ、今日のところはお願いします」

「一段落したら、そっちが何か奢ってくれよ。それでプラスマイナスゼロになった方が、あんたも気分がいいだろう」

　その通りだ、と認めて席を立つ。二人に頭を下げて店の出口に向かって歩き始めた途端、チーズケーキがどうのこうの、という話を城戸が持ち出すのが聞こえた。大沢のような立場でいるのも面倒だろう。常に検事に付き従い、従者兼コンピュータ兼飼育係の役目を果たす——しかもそういうことが自分の仕事なのだと平然と受け止めてみせるのは、もっと大変なはずだ。

　ここに、竹のような人間がいる。


　横山の携帯に連絡を入れる。出ない。偽名をでっち上げて職場に電話を入れてみたが、誰も応じなかった。無駄になるのを覚悟して東京駅から新幹線に飛び乗り、新横浜まで出る。駅から歩いて十分ほどのところにある横山のマンションに着き、もう一度携帯に電話をかけると、今度はすぐに出てきた。

「どうした」彼は警戒心を隠そうともしなかった。

「今、下まで来てるんですが」

一瞬、横山が沈黙した。何をやってるんだ、と怒鳴りつけたい気分だったかもしれないが、彼は基本的に声を荒らげない男である。冷静な本質が崩れることはなかった。

「お会いできませんか」

駄目押しすると、横山が短く「ああ」と言った。電話を畳み、マンションの玄関が見渡せる位置まで後退して、ガードレールに尻を乗せる。足を宙に浮かすことができたので、ずっと痛み続けていた足を少しだけ楽にすることができた。

五分ほどして横山が出て来た。ジーンズにポロシャツ、淡いピンクのコットンセーターという軽装である。どこか慌てている様子で、私を認めてうなずきかけた次の瞬間には、腕時計に視線を落とした。

「急いでるんですか」

「娘と昼飯を食べに行く約束なんだ」

「すいません、そんなところにお邪魔して」

「いや——で、何だ？」横山はまだ警戒し、急いでいるのを隠そうともしない。

「ご家族に、何か変なことはありませんか」

「どういう意味だ」訊ねて、口を一本に結ぶ。眼鏡の奥の目つきが険しくなった。

「その件を話しに来ました」周囲を見回し、人目が気になるのだということをアピールすると、彼はすぐに短くうなずいた。

「車にしよう」

玄関の横の駐車場にはシャッターが下りていたが、横山がリモコンを操作すると、かすかな軋み音を発して上がり始めた。上がり切らないうちに、身を屈めて横山が駐車場に入る。三段の立体式パレットが何組か並んでいるタイプで、彼が昇降機にキーをさして操作すると、二段目から車が姿を現した。約三十年前のいすゞ117クーペ。独特のなめらかなデザインは、こうやって間近で見ている限り古くなった感じはしないが、街中を流すと確実に浮くだろう。しかし彼は、この車を大事に乗り続けている。

潜りこむように助手席に座る。

「足、どうかしたか」

「ガラスを踏んだんです」

「何でまた」

「それは、これからお話しする件に関係しています」

「ちょっと待て」車はマンションの前の道路に出ていた。路肩に寄せて停めると、携帯電話を左の耳に押し当て、右手でリモコンを操作しながら話し始めた。

「ああ、うん……ちょっと待っててくれるか。十分ぐらいで戻るから。また電話する」電話を切ると、ダッシュボードの上に放り出したままゆっくりと走り出す。携帯電話は危ういバランスを保っていた。

「娘さんですか」

「ああ」

「申し訳ないです」

「いや、いいんだ」

「最近、仲がいいんですね」何年か前、「娘があまり相手にしてくれない」と零していたのを思い出す。その頃、確か小学三年生。とすると、そろそろ本格的に父親が疎ましく思えてくる時期のはずだが。

「まあ、何とかな」横山の顔が少しだけ綻んだ。

「今日は、学校は休みなんですね」

「土曜日だからな」柔らかな声で言ったが、一瞬後には表情を引き締める。「で、どういうことなんだ」

「野沢光太郎（のざわこうたろう）」それが石井の口から出た名前だった。

「野沢がどうした」さほど驚いた様子も見せず、横山が応じる。

「今、どうしてるんでしょう」

「どうだろう。中国に潜伏してるっていう話を聞いたことがある」

「やはりそうですか」

ABCのC。中国(チャイナ)のC。

「知ってるのか？」

「確証はありません。その情報は確かなんですか？」

「中国の司法当局に、身柄拘束の依頼を出せるほどは確実じゃない」

野沢光太郎——私と横山の出会いとなった事件の主犯格である。K社、と私たちが略して呼んでいた会社が、悪徳商法で高齢者から巨額の金を巻き上げていた事件だが、その中心にいた一人が野沢だった。この事件では、実行部隊が大量に逮捕されたが、野沢を含む主犯格の数人は逃げ切り、未だに身柄を拘束されていない。

「確かなものじゃないっていうだけで、実際は間違いないんでしょう？」

「おいおい、今日はやけにしつこいな」

車は横浜アリーナの前を通過するところだった。コンサートか何かイベントがあるのだろうか、長蛇の列ができている。ちらりと目を投げると、格闘技の大会が夜に開催されるようだった。

「で、どういうことなんだ」横山が静かな声で訊ねる。

「複雑な話なんです」

「いいから話せ。報告書を書く手順でな」

話した。横山は無言で聞いていたが、次第に顎が強張り、眼鏡の奥の目が細くなる。ようやく話し終えると、溜息を漏らすように感想を述べる。

「中国人のバイタリティには恐れ入るな」

「感心してる場合じゃありません。とにかく、野沢が本当に中国にいるなら、チャイニーズ・マフィアの連中と接点ができた可能性も捨てきれないと思います。悪い連中同士は自然と引き合うものですし、K社の事件の時、あいつは実際にニューヨークのチャイニーズ・マフィアと組んで、一儲けしようとしてたんだから。そのルートはまだ残っていたのかもしれない」

「確かにあの時は、そういう状況だったな」

「それからずっと、つながりがあったのかもしれません……俺は、いろいろなところで恨みを買っています。殺したいと思っている人間も少なくないでしょう。だから自分がターゲットになるのは分かる。野沢も、自分たちが美味い汁を吸えるシステムをぶち壊されたことで、俺を恨んでいるでしょうからね」

「俺たち、だ」横山が素早く訂正する。

「とにかくああいう連中は、簡単には恨みを忘れないんじゃないですか」

「それでわざわざ心配して、俺に忠告しに来てくれたのか」

「ええ」

「すまなかったな」横山はさして心配していない様子だった。それが気になり、ちらりと横を見る。私が何を言いたいのか察したのか、横山が穏やかな声で言った。「あのな、ワルにもいろんな連中がいる。野沢みたいな男にとって、本当に大事なのは金だ。口でどんな風に言うかは分からんが、面子なんかどうでもいいんじゃないかな。確かにあいつは面子を潰された。だけど、そういうことでは警察を恨まない。いつかはばれる、挙げられるっていうことが分かってるんだからな。あいつらは長年、同じことばかり繰り返してきたんだから。今はただ、息を潜めてるだけなんだろう。いずれはまた、同じような商売を始める——もしかしたら中国で。でもそれまでは、余計なことをして警察に目をつけられたくないだろうな」

「横山さんは心配しないんですか」

「するさ」柔らかい声で言った。「お前がわざわざ忠告してくれたんだからな。だけど、ポイントはやっぱりお前だと思う。要は、あいつが何か仲介役のようなことをやってると言いたいんだろう？　全て仮定の話に過ぎないけど、野沢が中国にいて、チャイニーズ・マフィアと何らかのつながりを保っている可能性は捨てられない。そこでたまたまお前の名前が出れば……ということだな？」

「大雑把（おおざっぱ）にまとめればそういうことです」

「お前もいよいよ、国際的な有名人になったわけだ」

「冗談言ってる場合じゃないですよ」横を見て抗議したが、彼はまったく笑っていなかった。

「ああ、すまん。とにかく、自分の身辺には十分注意する。だけどお前こそ、人の心配をしている余裕があるのか？」

「誰かが危ない目に遭うと思ったら、落ち着いて自分のことを考えていられませんから。特に横山さんのことは」

「何だ、それ」

「横山さんは、俺を泥沼から引っ張り上げてくれた人です」

その恩は、今でも忘れることができない。新潟県警から警視庁に移ってからの私は、散々な目に遭ってきた。大部分は自分の責任なのだが、仕事を干されて腐っていたのは事実である。彼は、マルチ商法詐欺という、それまで私が経験したことのない事件の捜査を通じて、私を暗い穴から引きずり出してくれた。

「そんな昔のことをいつまでも覚えてても、一文の得にもならないぞ」

「忘れないようにしたいんです。いつでも決算を考えてるわけじゃありませんけど」

「そうだ。そんなことを考えてる暇があったら、自分の身を守る方法を考えろ」

「もう考えてますよ」

「どうするつもりなんだ」

「そろそろこっちから攻めます。攻撃は最大の防御ですからね」

「そうか」

横山が黙りこむ。私の作戦を快く思っていないことは明らかだった。しかしもう、走り出してしまっている。引き返すことはできない。

「横山さん、十分だけでしたよね」

「ああ?」

「娘さんとの約束。遅れますよ」

「そうか」横山が交差点を右折した。すぐ目の前に彼のマンションがある。気が急いたのだろうか、彼の娘はもう歩道に出て待っていた。ほっそりとしており、ミニスカートから突き出た両足は細い木の棒のようだった。目元が横山に似ている。

彼には家庭がある。安全だと思っているにしても、十分用心して欲しかった。油断するなと念押しするか——その必要はない、と判断する。横山の両手は依然としてハンドルをきつく握り締めており、彼の緊張感はこちらにもひしひしと伝わってきたから。

4

コンビニエンスストアの重い袋をぶら下げ、派手なエアロパーツを身にまとったGT-Rの元に向かった。助手席のバケットシートに苦労して身を滑りこませてビニール袋を差し出すと、大西が嬉しそうな表情を浮かべて受け取る。

「すいません。昼飯がまだだったんですよ」

「一番大事なことじゃないか。食事を用意してこないのは準備不足だぜ」

「気をつけます」大西が袋に手を突っこみ、サンドウィッチを取り出した。目線は先に据えたまま、手先だけで袋を破り、サンドウィッチを取り出して頰張る。ワンウォッシュのジーンズにコンバースの黒いスニーカー、上は明るい茶色のライダースジャケットという格好だった。

「君のそういう格好、初めて見るかもしれないな」

「背広じゃないと、何だか落ち着きませんね」言葉通り、彼がもぞもぞと尻を動かした。

「それに、誰かに見られてるみたいで」

「確かにこの車は目立つよな。でも、手近にこれしかなかったんだから仕方ない」

「小野寺さんの車はどうなんですか」

「ブルーのプジョー。それもメタリック系だから目立つよ」

「そうか。じゃあ、とりあえずこいつで我慢しましょう」ダッシュボードを軽く撫でる。

「動きは？」

「今のところ、ありません。人の出入りはゼロです」

「ちょっと揺さぶってみるか」

「そんなことして大丈夫なんですか？」

「一方的に攻撃されてばかりじゃつまらないだろう。少しぐらいびくつかせてやってもいいんじゃないか」

ドアを押し開け、道路に降り立つ。大西は食べかけのサンドウィッチを一気に口に押しこみ、私の後に続いた。

十日会のアジトとされたのは、古いマンションだった。ＪＲ新宿駅と大久保駅の中間地点辺り、新宿という名前からイメージされる繁華街とは程遠い、寂れた様子を漂わせる古い住宅街の一角である。マンションは四階建てで二十部屋あったが、ロビーの郵便受けに名前があるのはその半分だけだった。アジトだと言われた一〇三号室にも名前はない。当然オートロックではないし、ロビーにも監視カメラの類は見当たらなかった。

「いかにも不法侵入して下さいって感じだろう？」

「勘弁して下さいよ」大西は一刻も早くこの場を立ち去りたい様子だった。

「ノックしてみるか」

「本気ですか？」

「返事があったらダッシュで逃げる。それでいいだろう」

「いいも何も……」大西が肩をすくめる。「駄目って言ってもやるんでしょう、鳴沢さんは」

「その通り。じゃあ、行こうか」

マンションの一番端にあるロビーから一直線に外廊下が伸び、右側にドアが一列に並んでいた。廊下の真ん中にあるドアの前に立つ。表札はなかったし、人気も感じられなかった。それを言えば、このマンション自体に人が住んでいる感じがしないのだが。メーターボックスを開けて、電気のメーターが動いているのを確認してからドアをノックした。大西は私の背後に控えたまま、既に逃げ腰になっている。

返事はなかった。振り向くと、大西がほっとした表情を浮かべている。拳を振り上げてもう一度ノックしようとすると、大西が激しく首を振った。この場は彼の要求を受け入れて撤収することにする。戻り際、郵便受けを開けて中身を確認した。名刺サイズの風俗店のチラシが積もっていたが、郵便物はまったくない。

車に戻ると、大西が額に浮かんだ汗を掌で拭い、大きく溜息をつく。

「何だい、あれぐらいでびびってるのか」

からかうと、むっとした表情を浮かべる。

「冗談じゃない。ようやく摑んだチャンスなんですよ。知ってる人間が顔でも出したらどうするつもりだったんですか」

「殴り倒して部屋に入る」

「それじゃ、何の計画もないのと一緒です。このチャンス、大事にしましょうよ。どんな計画を立ててるんですか」

「だから、殴り倒して部屋に入る」

「いや、冗談じゃなくてですね――」

「本気だよ」私が宣言すると、大西が顔をしかめて言葉を吞んだ。「橋田を捕まえたい。直接圧力をかけて、何が起きているかを確認したいんだ。それが一番手っ取り早いだろう」

「それは拉致とか、拷問とかいうことですよね」大西が眉をひそめる。

「まさか。冷静に話し合いをするだけだよ」

「そうですか……そうですよね」溜息が漏れる。自分の立場を案じているわけではなく、この作戦が上手くいくわけがないと懸念しているのは明らかだった。

何の動きもないまま、だらだらと時が流れる。この辺りは歩く人も少なく、派手なGT-Rを停めておいてもさして注目されることがないのだけが救いだった。最初の頃は二人で新潟県警の知り合いの噂話などで時間を潰していたが、やがて話題も尽きる。大西は後部座席に放り投げておいたバッグから、プリントアウトした岩隈の原稿を取り出し、目を通し始めた。私が気づいた限り二度読み返したが、どうにも内容が頭に入らない様子だった。溜息をついて、原稿をバッグに戻す。

「難しい――ややこしい事件ですね」

「客観的に見れば、事件になるかどうか微妙だと思う」

「そうなんですか?」

午前中の城戸との会談を説明した。大西が深い溜息をつく。

「検事さんでも歯が立たないわけか」

「そういうわけじゃないけど、少なくともかなり大きく構えてやらないと、取り零す可能性が高いだろうな。政治的な圧力も考えなくちゃいけない」

「アメリカの方はどうなんでしょう」

「それもはっきりしない。向こうの知り合いには調査を頼んでるけど、そいつも殺し専門の刑事だから。政治の問題には疎いんだよ」

ダッシュボードの時計が四時に変わった瞬間、冴から電話が入った。

「駄目ね」最初の一言は溜息混じりだった。「三木のことは徹底して調べたわ。これから会いに行くけど、たぶん、本人は何も知らないと思う」

「名前だけ使われたわけだな」

「そうみたい。この件は外れ、ね。本人に直接確認するまでは断定はできないけど」

「しかし、随分面倒なことをすると思わないか？　カードを作ったってことは、あちこちで金を使う必要があるっていうことなんだろうけど」

「もちろん、現金を大量に持ちこむことはできないから、カードを使うしかないんだろうけど……」冴の声が沈みこんだ。「カードの使用記録をもっと詳しく調べてみたら？　どこでどんな風にお金を使っているかが分かれば、犯人に辿り着けるかもしれない」

「問題は誰が調べるか、だ。俺は動けないし、海君にも無理はさせられない」

「バッジを持ってるあなたたちにできないなら、私にはもっと無理ね」

「少し考えてみる。三木に会ったら、また連絡してくれないか」

「了解。そこはいつまで粘るの？」

「今のところ、何とも言えない。何も動きがないんだ」

「一度集まってミーティングした方がいいわね」

「そうだな……後で相談しよう」

電話を切り、掌に二度打ちつけた。手詰まり感が気持ちを苛つかせる。それに追い討ちをかけるように大西が切り出した。

「カードは駄目なんですか」

「上手くないな」

「相変わらず、チャイニーズ・マフィアに関しては取っかかりになる材料が見つからないわけですね」

「それが一番困ったところなんだ……ちょっと待て」再び電話が鳴り出す。藤田。奇妙な時刻だ、と思った。

「どうした？」

「任務解除になった」嬉しそうというより、明らかに戸惑っていた。

「何だって？」

「つい先ほど、馘になったよ。理由は分からん。とにかく、ＣＦの監視は中止になった」

「どういうことだ？」安心感よりも不安が大きい。誰が何のために藤田を縛りつけていたのか、そして自由にしたのか。相手の意図がまったく読めない。

「それは分からない。でもとにかく、俺は自由になったぜ。合流しようか？　当然、お前さんは動いてるんだろう」

「一歩ずつだけど、近づいてると思う」

「いいねえ。それじゃ俺も一枚嚙ませてもらおうか」

「美味しい話じゃないかもしれないぞ」

「そんなもの、食ってみないと分からんだろうが……今、どこにいる？」

場所を説明した。一時間半後には合流できる、と言って藤田が電話を切る。

「今度は何ですか」大西の声には力が忍び寄っていた。

「援軍だ」

「援軍？」

「そう。今までどうでもいいような仕事で摑まってた奴がいたんだけど、解放されたらしい。こっちの手伝いをしてくれる。それはいいんだけど……」

「どうでもいい仕事っていうのは、どういうものだったんですか」

簡単に事情を話した。大西が盛んに首を傾げる。

「確かに、途中で張り込みを中止することはありますよね。で、現場で粘ってる人間には事情は何も知らされないこともしょっちゅうです」

「今回は違うような気がする。何というかな……張り込みは、捜査の本筋には直接関係ないものだったんじゃないかな。縛りつけられていたのは、西八王子署の相棒でね」

「鳴沢さんを助けられないように、封じこめられていた？」

「その可能性もある」藤田と何度も話し合ったことだ。問題は、突然彼が自由になった理由だが、それは想像もつかない。「この件にも十日会の連中が絡んでいたとすると……」

「連中の間で、何か動きがあったんですかね」大西が私の疑問を引き取った。しかしその「何か」について、二人とも可能性すら口に出すことはできなかった。「とにかく俺たちの知らないところで、いろいろ動きがあるみたいですね……ちょっと待って下さい、誰かマンションに入ります」

緊迫した大西の指摘に、慌ててバケットシートの中で姿勢を立て直す。私がつけ狙っていた男本人だ。鼓動が高鳴り、無意識のうちにドアに腕を伸ばしていた。「ストップ。見られますよ」という大西の警告に従って腕を引っこめる。

「今のは？」そういえば彼は、橋田の顔を知らない。

「あれが橋田だよ」

「しまった」舌打ちして、膝に置いたカメラを取り上げる。その頃には橋田は、既にマンションのロビーに消えていた。「せっかくカメラを持ってきたのに」

大西は自分のカメラを用意していた。デジタル一眼レフで、巨大な望遠レンズがついている。

「君、カメラが趣味だったのか」

「ええ、まあ」独り言のようにつぶやき、大西がハンドルの上にレンズを載せてカメラを安定させた。シートを思い切り後ろにずらして、カメラを無理なく覗きこめる姿勢を作る。ファインダーに目を押しつけたまま、ぶつぶつ言った。「これじゃ、何かあってもすぐに車を出せませんね。どうしようかな」

「心配しなくていいみたいだぜ」私はドアに手をかけた。「もう出てきた」

「本当だ」大西の人差し指がシャッターにかかった。硬質な金属音が数回、車内に響く。ファインダーから目を外した大西が、モニターを覗きこんで満足そうに言った。「ばっちりです」

「ここで待機していてくれ」ドアを開けながら私は指示した。

「鳴沢さんはどうするんですか」

「奴を尾行してみる。俺の相棒がここに来るはずだから、合流してくれないか」藤田の容貌を説明する。中肉中背、表情に乏しい彼の顔つきを説明するのは案外難しいものだと気づいた。「後で連絡を入れるから、どこかで落ち合おう」

「それまではここで待機してますよ。今までの状況、その人にも説明しておきますか？岩隈メモは見せてもいい？」

「ああ、頼む」

「全面的に信頼してるわけですね」

「そうだ」

「鳴沢さん」大西が一瞬真面目な声を出した。「随分仲間が増えたんですね」

まさか、と笑い飛ばそうとした。しかし彼の言葉が、一面真実を突いているのは確かである。幸運なことだ、と思った。同時に、そういう大事な仲間にぎりぎりの戦いを強いてはいけない、と強く意識する。最後には間違いなく、私一人の戦いになるのだ。

ＪＲ新宿駅までの五百メートルほどの道程を、特に急ぐ様子もなく歩いた橋田は、人でごった返す駅の構内を迷わずに丸ノ内線の乗り場まで行った。警視庁に向かうのではないか、と推測する。案の定彼は霞ヶ関で下りると、警視庁に向かって歩き始めた。背広姿の背中が点のようになるまで距離を開けざるを得なかった。警視庁に行くのは間違いなさそうなので、ここで尾行を打ち切ろうかとも考えたが、最後まで見届けないと安心できない。

橋田が警視庁の前まで来ると、背後から走ってきた車がクラクションを鳴らす。彼が振り向いたので、私は歩道の端に寄り、視界から自分の姿が消えるように努めた。橋田が落ち着いた様子で車に乗りこむ。車はすぐに発進する様子がなかったので、走らないぎりぎりのスピードで近づいてみた。ナンバーを頭に叩きこんだところで、車が走り出す。向こうが気づいた様子はない、と確信する。手帳を取り出してナンバーを書きつけ、ジャケットの胸ポケットに収めたところで声をかけられた。

「鳴沢。何やってるんだ、こんなところで」

何やってるんだと聞きたいのはこっちの方だった。ここにいるのがいかにも場違いな人間――水城が立っている。薄いグレイのスーツ姿はいつも通りの格好だが、この時間、彼がここにいるのはいかにも奇妙に思えた。

「署長こそどうしたんですか」土曜日なのに、という言葉を辛うじて呑みこむ。

「俺か？　同期の古馴染みと日比谷の方で会ってたんだ。帰りしな、公園を抜けてこっちまで散歩してきたらお前がいたから、びっくりしたんだよ」

「そうですか」

「で、何をしてるんだ」

「大した用事じゃありません」

　水城がまじまじと私を見詰める。私の行動はあっさり見抜かれた。

「頭を引っこめてろって忠告したはずだぞ。まだ追いかけてるのか」

「署長の忠告に従ってます」

「それならいいんだが」うなずき、心配そうに顔を歪めたが、次の瞬間には表情を綻ばせる。「いや、お前が簡単に俺の言うことを聞くわけはないな。特に捜査に関しては。だいたい俺はお前の上司でもないんだしな……どうなんだ？　まだ動き回ってるんじゃないのか？」

「いえ」

「俺は、お前に怪我して欲しくないんだ」低い声で言ったが、言葉には力が入っていた。

「もう、相当怪我してますけどね」そう言うと、全身のあちこちに刻まれた傷を意識せざるを得ない。だが不思議なことに、心はまったく折れていなかった。前進するだけだ、という強い意志が働き、後ろを振り向く気持ちが生じない。

「橋田を追ってるんだな」

否定も肯定もせず、彼の顔をじっと見詰めた。一見無表情に見えるその顔に、かすかな悲しみが過るのを私は確認した。自分が事件の核心に迫っていることを、否応なく意識する。水城は、私が傷つくことを懸念してくれているのだ。守護者。この男がそうだったのだろうか。

「署長、今回の件はどこまでご存じなんですか」

「具体的な話は一つも知らない」

「抽象的な話だったらどうですか?」

「お前に話すべきではないと思う」

「署長も、十日会に対して脅威を感じてるんですね」

「いや、近づかなければ大したことにはならない。俺は俺で、自分の身を守る術ぐらいは心得てる。もっとも、今回はそういうわけにはいかないけどな。前にも言ったけど、俺は遣り残したことに決着をつけなければならん。そうしても俺は、そんなに先が長いわけじゃないから、失う物も少ない。だけどお前は違うんだ。俺もそう何度も手は貸せん。手遅れにならないうちに、首を引っこめておけ。何かあってからじゃ遅いんだぞ」

「そういうことにはならないと思います」

「ほう」水城の目が細くなった。「何か摑んだのか」

「まだ何とも言えません」

「いいか、俺は純粋にお前のことを心配してるんだ」水城の顔に夕日が照り映え、かすかに酔っているようにも見えた。「別にお前の肩を持つつもりはないが、警察にはお前のような人間も必要だからな」

「そんなこと、考えたこともありませんよ」

　唇を少し歪めながら言ってやる。しかし水城は、私の皮肉を完全に無視した。

「昔は、お前のような刑事は少なくなかった。事件のことばかり考えて、自分の時間を削ってでも捜査に走り回ってな。ところが最近の刑事は完全にサラリーマンだ……もちろん、それが悪いわけじゃない。警察は組織だ。一人のスーパーマンがいても、チームワークで動く百人には絶対に敵わない。組織の中で、きちんと自分の役目を果たすことこそが大事なんだ。だけど皆、心の底ではそういう枠からはみ出したいと願っている。自分の裁量で捜査したい、自分の頭だけで考えて犯人に迫りたいってな。実際にはそんなことはできないんだが、だからこそ、お前のような人間は希少な存在になる」

「それも説教ですか？　余計なことを考えないで、ただ上の命令に従って、自分に割り当てられた仕事だけをこなせと？」

「分かってないな、お前は」水城の細い目に、かすかに嫉妬の色が浮かんだ。「本当に分かってない。俺は、お前が羨ましいって言ってるんだよ」

「まさか」

「管理職なんてものにはなるべきじゃなかったかもしれない」短く溜息をついた。「もちろん俺たちは組織の中にいるから、誰かが管理する仕事をしなくちゃいけないんだが、何も俺じゃなくてもよかったんじゃないかな――正直に言えば、俺は現場の刑事としては二流だったと思う。一流になるためには、何かが一枚も二枚も足りなかった。たぶん刑事になってそんなに時間が経っていない頃に、俺はそれに気づいたんだ。だから捜査の仕事よりも、昇任試験に一生懸命になった。そしてもちろん、人より早く昇任すれば、管理職への道は自然に開けてくるよな。そういうレースには、確かに俺は強かった。だけどそれは、刑事の本質とはまったく関係ないことだ。そう思わないか？」

「本当にそんなことを考えてるんですか？」

「考えない日は一日もないよ」水城が遠くに目をやった。視界には警視庁の庁舎が入っているはずである。「定年の日まで、現場で刑事としての仕事を全うするのが、本当の幸せだと思う」

言い返すべき言葉は百も二百もあった。しかし想像もしていなかったデリケートな内面を吐露する水城に対して、反論の言葉をぶつけるわけにもいかない。黙ってうなずくにとどめた。

「お前は、あらゆる刑事の夢かもしれない」

「まさか」

「誰もがやりたいと思ってもできないことを、平気でやる。もちろん、その結果自分も傷ついて、周りにも相当の迷惑をかけてる。それは自分でも分かってるな？　お前のことを鬱陶しく思う連中がいるのも事実だ」

「ええ」

「だけど俺は、お前に死んで欲しくない。途中で投げ出して欲しくない。だからこそ、今度の件では大人しくしてろ。一度ぐらい不戦敗したって、誰も文句は言わない」

「負けるのは嫌いなんです」

「それは分かってる」水城の顔に、ようやく微笑みらしきものが浮かぶ。限りなく苦笑に近かったが。「俺の忠告、忘れるなよ。頭を下げてやり過ごせ」

「分かってます」

口でそう言うことと実践することは、また別の話だ。私が彼の忠告の数々を身に沁みて思い出すのは、冷たい雨に打たれて死を迎える瞬間かもしれない。

だが、それならそれでいいのではないか。定年までというわけではないが、死ぬまで刑事でいるという水城の憧れを全うすることにはなるのだから。

丸ノ内線で新宿まで戻る間に、冴から留守番電話が入っていた。三木と面談したが、やはりカードに関してはまったく覚えがないという。否定に次ぐ否定だったが、それはわざとらしいものではなく、嘘をついている気配はなかった、と冴は断言していた。ここは彼女の感触を信じることにする。結局この件では、バッジを持って動ける藤田の手を煩わせるしかないようだ。大西に電話を入れ、彼と合流したことを確認してから、私が戻るまでは張り込みを続行するよう頼みこんだ。その後で冴の事務所に戻り、打ち合わせをして夜の部の開幕に備えることにする。もっとも今の段階では、ぼんやりとした計画があるだけだったが。

新宿駅から張り込み場所へ戻るまでの時間を利用して、マイケル・キャロスに電話を入れる。テレビのインタビューの収録で待機中ということだった。予定外だったが、今夜は曽祖母のタカの家に泊まることになった、という。私は頬を緩めながら、かすかな緊張感が腹の底で固まるのを感じた。タカは、再開発が進む麻布十番で、まだ昔ながらの住宅が残る一角にある、屋敷と言っていい広大な家に一人で住んでいる。もう九十歳近いはずだが、しゃっきりと背筋の伸びた女性で——私は少しだけ苦手にしていた。

「ユウキが会いたがってますよ」

「そうですね」今のところ、私の家に泊まるという約束は果たせそうもない。事情を説明するわけにもいかず、適当な言い訳を続けた。子どもが親を信用しなくなるのは、こういうことがきっかけになるのかもしれない、と思いながら。

「今日は八時ぐらいに収録が終わる予定です。せめて、食事でも一緒にいかがですか」

「無理です」中途半端な期待を抱かせないためにも、きっぱりと言い切った。「会えるような状況になったら、こちらからまた連絡しますから」

「そうですか」キャロスの声が沈んだ。勇樹がこの件で我儘を言って、彼を困らせているとは思えない。ただキャロスの方で、落ちこんでいる勇樹を慮っているのだろう。

「それよりあなた、ユウキから何か聞いていませんか」

「何かって何です？」

「私に話したいことがあるみたいなんですよ。直接会って話をしたいって。大事なことみたいなんですけどね」

「さあ、どうかな。特に何も聞いてませんけどね。彼と代わりましょうか？」

「お願いします」

勇樹が電話に出てくるまでの時間が無限の長さに思えた。やっと彼の声を聞いた時には、電話を握った手に汗をかいていた。

「やあ」

「うん」

「何か話すことがあるんだよな？　悪いけど、直接会えるかどうか分からないんだ。今、教えてくれないか？」

「うん……」相変わらず歯切れが悪い。「あのさ、赤ちゃ……」

「ちょっと待った。キャッチフォンが入った」クソ、最悪のタイミングだ。

「いいよ、また後でちゃんと話すから」恨めしそうに勇樹が諦めた。

「悪い。こっちからも連絡するよ」

切り替えると、冴だった。用件は先ほど入れた留守番電話の確認だけで、無視してしまえばよかった、と私は後悔した。まったく、勇樹と会って話すことさえできないとは。自分がとんでもない愚か者に思えた。自分の予定すら消化できないでどうする。

しかし、勇樹はいったい何を言いたかったのだろう。あまりにも要領を得ない話だが、説明が長くなることだけは想像できた。仕方ない。とにかく後で時間を作らなければ。

「よう、やっと会えたな」藤田が嬉しそうな笑みを零した。こんな無邪気な顔の彼を見たのは、久しぶりである。だがその上機嫌も一瞬のことで、彼はすぐに文句を言い始めた。ＧＴ‐Ｒの後部座席が狭い、と。話をするために、大西が運転席に座ったまま、私と藤田は後部座席に身を押しこめていた。そもそも三人以上の人間が乗ることを想定していない作りの車で、後部座席の役割は棺桶と大差がない。中肉中背の藤田はまだしも、私の両膝は胸にくっつかんばかりになっており、大西が助手席を思い切り前に出して、ようやくまともに呼吸ができるようになったぐらいだった。

「とにかく飯にしようぜ、飯に」どんな時でも食事を抜かない、がモットーの藤田は、本題に入る前に文句を言い始めた。「何もこんな狭い場所で打ち合わせしなくたって、何か美味いものを食いながらにすればいいじゃないか。その方が頭も回るんだぜ」

「橋田を知ってるか？」

「一課の係長の？　もちろん」急に藤田の声が強張った。「あのオッサンがどうかしたのか」

「今回の黒幕だと思う」

「まさか」笑い飛ばしたが、すぐに真顔に戻って続けた。「冴えないオッサンなんだぜ。十日会みたいなとんでもない組織のトップに立てるような人間じゃないよ」

「本当にトップかどうかは分からない。だけど、実質的に今回の計画を立てているのは彼じゃないかと思う」目の前のマンションが十日会のアジトなのだと説明したが、それでも藤田は納得しなかった。「アジトって言っても、そこを借りる金はどこから出てるんだ？　まさか、一課の予算を横領してるんじゃないだろうな」

「それは分からないし、仮にそうであっても、そんなことはどうでもいい。とにかく夕方、橋田がそこの部屋に入って行ったのは間違いないんだ」

「おいおい、勘弁してくれよ」珍しく藤田が逡巡した。普段は自らを「鳴沢ストッパー」と呼び、その割には自らも暴走気味なところがあるのだが、今回は完全に腰が引けている。「あのオッサンが……となると、俺らは誰を信じればいいんだ」

「とりあえず、この車に乗ってる三人」

「目茶目茶少ないな。だけど本当にあのオッサンは、そんな大それたことをする人間じゃないんだぜ。公務員の見本みたいな人だ。捜査本部が立ってなければ毎日定時に帰るし、真面目に剣道の稽古をしてるしな」

「お前、あまり詳しく知らないんじゃないのか」

「まあな」渋い声で藤田が認める。「とはいっても、それぐらいは分かる」

「そうは言っても一課は大所帯だ。それに班単位で動くから、他の班の事情は案外分からないいんじゃないか」

「それはそうだけど……」まだ不満そうだったが、これは事実なのだ。これ以上不毛な議論を続けないために、本来の用件を持ち出す。カードの件を説明すると、藤田は露骨に溜息を漏らした。

「どうした。これぐらい、あんたには軽い仕事だろうが」

「いや、筋が複雑で頭が混乱してるんだよ。一課の内部のワルの相手をするだけでも大変なのに、チャイニーズ・マフィアだ？　冗談じゃない。鳴沢よ、あんたのグローバル・スタンダードっていうのは、世界中で敵を作ることなのか？」

「お、海君よ、笑ってる場合じゃねえぞ。下手するとあんたの出世街道もお先真っ暗になりかねん」

運転席で、大西が思わず噴き出した。聞き咎めた藤田が文句をぶつける。

「出世街道なんてクソ食らえですよ。俺は生涯刑事でいます」大西が即座に反発した。

「それはまたご苦労なこった。あと五年もすれば、今言った言葉を後悔することになるだろうけど」

「定年まで現場に立つのが理想ですから」

「そんなことしてたら、磨り減っちまうぜ」

「ご心配なく。新潟県警は、警視庁よりずっと事件が少ないですからね」

「そりゃそうだ。一本取られたな」

二人が空疎な笑いを交換する間、私は想像にしか過ぎなかった計画を次第に具体化していた。そう、こちらから攻めるための一手。何をするにもまず情報が必要だが、それを手っ取り早く手に入れるための宝庫が目の前にある。

「おい、それより美鈴ちゃんと連絡を取ってくれないか。彼女、家にいるから」

「どういうことだ？ 葬式が終わったばかりだろう」

「何だかあんたに話したいことがあるみたいだぜ。今日、ちょっと話をしたんだけど、そういう風に伝えて欲しいってことだった。どうせなら、俺に話せばいいのにな」藤田が露骨に不満を零す。

「分かった。電話してみるよ」

「ちょっと外に出ようぜ。ここはやっぱりきついわ」藤田がそう言ったが、自分一人では前のシートをずらすこともできない。結局大西が一度外に出て、私たちを棺桶から解放してくれた。藤田が思い切り背伸びをする。張り込みが続いていたせいで、体が凝り固まっているのだろう。こういう時、私なら時間をかけた筋トレで全身を解きほぐしてやるのだが、藤田は「マッサージに行こう」と言い出す。つき合ったことはないが、八王子にも行きつけのマッサージ店を幾つか見つけたようだ。そんなことを考えていると、藤田が本当に大西をマッサージに誘い始めた。大西が適当に話を合わせている間に、美鈴の家に電話を入れる。

「藤田から伝言を聞いた」

「すいません、お忙しいところ」表面上、美鈴はいつもの冷静さを取り戻していた。しかしその声には根深い疲労感が滲んでいる。「鳴沢さんに関係あるんじゃないかと思う情報があるんです」

「何だ？」

「会ってお話しした方がいいと思うんですけど……」

「早い方がいいんだな」

「ええ、できれば」決然とした口調だった。完全に仕事モードになっている。

「俺はいいけど、君の方は大丈夫なのか？　まだいろいろと後始末があるだろう」

「親戚の人たちが手伝ってくれてますから、一時間ぐらい抜け出すのは平気です」

腕時計を見る。六時。車ではなく電車を使えば、彼女とは一時間後に落ち合えるだろう。申し出を了解すると、彼女は自宅近くのファミリーレストランを落ち会う場所に指定した。これで私は夕食を確保できることになるわけだが、二人はどうするか……冴とも落ち合う約束になっている。とりあえず一人で行くことにして電話を切った途端、藤田が擦り寄ってきた。

「彼女、何だって?」

「会って飯を食うことにした」

「そういう話なら俺も乗るぜ」

「いや、だけどカードの件を……」

「彼女と飯を食ったら、大至急でやってやるよ。それでいいだろう? だいたい最近は、まともな温かい飯を食ってないんだから。俺にも飯を食う権利ぐらいはあるだろうが」

引く様子はなかった。同行しても問題ないだろう。むしろ藤田が一緒にいた方が、何か新しい考えが生まれるかもしれない。大西には、一度冴の事務所に引き上げるよう指示して、私たちはその場で別れた。藤田は意気揚々として、駅へ向かう足取りも軽かったが、私は何かが気になった。美鈴が握っているであろう情報――それが頭にこびりついて離れない。

5

約束の七時を五分過ぎてから、指定されたファミリーレストランに着いた。先に来ていた美鈴は禁煙エリアのボックス席に陣取り、ぼんやりとメニューに目を通している。喫煙席でないことに気づいて藤田が舌打ちをしたが――まだ禁煙に成功していないのだ――無視して歩を進める。前のソファに滑りこむと、彼女が顔を上げて小さく会釈した。随分縮んでしまった感じがする。元々、年齢の割に幼い印象を与える容貌なのだが、今は子どものように弱々しく見えた。疲れと怯えが、彼女の芯(しん)にある強さを奪い取ってしまったようだった。

「すいません、お忙しい時に」

「大丈夫だ」

「大丈夫じゃないでしょう。どうしたんですか?」美鈴が目を見開き、私を眺め回す。

「ぼろぼろじゃないですか」

「分かるか?」

「足を引きずってましたよ」

「俺のことはどうでもいい。一応、生きてるんだし」

「そうだよ」藤田が同調した。「こいつは、ちっとやそっとのことじゃ死なないから。そんなことより、もう少し自分を甘やかしてもいいんじゃないか？　疲れ切ってるみたいだぜ」

「大丈夫です」美鈴がすっと背筋を伸ばす。「とにかく何か食べましょう。食べないとばてますよ」

「それが一番必要なのは君だな。ろくに食べてないんじゃないか」

私が指摘すると、彼女は素直にうなずいてメニューの検討を再開した。結局、三人とも一番大きなステーキを選ぶ。注文を終えると、美鈴が早速説明を始めた。

「父の日記を整理してたんです」

「ああ」そこに何かヒントがあったのだ、と直感する。彼が追っていた事件について、記載があったのだろう。アドレナリンが血管の中で暴れ出すのを意識する。

「別に、急いでこんなことをしなくてもよかったんですけど、何かやっていないと落ち着かなくて……」

「分かるよ。今追っていた事件について何か書いてあった？」

「それはないです」美鈴が首を振ると、髪がはらりと垂れて目の上にかかった。人差し指でそれを払いのけながら続ける。「今回の件だけじゃないですね。仕事のことについては、ほとんど何も書いてないんです。何を食べたとか、どこへ遊びに行ったとか、そういう話ばかりで」

「そうか」急激に興奮が引き、体が冷えるのを意識する。が、彼女は肝心なことをまだ話していないはずだと意識して、先を促した。

「だけど、ちょっと気になることがあったんです。二月ほど前なんですけど、落とし物をしたっていう書きこみがあって、それを随分気にしている様子でした」

「落とし物？」

「ＵＳＢメモリ」

「おい」隣に座った藤田が、私の肘を小突く。美鈴が怪訝そうな表情を浮かべたが、私はそれには答えず、さらに説明を求めた。

「二か月前というと？」

「三月、ですね。新宿で飲んで帰って来た時に落としたみたいです。何だか物凄く大事なものだったみたいで、慌てた様子でした。何度か近くまで探しに行ったみたいですけど、見つからなかったようです」

「あれは、よくなくすんだよな」藤田が合いの手を入れた。「あんな小さいもの、ネックレスにでもして身につけておかないと、すぐになくなるんだ。だから情報漏洩なんかが起きるんだろう」

「ええ。でも、父のUSBメモリは、個人的な持ち物だったようです」

「内容は？」私は訊ねた。

「個人的に調べていた事件のことみたいですけど……内容そのものはパソコンにも入っていたから、問題はなかったようです。でも、誰かに見られたら困るって心配していたようですね」

「そのパソコンはどこに？　職場？」

「たぶん、自宅のパソコンにも情報は入っていると思います。マメな人でしたから、USBメモリを使って、職場のパソコンと家のパソコンを同期させてたんじゃないかな」

「食事は後回しだ」私は藤田の非難めいた視線を無視して立ち上がった。藤田が軽く舌打ちして、私のジャケットの袖を引く。

「待てよ。三十分ぐらい遅れたって問題はないだろう。なあ、美鈴ちゃん」

「ええ」名前で呼ばれたことに対して不快気な表情を浮かべたが、美鈴は藤田の意見に同意した。「とにかく注文しちゃったんだし、食べましょうよ。パソコンは家にあるんだし、誰にも盗まれませんから」

「家に人はいるんだな？」

「何人もいますよ、親戚の人とか……鳴沢さん、何を心配してるんですか」

「君は携帯を盗まれてる」

「……すいません」美鈴がテーブルに視線を落とした。

「それはいい。とにかく、泥棒がいたんだ。いや、泥棒とは言えないかもしれないけど」私の説明には納得がいかない様子で、美鈴が首を傾げる。「つまり、そのＵＳＢメモリを持ってた奴がいる。拾ったんじゃないかな」

「それは……」

「そいつは死んだ」

美鈴の顔が蒼褪める。水の入ったコップを握り締める手がかすかに震えた。

「山口さんは、個人的に調べていたことだって言ったんだね」

「言ったんじゃなくて、日記にそれとなく書いてあっただけですけど、私はそういう風に解釈してます」

「公安のことだからな」藤田が言った。「仲間にも漏らさないで、自分一人で捜査を進めることもあるだろう。だから周りの人間も何も知らない。そのまま立件されなくて闇に消えちまう事件も多いんじゃないか」

「今回は、そういうわけにはいかない。公安部も、山口さんが何を調べていたかは把握しているはずだ。捜査一課の連中より先に、職場で山口さんのパソコンを調べてるはずだ」私は藤田の一般論に反論した。「もう、少しずつマグマが噴き出しているんだ。そろそろ誰にも止められなくなる」

「どういうことなんですか?」美鈴が目を細め、戸惑いを露にした。具体的な話が一つも出ていないので、微塵も納得できていない様子である。

説明した。店内は家族連れで賑わっていたので、あまり具体的には話せなかった――アルファベットと数字の羅列になった――が、それでも美鈴は何とか事情を呑みこみ、私の仮説に同意した。藤田は意見を異にした。

「俺は賛成できないな。あまりにも偶然過ぎるんじゃないか」

「だけど、そうとしか考えられない」

「つまり、父を殺したのは、Iさんを殺したのと同じ犯人だっていうんですか」美鈴が岩隈の名前をイニシャルにして訊ねる。

「ああ。たぶん、山口さんは深く突っこみ過ぎたんだ。自分でも気づかないうちに。まだ入り口付近をうろうろしていると思っていたんだろうけど、意外と深い所に刺さってたのかもしれない。それを、どうしても許せない奴らがいた」

「やっぱり行きましょう」美鈴が立ち上がった。「早く調べないと」

タイミング悪く、ステーキが運ばれてきた。ハンドバッグを手にした美鈴を見て、店員が戸惑った表情を浮かべる。

「申し訳ない、キャンセルして下さい」私も立ち上がった。

「はあ、でも……」体育会系の男子学生だろうか、重そうな鉄板を軽々と二つ持った店員が、困り切った声で零した。その後ろにもう一人、女子高生らしい若い店員が最後の一枚の鉄板を持って控えており、前で引き起こされた渋滞を怪訝そうな顔つきで眺める。

「金は払う——急に用事が入ってね」

私がそう言うとようやく納得したのか、三枚のステーキは去っていった。藤田は、肉とニンニクが焼ける香りの名残を惜しそうに嗅いでいたが、ほどなく膝を叩いて諦めると立ち上がった。

「まったく、ひでえ話だな。匂いだけ嗅がせておいて飯はお預けなんて。誰に文句を言えばいいんだ?」

私は彼の顔を一瞬まじまじと見た。

「犯人に決まってるじゃないか」

美鈴の家に寄ってノートパソコンを預かった。彼女は自分も捜査に参加させて欲しいと言い張ったが、私は彼女の疲労を理由にそれを退けた。一見元気そうなのだが、それは重大なヒントを引き寄せた興奮によるものだということは明らかだったから。それに彼女まで巻きこむと、話があまりにも広がり過ぎてしまう。仲間内で――彼女が自分を私の仲間だと思っているかどうかは定かではなかったが――一人ぐらい、安全なところにいる人間が必要だと思ったせいもあった。美鈴は粘ったが、最後には私の指示に従った。

事務所に戻ると、眼鏡をかけた冴がパソコンに向かい、壊さんばかりの勢いでキーボードを叩いていた。私たちが入って行くとぴたりと手を止め、素早く眼鏡を外す。

山口のパソコンをチェックすると、想像した通り、岩隈のUSBメモリに入っていたのと同じ名前のファイルが見つかった。オリジナルはそちらであり、岩隈はそれを元に自分で調べた情報をつけ加えていたのだろう。それを確認して、夕方以降の情報をつき合わせ始めた途端に、大西が戻って来た。

「かなりの陣容だよな、ええ?」食事を取り損なって不貞腐れていた藤田の機嫌が戻ってきた。揉み手をしてから、大西の肩を勢いよく叩く。大西は一瞬迷惑そうな表情を浮かべたが、次の瞬間にはポーカーフェイスを作って冴にカメラを渡した。

「お願いしていいですか」私の顔を見た。「あの後、もう一人中に入って、出て行きました」

「橋田じゃない？」私は訊ねた。

「ええ。一応写真は押さえましたから、確認して下さい。写ってると思うんですが」

「ちょっと見てみるわね」冴がカメラを受け取り、メモリカードを引き抜いた。ノートパソコンに突っこみ、フォルダを展開する。最初に撮った橋田の顔は、かなりはっきりと確認できた。もう一人、後からマンションに入った男の顔は闇に沈んでいる。冴が画像修正ソフトを使っていろいろといじってみたが、ざらざらして何とか目鼻立ちが分かる程度だった。手配写真には使えないだろう。

「藤田、どうだ」

　確認を求めると、藤田が冴の背中越しにパソコンの画面を覗きこむ。橋田の顔はすぐに分かったが、もう一人の男については見覚えがない、と首を振った。

「警視庁には職員が四万人いるからな」そう言いながら、藤田の口調はどことなく残念そうだった。「十日会の人間がどれぐらいいるのか知らないけど、名簿があるわけじゃないし」

「あそこのアジトについては、まだ監視を続ける必要があるんじゃないでしょうか」大西が提案した。「出入りする人間をチェックすれば、十日会がどれぐらいの勢力なのか、ある程度見当がつくと思います」

「それじゃ日が暮れちまうぜ、海君」藤田が舌打ちをした。「全員があそこを利用するわけじゃないだろうし、そんな悠長なことは言っていられない。そろそろ何か事を起こすタイミングだ。あんたもそう思ってるんだろう、鳴沢？」

「そうだな」

「どうするんだ」

「押しこむ」

「ああ？」藤田の眉が吊り上がった。「正気か？」

「正気だよ。橋田を追い回して摑まえても、今の状態じゃ口を割らせることはできない。何か具体的な証拠を叩きつけてやらないと。橋田の家や職場に手をつけるわけにはいかないから、あのアジトを狙うしかないんだ」

「いつやるつもりだ？」藤田は懸念を隠そうともしなかった。

「今夜にでも」

「一人でやる気か？」

「ああ」

「駄目だ。バックアップが必要だぞ」

「だとしたら、小野寺だ」

「私？」冴が自分の鼻を指差した。その場にいる全員の視線が彼女に集まる。「いいけど、どうして私なの」

「これは違法行為だから。万が一見つかったら逮捕されるかもしれないし、藤田と大西はそれだけじゃ済まない」

「冗談じゃない」藤田が色をなした。握り締めた拳が白くなっている。「こっちに非はないんだ。間違ったことをやってるのは向こうなんだからな。多少荒っぽいことになっても、ぶっ潰してやろうぜ……だけど、海君は遠慮した方がいいかもしれないな」

「ちょっと待って下さい。置き去りは困りますよ」今度は大西が口調に怒りを滲ませながら藤田に詰め寄った。「俺だって、乗りかかった船から下りる気はありません」

「君は新潟県警期待の星だろうが。こんなところでヘマしちゃまずいぞ」藤田が肩をすくめて、大西の抗議を軽くやり過ごした。

「そんなの関係ありませんよ」

「わざわざ手を汚す必要はないんだって。ここまでだって十分、危ない橋を渡ってきてるんだぜ」

「だったら、最後までつき合ってもいいじゃないですか。毒を食らわば皿までですよ」

「まあまあ」私は割って入ったが、二人の間に生じた緊張感はすぐには解消しそうもなかった。それを打ち破るように、冴の携帯が鳴り出す。

「はい」相手の声を聞いた途端、彼女の表情が変わり、口調が強張る。「何よ、あんた。何のつもり？　馬鹿言わないで。ええ？　もうこっちに来てるの？　何で……そうだけど、あんたは関係ないでしょう。関係ある？　どうしてそういう理屈になるわけ？」長い脚を組み、椅子に体重を預けて天井を見上げる。顔が歪んだのは電話の相手に苛々させられているせいか、肩の痛みのせいか、判然としなかった。しかし最終的に冴の方で折れたようだった。「分かったけど、これっきりだからね。こっちは別に、あんたの顔なんか見たくもないんだから」最後に事務所の住所を告げて電話を切った。携帯を押し潰そうとでもいうように、親指に力が入って反り返る。

「おやおや、痴話喧嘩かい？」

藤田が茶化すと、冴が椅子を蹴り倒すように立ち上がった。その怒り様は、物事にあまり動じない藤田を一歩引かせるのに十分なものだった。

「二度とそんなこと言わないで」

「ちょっと――」顔に飛んでくる銃弾を避けるように、藤田が両手を上げて掌を冴に向ける。

「まったく、冗談じゃないわ」冴が吐き捨てる。

「誰だったんだ、今の電話」訊ねても、冴は教えようとしなかった。「すぐ分かるわよ」とだけ吐き捨て、財布を拾い上げる。

「どこへ行くんだ」

「夕飯」

「乗った」藤田がすかさず手を上げる。「さっき、鳴沢にお預けを食ったからな」

「下だけど、いい？」

「牛丼屋か……」藤田が舌打ちをした。

「それしかないでしょう。贅沢言わないで」

冴が藤田を睨みつけると、彼は自棄っぱちに笑いながら言った。

「結構だね。牛丼だって、今の俺にはご馳走だよ」

美鈴から預かったパソコンのデータを冴のパソコンにコピーし、二台とも金庫にしまってしっかり鍵をかけてから、階下に下りた。若者の姿が目立つ牛丼屋からは、甘い砂糖と醤油の香りが漂い出ている。それを嗅いだ途端、エネルギーが切れかけているのを意識させられた。

牛丼屋はカウンターだけの横に長い作りで、私たちは電線に止まる雀のように並んで遅い夕食を取り始めた。

「ああ、何だか久しぶりだな」丼から顔を上げ、藤田が溜息を漏らす。「ずっと張り込みが続くと、牛丼でもご馳走に思えてくるから不思議だよな、海君」

「すいません、俺は今、食生活は比較的恵まれてるんです」本当に申し訳なさそうに大西が頭を下げた。

「そうか、研修中だからな」

「時間に余裕がありますからね……でも、それももうすぐ終わりです」

「で、これからはあんたのことを何て呼べばいいのかね、警部補殿？」

大西の耳が目に見えて赤くなった。

「よして下さい」

「あんた、本当にからかいがいのある男だね」

藤田がにやりと笑い、野菜サラダに箸を伸ばした。軽快な音をたてながらキャベツの千切りを嚙み砕く。私は、冴の憂鬱そうな表情が気になった。

「さっきの電話のこと、気にしてるのか」

「まあね」

「俺たちには関係ないことなのか？　だったら言う必要はないけど」

「関係あるから困ってるの」冴が深い溜息を押し出す。丼の上に箸を置き、頬杖をついた。「まったく、余計なことを……」

「余計なことって？」

「だから――」冴の言葉がぴたりと止まった。店内に一瞬涼しい風が吹きこみ、私は上体を捻って入り口の方を見やる。今が巨体を丸めるようにして店に入ってきたところだった。私に向かって満面の笑みを浮かべて見せ、少し離れたカウンターの端に座る。思わず立ち上がりかけたが、目線で私を制し、余裕たっぷりに注文を済ませた。さらに冴をちらりと見てから、「そちらのお嬢さんにごぼうサラダを差し上げてもらえませんか」と気取った口調で店員に告げる。

冴が立ち上がり、箸を鷲摑みにして今に投げつけた。まったく、またこの二人の喧嘩を見ることになるとは。私は他人の振りをしようとしたが、床に散らばった箸を無視することはできなかった。はいつくばって箸を拾いながら、笑いがこみ上げてくるのを隠すことができない。

「もう、いい加減にしてよね」冴が腕組みをしたまま、事務所の中をうろつき回った。

今は彼女の苛立ちを気にしていない様子で、背負ったデイパックを下ろしてお茶の缶を取り出した。

「お土産。今年の新茶」

「いらないわよ、そんなもの」冴が立ち止まり、今を睨みつける。

「お茶ぐらい飲んだ方がいい。緑茶に含まれているテアニンで気持ちが落ち着くから」

「私は落ち着いてるわよ」拳を固めて親指だけを突き出し、それで自分の胸を指した。

「とてもそうは見えないな。自分の状態を素直に見詰めて、現状を認めることが大事だ。小野寺に常に足りないのはそれだね」訳知り顔で言って、今がせり出した腹の上で両手を組んだ。

「常にって、あんた、私に説教する気？　何様のつもり？　大きなお世話よ」

「まったく、変わらないな」今が自分の周囲の空気を揺るがすような溜息をついた。

「そういうことだから、いつまで経っても穏やかな気持ちになれないんだ」

「穏やかになんかなれなくていいわよ」冴が開き直り、今に人差し指を突きつける。

「あんたなんか何の役にも立たないんだから、さっさと静岡に帰って念仏でも唱えてたら？」

「役に立たないかどうかは、やってみないと分からないでしょう。先入観でものを見たらいけないな」

「鳴沢、私、この件から降りていい？」助けを求めるように冴が言った。「何でこの坊主と一緒に仕事をしなくちゃいけないのよ」

「まあまあ」宥めに入ったのは藤田だった。「せっかく来てもらったんだから、そうすげなくしないで。ここから先、手助けは大歓迎じゃないのか」

「坊主に何ができるっていうの？」

「それこそ、死人が出たら念仏を唱えてもらえばいい——俺たちの方じゃなくて、向こうにだけどな」

一瞬の沈黙の後、大西が噴き出した。それが場の緊張を和らげる。冴が小さく溜息をつき、ようやく怒りの表情を引っこめた。この二人はどうにも気が合わず、顔を合わせると大喧嘩を始めるのが常なのだが、私はある種の芝居ではないかと疑っている。言ってみれば、試合前のウォーミングアップ。十日会の事件の時も私はこの二人と一緒だったが、散々角つき合わせながら、一番肝心のところでは息の合ったコンビネーションを見せてくれた。

「で、これからどうするの」と冴。

「突入するのは俺一人でいい。バックアップは、外で監視してもらう」

「何か、物騒な話ですか」今が嬉しそうに訊ねる。仏の道を説く人間の態度とはとても思えなかった。

彼にざっと事情を説明し、話しながら計画をまとめあげた。日付が変わる頃にマンションに赴き、侵入する。中でできるだけのことを調べ、証拠を摑む。肝心なのは侵入する時と出る時だが、私が中で調べている間、外で警戒する人間が必要なのは間違いない。

「では、警戒要員としては私が」

「そうだな」

「俺たちはどうする？」藤田が訊ねた。

「今日は引き上げてくれ——いや、仲間外れじゃない。クレジットカードのことを調べてもらいたいんだ」

「分かった」藤田は案外あっさり引き下がったが、今度は大西が食いついてきた。

「俺も行きます」

「いや、君には他にやってもらうことがあるんだ」

「何ですか」大西が怪訝そうな表情を浮かべる。

「この事件の日本側の関係人物について、もう少し詳しく知りたい。探ってみてくれないか、横浜地検を刺激しない程度に。岩隈メモが参考になると思う」

「それは構いませんけど……」大西が不満そうな表情を浮かべたので、私はさらに説得した。この件にはまだまだ穴がある。山口の調査はかなり詳細を極めていたが、分からない部分も多い。一気に勝負をつける時のために、できるだけその穴を埋めておく必要があるのだ、と。不承不承ながら、大西はその説明で納得してくれた。

「ということで、二人は引き上げてくれ。今夜の結果は、明日の朝改めて報告するから」

「了解」藤田は短く言ってさっさと引き上げていった。大西はまだ何か言いたそうだったが、結局藤田の後を追うように事務所を出て行った。あの二人は気が合うようだから、もしかしたらこれから飲みに行くかもしれない。それならそれで構わなかった。どうせなら、明日の朝動けなくなるまで飲んで欲しかった。

「上手く追い払ったわね」冴が嬉しそうに言って、ソファの背に尻を載せた。

「気を遣ってらっしゃったんですね」今が同調した。「あの二人を巻きこむわけにはいかない。そうお考えだったんでしょう」

「ああ」

「というわけで、結局失うものが何もない三人が残ったわけですね」

「いや、君たちには失うものがある。迷惑をかけるけど――」

「ヘマしなければ、何にも失わないわよ」冴が強気に言った。

「そういうことです」今がにやりと笑った。「そして、我々がヘマすることはあり得ない」

「あんたが一番心配なのよ」

「まあ、落ち着いて」口論がエスカレートしないよう、私は早々と割って入った。しかし二人の言葉による殴り合いは既にピークを過ぎていたようで、それ以上は続かなかった。

ここからが本番の計画になる。マンションの簡単な見取り図を描きながら、私が室内に入る前提で、監視が必要な場所を検討した。道路に一人、マンション内に一人が必要だろうと提案すると、今が首を振って否定する。

「中の一人は必要ないと思います。小さいマンションなんですよね？　だったら、狭い廊下に誰かが張りついているのを見つかったら、不審に思われますよ」

「そうね」冴が素早く同調する。「見張りはマンションの外に一人で十分だと思う。出入り口は一か所なんでしょう？　だったら玄関が見える位置に陣取っていれば大丈夫よ。その分、部屋の中にもう一人入って調べた方が効率がいいんじゃないかしら」

「入って真っ先にすることは、ドア以外の脱出場所を見つけることですよ」今が太い指を図につける。「窓から逃げられれば、理想的ですね……一階だからできるとは思いますが」

「じゃあ、配置も決まったわね。今が外。私が中」

「致し方ない」今が腹を平手で叩いた。「では目立たない格好で、外からバックアップしましょう」

「自分が目立つってこと、自覚してるわけね？」冴がからかうように言った。

「自覚することが大事だって言っただろう。まず自分から実践してるんだ」

「結構なことね」

いつの間にか私は、こういうやり取りを心地好く感じていることに気づいた。数年前、二人と組んで仕事をしていた時の空気が戻って来たようであり、何も言わなくても分かり合える仲間の存在をありがたいと思った。しかし考えてみれば、この二人と一緒に仕事をしたことが、現在のトラブルにつながっているとも言える。そして新たなトラブルを、私は覚悟していた。


今はGT‐Rのバケットシートにすかさずクレームをつけた。外で待機するにはこういう車では長続きしないと、冴のプジョーに目をつけたが、彼女は頑(かたく)なに拒絶した。

「抹香臭さが移るじゃない」と、ほとんど因縁のような理由をつけて。また口論が再燃しそうになったが、今回は今が引くことで終結した。

「シートに文句をつけるんじゃなくて、自分が痩せようっていう発想はないのかしらね、あいつは」冴がぶつぶつと文句を言った。

「きちんと食べることが供養になると思ってるからな」

「食べる量と供養は関係ないんじゃない？」

「それもそうだけど」

軽口の叩き合いも、次第に高まる緊張感を静めてはくれなかった。マンションの手前で、一度振り返ってＧＴ‐Ｒを見やる。今が小さくうなずいた。彼が運転席に座っていると、さほど小さくないＧＴ‐Ｒがミニカーのように見える。

この時間帯、街に人通りはほとんどない。新宿のネオンが、少し離れた空を複雑な色に焦がしていたが、それもはるかに遠い世界の出来事に思える。わずかに冷たい風が足元を吹き抜け、私はかすかに身震いした。冴が目ざとくそれを見つける。

「緊張してるの？」

「もちろん。失敗は、緊張しなくなった時にするものだから」

「ごもっとも。相変わらず正論ね」

「それがなくなったら、俺はおしまいだ」

ロビーに入る前に、マンションの周りを一周した。灯りの点った部屋は半分もない。十日会のアジトも真っ暗で、カーテンが引いてあった。道路側には床から天井近くまで届く窓があったが、肩ぐらいの高さのブロック塀に遮られていた。このブロック塀を乗り越えるのは、少し面倒かもしれない。特に冴の肩の怪我が気になる。冴もそれを察したのか「ちょっと手を貸してもらえば大丈夫だから」と機先を制して言った。

「基本的に、この時間に誰かが来るとは思えないけど」

「そうね。だってここ、倉庫みたいなものなんでしょう？」

「倉庫というか、データセンター」

「同じことね。一番大事なのは情報なんだから。とにかく無事に表から出られれば、何も問題はないでしょう」

「そういうことだ。じゃあ、行くか」

冴が無言でうなずき、ベースボールキャップを取った。後ろで束ねた髪を帽子に通し、目深（まぶか）に被り直す。表情が消え、同時に気配さえ薄くなったようだった。

「鍵は俺がやる」

「大丈夫？」

「何とかね。古いマンションだから、鍵も簡単な構造だと思う」

「じゃあ、お手並み拝見」

うなずき、ロビーに入る。外気が遠慮なく入りこんで渦を巻き、外よりも寒いぐらいだった。郵便受けを覗き、昼間と同じように何も入っていないことを確認する。冴に先行して歩き、ドアの前に立つ。跪(ひざまず)いてドアに耳を押し当て、中の様子を窺った。人の気配、なし。物音もしなかった。十日会の連中も、ここで独自の宿直勤務をこなしているわけではないだろう。警備会社の契約を示すシールがないことを確認してから拳を突き上げる。冴が素早く廊下の端まで走った。二度、軽くノックしてから小走りにロビーに戻る。そのまま一分待ったが、ドアが開く様子はなかった。もう一度ドアの前に戻り、今度はもう少し強く、三度ノックする。そのままま一分待ったが、誰かが「何時だと思ってるんだ！」と怒鳴りながら飛び出すことはなかった。冴がゆっくりと戻って来る。「いないみたいね」ほとんど唇を動かさず言って、ドアノブを見下ろした。私の顔を見上げると「どうぞ」と短く告げる。

その場で片膝をつき、ヘアピンとナイフを使って鍵に取りかかる。古いタイプのシリンダー錠で、開錠するのはさほど難しくないはずだ。灯りが乏しいので、小型のマグライトを口に銜えようとしたが、上手く安定しない。冴がライトを取り上げ、私の背後にしゃがみこんで、肩越しに錠を正面から照らし出した。「サービス」と囁く声が耳元に漂う。

内部のピンは四本。細いヘアピンを差しこみ、ピンを一本ずつ押し上げていく。三本目で引っかかった。一度ピンを引き抜き、少し曲げの角度を変えてもう一度チャレンジする。今度はすんなり入って、四本のピンが上がった。指先にバネの感触を感じながら、ナイフの刃先を差し入れて一気に回す。

「一分三十秒」冴が言った。ライトを消すと、ドアノブが闇に沈む。振り返ると、彼女は皮肉に唇を歪めていた。「これじゃ、泥棒失格ね」

「ありがたいことに、こっちは捕まえる方だから」

「急いで」促され、ハンカチを使ってドアを開ける。軋む音が気になったが、素早く中に体を滑りこませ、玄関に立った。五十センチ四方ほどしかないスペースで、どうしても冴と体がくっついてしまう。彼女の差し出したラテックス製の手袋をはめ、闇に目が慣れるのを待ってから、ビニール袋で靴を包んで入りこんだ。

部屋は玄関からすぐ続くダイニングルームと、その奥に六畳の部屋が二つ、振り分けになっていた。キッチンには冷蔵庫さえなく、使われている気配は一切ない。ガス台を指で撫でてみたが、油っぽさはまったくなかった。どうやらここでは飲食禁止らしい。

煙草の臭いもまったくしないことに気づいた。警察官は他の職種に比べて喫煙人口比率が高いと聞いたことがあるが、ここはゆったりくつろいで酒を呑んだり、策謀を巡らすための部屋ではないようだ。まさにデータセンター。

「キッチンを調べても意味はないわね」

「そうだな」

奥の二つの部屋に入る。どちらも絨毯敷きだが、かなり長い間使いこまれて毛足が磨り減っていることは、靴底を通しても感じられる。どちらもほぼ同じ作りの六畳間だったが、左側の部屋にはクローゼットがあった。まずそちらを開けてみたが、中は空だった。

二つの部屋の大部分を占めているのは、ファイルキャビネットだった。壁にきっちり押しつけて置かれたキャビネットは、計十四個。残ったスペースには、どちらの部屋にも木製の低いテーブルが置いてあり、何か作業をする時には、そこを使っているようだった。ノートパソコンがそれぞれのテーブルに一台ずつ。他にはペン立てがあるぐらいだった。窓際を調べていた冴が振り向く。

「カーテンは相当分厚いわね」言いながら慎重にカーテンを細く開け、鍵を外す。すぐに逃げるための対策だ。

「だけど、灯りをつけるのはやめておこう」

「パソコンはどうかしら。モニターの灯り、外から見えるかな」

「今に確認してもらうか？」

「あの場所から動いたら、監視にならないわよ」

「だけど、このパソコンを調べないと話にならない」

「じゃあ、冒険といきましょうか。その前に、キャビネットをチェックする？」

「了解」

乏しい灯りを頼りに、キャビネットを調べた。鍵は、時間をかければ開けられないことはないだろうが、しかし仮に開けたとしても、中身を全て確認するには相当時間がかかる。朝までここにいるつもりはなかったし、外へ全てを運び出すのも現実的ではない。

「やっぱりパソコンだな」

「そうね。もしもこのキャビネットが全部資料で埋まっているとしたら、インデックスを作らないと自分たちでも分からなくなるでしょう」

「そのインデックスはパソコンの中にある」

「そういうこと」冴が背負っていたバックパックを下ろし、中から小型のポータブルハードディスクを取り出した。「二百五十ギガあるから、大抵のデータは吸い出せるはずよ」

「じゃあ、調べよう。そっちを頼む」私は左側の部屋を指差した。二つの部屋を隔てるのは引き戸だけで、私たちはそこを開け放したまま作業に取りかかった。

「鳴沢、うちの事務所にくる気、ない？」

「何だよ、いきなり」

冴の顔を見たが、冗談を言っている様子ではなかった。私の目を見て小さくうなずく。

「所長がね、最近疲れ気味なのよ。もう六十六歳だから仕方ないんだけどね。引退したがっているのよ。でも、私一人じゃあの事務所はやっていけないし、信頼できる人はなかなか見つからないから」

「それは、俺が警察を辞めるっていうのが前提の話だよな」

「こういう仕事の仕方もあるっていうことよ。もしかしたら鳴沢は、警察官という枠に縛られて仕事するよりも、探偵の方が向いてるかもしれない」

「考えられないな」

「考えてもいいんじゃない？　同じ価値観に立てば、また一緒に仕事できるんだし」

「それでまた衝突して、二人とも深い傷を負うわけだ」

「結局それが心配なわけね」

「君は心配じゃないのか？」

「それは、まあ……そうかも。好きで喧嘩する人なんていないと思うけどね」

それから無言のまま、パソコンの中身を精査し続けた。何かあったら今から電話が入ることになっているが、今のところ、鳴り出す気配はない。ハードディスクの中身をフォルダごとに調べていったが、キャビネットの全貌が一目で分かるインデックスファイルは見つからなかった。捜査書類の類が大量に入ったフォルダが見つかったので、中身を順番に見ていったが、いずれも古い事件の捜査資料をコピーしたもののようだった。これも十日会のやり口である。未解決の事件をプールし、自分たちが有利になるよう、後から解決していく。その際に役立つのは、やはり十日会内部のネットワークだ。見えない点数が積み重なって、十日会の人間が将来的には美味しい思いをする。

「鳴沢」呼ばれて顔を上げる。肩の強張りを感じたが、闇の中、彼女の顔に真剣さを感じ取り、慌てて立ち上がった。横に座りこみ、パソコンの画面を覗きこむ。動画再生ソフトが立ち上がっていて、そこに映っていたのは私だった。どこかの店。不自然に下から煽るような角度で私が映っていた。私の前にいるのは……岩隈ではないか。顔から血の気が引き、心臓が高鳴る。

「覚え、ある？」

「盗撮された覚えはないけど、この場面には見覚えがある」

「これ、もしかして岩隈？」冴が目を細めた。眼鏡をかけたいところなのだろうが、自重している。

「ああ。奴が殺された夜だよ。その直前に会ったところだ」

「まいったな」冴が首を振る。「これだけじゃないみたいよ」

彼女が動画再生ソフトをデスクトップの隅に寄せ、そのファイルが入っていたフォルダを前面に出した。「n」で始まるフォルダが十数個、並んでいる。

「nっていうのは、鳴沢のことでしょうね」

「奴ら、ずっと俺を監視してたんだ」耳元でガラスを爪で引っかかれたような不快感がこみ上げる。

「とりあえず、ファイルを全部吸い上げるわね。ここで一々確認してる暇はないから」

「そうしよう。ほかには？」

「今のところは見つからない」

「いっそのこと、ハードディスクの中身を全部コピーするか」

「それには結構時間がかかるわよ。まず、この動画ファイルをコピーしましょう」

「分かった。もう少しこっちを調べてみる」

　冴がコピー作業を始めると、ポータブルハードディスクが静かな音を立て始める。他に物音一つしない部屋で、その音はやけに大きく聞こえた。私は自分のパソコンと腕時計を交互に見ながら、コピー終了の知らせを待った。たっぷり十分かかり、次第に額に汗が滲むのを感じる。誰も来るはずがない、と自分に言い聞かせたが、それには何の根拠もないのは明らかだった。

「終了」冴の声にはっと顔を上げる。「他もコピーしておく?」

「必要なところだけ」

「どれが必要か分からないから、丸ごとコピーするんじゃない」

「そうか……ちょっと待った」ジーンズのポケットに突っこんだ携帯電話が震え出した。

「橋田がそっちに向かいました」今が低い声で告げる。

「裏に車を回してくれ」

　冴がポータブルハードディスクのケーブルを引き抜き、そのままパソコンの電源を落とした。私もそれに続く。冴は早くも立ち上がり「早く!」と低い声で叫んだ。画面が消えるのを待たず、慌てて窓の外に出る。冴が先にブロック塀に手をかけた。肩が痛むのか、体を引き上げることができない。私はその場にしゃがみこんで彼女の靴底に両手を添えると、膝と腰のバネを利用して立ち上がった。冴の体がブロック塀を乗り越え、道路に消える。私は懸垂の要領で一気にブロック塀の上に出て、道路に飛び降りた。まだ靴に被せていたビニール袋で足が滑ったが、何とか体勢を立て直す。その瞬間、部屋の灯りが点った。一瞬遅れて到着したGT‐Rが急停車し、冴がすかさず助手席を倒して、後部座席に体を滑りこませる。私が助手席に乗りこみ、ドアを閉め終わらないうちに今がアクセルを踏みこんだ。住宅街だということをすっかり無視しており、レースのスタートで鼻先だけでも先頭に出ようというような激しいダッシュだった。

後部座席で冴が盛大な溜息をつく。私は額に浮いた汗を手の甲で拭った。心臓はまだ激しく高鳴り、かすかな吐き気がこみ上げてくる。

「どうでした」今が訊ねる。既にマンションからはかなり離れており、制限速度を守っていた。GT‐Rのエンジンはいかにも不満そうに、低い声をたてていたが。

「大漁」冴の声が弾む。

「獲物は？」

「鳴沢のお宝ビデオ。見たいでしょう？」

「いや、その、そういうのは……」今が苦笑する。やがてその苦笑は大きな笑いとなり、冴の哄笑を誘発した。一人笑いの輪から取り残された私は、自分の影を追い続けた男たちの不気味な存在を強く意識していた。

6

夜明け近くまでかかって、全ての映像をチェックし終えた。全部で二十五本。どれもあまり綺麗ではなく、手ぶれや甘いピントに泣かされたが、全ての中心に私がいることだけは明らかだった。聞き込みの途中、歩いているところを延々と後ろから狙ったカットがある。署の近くの蕎麦屋で藤田と昼食をとっている場面を狙ったものもあった。帰宅を待ち構えていたのか、私の車がガレージに入るところを超望遠で狙った映像もあった。この角度からすると、家の近くにある高校の敷地内から撮影したものだろう。

「馬鹿じゃない？」冴が目を擦りながら感想を漏らした。眼鏡は素早く外している。

「あの連中、本当に無駄なエネルギーを使ってたのね」

「無駄じゃない」今が否定した。「少なくとも、鳴沢さんの行動パターンは奴らに把握されてる」

「だけど今のところ、ことごとく失敗してるじゃない」

「十日会の連中は、な」私が口を挟むと、二人が同時にこちらを見た。「あの連中は情報を集めているだけで、直接手出ししていないのかもしれない。せいぜい、警察の中で動き回って、俺に容疑を押しつけようとしたぐらいだ」

「つまり、チャイニーズ・マフィアの連中が全ての実行犯だっていうことですか？」今が首を傾げる。

「俺はそう思う」

「計画したのは十日会、実行部隊はチャイニーズ・マフィアっていう意味？」冴が自信なさげに首を振る。まだパーツが上手くつながらないようだ。

「いや、十日会とチャイニーズ・マフィアが組んでいたという証拠は一切ないから」私は答えた。あくまで可能性の一つ、それも非常に薄い可能性に思える。今がうなずいて話を引き取った。

「チャイニーズ・マフィアの連中が岩隈の情報を狙っていた、それだけは間違いないでしょうね」

うなずいて推理に同意すると、彼は今度は疑問を口にした。

「チャイニーズ・マフィアと岩隈は接触していたんでしょうか」

「その可能性は高いと思う。そうじゃなければ、岩隈が情報を持っていたことも分からなかったはずだ。たぶん、情報提供者を騙って近づいたんだろう」

「山口さんも同じように犠牲になったんでしょうね」

「おそらく、彼の名前を漏らしたのは岩隈だと思う。連中は、危ないところを全部潰そうとしたんだ」

「しかし、ああいう連中がアメリカの上院議員と何か関係があるんですか？」まだ納得できないように、今が唇を尖らせる。「その上院議員、中国系ってわけじゃないですよね」

「チャイニーズ・マフィアの連中は、別の人間の命令を受けて動いてたんじゃないかな。利害関係が一致する人間は幾らでもいると思う」

「チャイニーズ・マフィアのことはちょっと置いておきましょうよ。鳴沢、このビデオを材料に橋田を攻めるつもり？」ソファの背に腰かけた冴が、足をぶらぶらさせた。疲労の色が濃い。

「ああ。どうして俺を監視していたのか、じっくり聴いてみる価値はあると思う」

「いつやるの？」

「それはまだ決めていない」

嘘だった。決行は明日——いや、既に今日か。橋田を追い回し、捕まえ、徹底的に揺さぶってみるつもりだった。しかし、ここから先は私一人でやらなければならない。これ以上、大事な仲間たちを巻きこむわけにはいかなかった。

「とりあえず、今日は休もう」私は提案した。体力は尽きかけ、頭に浮かぶのは柔らかいベッドの記憶ばかりだった。

「じゃあ、解散するけど……どうするの？」

「もしもよければ、今日もここで泊まりたい。家にはいられないしな」

「いいわよ。明日の集合は？」

「目が覚めたらでいい。大西や藤田は朝から動いてくれると思うけど、俺たちは少し休んでもいいんじゃないかな」

「そんなこと言ったら、起きられないかもしれないわよ」

「大丈夫だろう、君に限って」

冴が一瞬言葉を切り、まじまじと私の顔を見つめた。今になって何かが通じ合った、とでも思ったのかもしれない。違う。「今になって」ではないのだ。ずっと通じ合っていたはずだ。一時、自らの意思でそれを見えないことにしていただけなのだろう。

冴が「冷蔵庫を漁らないように」と今（こん）に忠告し、今が「そんな下劣な真似はしない」と反論した。お決まりの二人のやり取りを聞きながら、私は毛布と寝袋を用意し、寝る準備を始めた。まだ言い争っている二人をうんざりと見ながら声をかける。

「なあ、それだけ喋ることがあるのは、本当は気が合ってる証拠じゃないのか」

「そんなことありません」激しい口調で否定する二人の言葉は、示し合わせたようにぴたりと合っていた。

二時間ほど寝ただろうか。自然に目が覚めてしまった。まだブラインドの隙間に闇がしがみついているのが見える。今は床に直置きした寝袋の中で、快眠を楽しんでいた。さながら太ったみの虫のような有様で、寝袋は今にもはち切れそうになっていたが、何故か窮屈そうな様子は微塵もない。幸せな男だ、と溜息をつきながら私はそっと毛布をはねのけた。今が起き出す気配はない。あるいはこの男は、人並みはずれた集中力を持っているのか。何ものにも乱されずに眠れるというのは、私から見れば驚異的な能力だ。それでも音を立てないように気をつけながら、必要なものをかき集めて事務所を抜け出す。

少し離れたコイン式の駐車場に向かい、GT‐Rに乗りこんだ。かすかに身震いするような冷たい朝で、グレイの空には薄く雲が広がっている。今日は確か雨の予報だが、それは願ってもないことだった。雨は人の痕跡を消し、追跡を難しくするから。一対一の対決を誰かに邪魔されたくなかった。

かなり高齢のジョガーが、駐車場の前を短距離走者のようなスピードで通り過ぎて行く。筋張った脚、極端に細い手と薄い胸板は、何十年も自分の体を痛めつけてきたベテランランナーのそれだ。ランニングパンツにタンクトップという本格的な格好で、シューズもいかにも軽そうなミズノのものである。典型的なピッチ走法で、脚の回転が速い。体を鍛えているというよりは、さながら修行のようだった。目の前から消えた後、さらに二十数える。あのスピードなら少なくとも百メートルは離れただろう、と判断した。

まだ夜も明け切らない街に直6の図太いエンジン音を轟かせるのは気が引けたが、思い切って走り出すことにした。誰かを怒らせるのは間違いないが、謝ることができない以上、さっさと立ち去った方がいい。キーを捻ると直6エンジンは低いうなり声を上げて目覚め、軽い振動がハンドルに伝わってきた。この車は明らかに、他の日本車とは一線を画している。「そのままサーキットで戦える」ことを標榜する車は少なくないが、ほとんどは宥めたりすかしたりが必要だろう。GT‐Rは違う。ただアクセルを踏みこむだけで、フェラーリやポルシェにも後ろ足で砂をひっかけることができるはずだ。アクセルを軽く煽るだけで、びりびりとした緊張感が全身を突き抜ける。公道上ではサーキットよりも気を遣いそうだ。ある一線を越えた車は、自らの意思で動く生き物に似てくるものだし、GT‐Rの場合、その一線はかなり低い位置にあることだろう。

誰も家を飛び出してこなかった。不思議なことに、誰かに怒鳴りつけられたい気分を感じている。この世界に一人取り残されたような孤独感を味わっていた。

早朝で車も少なく、冴の事務所から新宿まで三十分で着いた。携帯電話は一度も鳴らなかった。六時半。街が眠っているのと同様、冴も今もまだ夢の中だろう。おそらくは大西も、藤田も。

十日会のアジトには泊まれるような準備はなかったはずだが、私は橋田があのマンションで一夜を明かしたのではないか、と予想していた。刑事は、眠れと命じられれば、たとえ不安定な回転椅子の上でも熟睡できるものだから。あの部屋には絨毯が敷いてあるだけ贅沢だ。それに背広の上着があれば、十分布団代わりになる。

ロビーのある正面を避け、裏口に回った。少し離れた所に公園があったので、正面から部屋の窓を監視できる位置にＧＴ‐Ｒを停める。分厚いカーテンがかかったままで、動きはまったくなかった。途中、コンビニエンスストアで仕入れてきたラージサイズのカップのコーヒーとサンドウィッチで朝食にする。動きがないので、公園に入ってレジ袋をゴミ箱に捨て、大急ぎでトイレを使った。車に戻ると、エンジンを切ったまま、ハンドルにもたれるようにしてカーテンを睨み続ける。時折双眼鏡を目に当てズームしてみたが、カーテンが開く気配はない。

橋田は、昨夜の私たちの侵入に気づいただろうか。当然そう考えておくべきだ。窓の鍵は開いたままだったし、もしかしたら彼がドアの鍵を開けた時、パソコンの電源はまだ落ちていなかったかもしれない。そうでなくても、少し前まで私たちがいたのだから、気配で気づくはずだ。微妙に部屋の温度が上がっていたはずだし、香りも残る。

七時半。カーテンが揺れた。用意してあったサングラスをかけ、シートの上で体をずらして姿を隠した。カーテンが細く開き、次いで窓が開いて橋田が顔を見せる。ワイシャツ姿だがネクタイを外しており、髪には油っ気がなかった。しかし疲れた様子はなく、慎重に周辺を観察している。しばらく深呼吸をしたり伸びをしたりして、日曜日の朝の気配を楽しんでいる様子だったが、ほどなく窓とカーテンを閉めた。出かけるつもりかもしれない。エンジンをかけ、GT‐Rをマンションの正面に回した。そのわずかな間に橋田が家を出てしまった可能性を懸念して、車を降りてマンションに入る。足音を忍ばせて廊下を歩き、ドアに耳を押しつけて中の様子を窺った。歩き回る音がする——古いマンションなので、歩くだけで床が軋む場所があるのを、昨夜確認していた。部屋の灯りも点っている。橋田がまだ中にいるのは間違いない。足音は何人分か……一人、と判断する。

急いでドアの前を離れ、車に戻る。だが、このまま車の中でただ待っていていいのかという疑問がふっと生じる。車で後をつけるわけにはいかないし、歩いて尾行を始めたら、車をここへ置き去りにすることになる。ここはむしろ、荒っぽい手に出るのが一番確実なようだ。思い切って車を降り、ロビーの前で待つことにする。グラブボックスを開け、冴の事務所で見つけておいた手錠を取り出した。こういうものを持っているのは褒められたことではないが、今回は役に立つだろう。というより、これがなければ話にならない。

マンションのロビーは、扉の脇が幅二メートルほどの壁になっており、そこに隠れていれば、中から出てくる人間から姿を見られることはない。三十分が経ち、往来を行き来する人の数が次第に増えてきた。時折こちらを見る人がいるので、携帯電話を操作している振りをしながらやり過ごす。マンションを出入りする人は一人もなかった。

さらに三十分が経ち、八時半になった。空気の流れが変わり、扉が開く。橋田。私は二歩で彼に追いつき、腕を摑まえた。一瞬身を硬くして、彼が振り向く。わずかに生じた隙を見つけて、橋田の手首に手錠をかけた。

「どういうつもりだ」声は落ち着いている。まるで手錠をかけられるのを予期していたようだった。

「誰だ、が先じゃないのか」

「馬鹿なことをするな」声を強張らせて手錠に左手を伸ばそうとしたが、私は彼の肘をがっしりと握っていた。親指が痛点に突き刺さっており、少しでも力を入れれば肘に激痛が走る。

「その台詞、そっくりそのままお返しするよ。散々馬鹿なことをやってきた人間に、そんなことを言われたくない」

「離せ」

「断る。しばらくつき合ってもらう」

「ふざけるな」

「ふざけてない。さあ、行こうか」

後ろに回ったまま、片手で肘を、片手で手錠を持って橋田を車に引っ立てた。無理矢理運転席に押しこみ、手錠の片方の輪をハンドルにつなぐ。橋田は抵抗を諦めたようで、そうするのにさほど苦労はなかった。すぐに助手席に回りこみ、エンジンをかけるよう指示する。

「どういうつもりだ」

「ドライブといこうじゃないか」

「ふざけるな。自分が何をやってるか、分かってるのか?」

「もちろん」

「こんなことをしてただで済むと思うなよ」

「余計なことを言ってないで、早く車を出した方がいい。こっちには銃がある」

「はったりだな」橋田の笑いは空しく罅割れた。

「試してみるか？　この賭けに負けたら、あんたは死ぬ」

「お前にそんなことができるわけがない。そんなことをしたら、警察を追い出されるだけじゃ済まないぞ」

「それも悪くないな。もう、次の仕事のオファーはきてるんだ」冴の顔を思い浮かべる。刑事を辞めたんだ——そう言ったら、彼女はどんな顔をするだろう。「さあ、早く行こう。こういうことはさっさと済ませた方がいいんじゃないか」

「こういうことっていうのは、どういうことだ」渋々ながら、橋田がイグニッションキーに手を伸ばす。GT-Rの直6エンジンが目覚め、朝の街に高周波の混じった排気音を撒き散らした。

「例えばあんたの両足をコンクリートで固めて、海に沈めるとか」

橋田がギアをローに叩きこみながら、乾いた笑い声を上げた。少しだけ生気が戻ってきている。

「あんたにはそんなことはできないな。そういうタイプじゃないだろう」

「俺がやらなくても、誰か代わりにやってくれるかもしれない。知ってるか？　十万円で平気で人の頭を叩き割る人間もいるんだ……例えば、中国人とか」

初めて橋田の顔に不安が過った。中国人という言葉がキーワードになったのは間違いない。それまで薄い可能性に過ぎなかった推理が、にわかに現実味を帯びてきた。

「さあ、行こう。中央道だ」

「どこまで行くつもりだ」

「山奥がいいかな？　山梨とか。そこなら何をしても目立たないだろう」

「あんたはそういうキャラクターじゃないと思ってたが」

「どうして俺がそういうキャラクターじゃないと分かる？　顔見知りでもないのに。それともあんたは俺のことを詳しく知ってるのか？」神経戦で、早くも橋田がボロを出した。知らぬ存ぜぬを通していれば、もう少し粘れたのだろうが。橋田も、口を滑らせてしまったことを意識したようだった。唇を一文字に引き結んで車を出したが、緊張していたのか、すぐにエンストしてしまう。舌打ちして、手錠でつながれた不自由な右手でもう一度イグニッションキーを回した。エンジンが息を吹き返し、今度はゆるゆると車がスタートする。運転振りはあくまで慎重だったが、怯えに加えて、ＧＴ－Ｒを乗りこなすのに不安があるためだろう。しかし、信号を三つ通り過ぎる頃には、運転は何とかスムースになっていた。交差点を曲がる時だけ、右手の動きが自由にならないために苦労していたようだが。しかし、首都高に乗ると少しだけリラックスしたようだった。車の流れは少なく——もう少し遅くなると、山梨方面へ遊びに行く人で道路は混み始めるのだが——道路はほぼ真っ直ぐで、ハンドルに手を添えているだけで済む。タコメーターの針は、低い回転数を指していた。GT‐Rにとっての百キロは、軽いジョギング程度の負担にもならない。

「俺が無理矢理車を横転させたらどうなる」三鷹を過ぎる頃、橋田が口を開いた。前方の道路は緩く右へカーブしている。手錠でつながれている限り、急ハンドルを切るのは不可能だ。それは分かっていたが、敢えて話に乗ってやることにする。

「俺もあんたも死ぬ。それだけのことだ」

「それは脅しにならない」

「あんたが死ぬと、十日会の仲間も困るんじゃないか」

「何のことかな」

「頼むよ、橋田さん」思いも寄らぬ悪ぶった声が出たので、自分でも驚いた。「この期に及んで、惚けた話はやめよう。こっちはもう、全部分かってるんだ。あんたは逃げられないし、十日会は今度こそ完璧なダメージを受ける。解散なんていうだけじゃ済まない。今度は何人刑務所に入ることになるのかな」

「強がりはそれぐらいにしておけ。俺がいなくなったことは、すぐに分かる。お前がやったこともな」

「だったら戦争になるだけだな」

「貴様、紫旗会とつながってるのか？」橋田が色をなした。

「どうしてそういう考え方しかできないのかな」肩をすくめてやった。「俺はどこにもつながっていない。それでも警察の仕事はきちんとできるんだ」

「それは綺麗事だ」

「綺麗事だけで十分だ」

「あんたを蛇蝎（だかつ）のように嫌う人間がいる理由がよく分かったよ」橋田の唇が歪む。「こんな人間が側にいたら、たまらんだろうな」

「そんな風に思うのは、自分たちが間違っているからだ。どうしてそんな簡単なことに気づかないんだろうな。組織は玩具（おもちゃ）じゃない。自分たちの利益のために利用すべきじゃないんだ」

「お説教を聴きたい気分じゃない」

「そうやって内輪だけで固まっているから、外の世界が見えないんじゃないか」

「お前は内側の世界も見えていない」

「平行線だな」肩をすくめた。

「……何が知りたいんだ」

「それは、然るべき場所で話す」

「どこだ？」

「あんたもよく知ってる場所だよ」

私の家。橋田はそこに、自ら侵入したことはあるのだろうか。その経験がなければ、ここで是非見てもらいたかった。自分が排除しようとしている人間がどんな場所に住んでいるのかを。


九時半に自宅に到着した。窓ガラスは破れたままで、相変わらずシャッターが下りている。車をガレージに入れ、橋田をその場に残したままで家の中を見て回った。先日の乱闘の跡がそこかしこに残っていたが、その後誰かが侵入した形跡はない。戸締りをきちんと確認してから、橋田をリビングルームに引っ立てた。先日冴が縛られていた椅子に座らせ、両手を後ろに回して手錠をかけ直したが、肩には余裕があるようにする。逃げられなければいいわけで、必要以上に痛めつけるつもりはなかった。最終的には誰かに引き渡す予定は変わらなかったが、誰になるかはまだ分からない。いずれにせよ、ここで完全に吐かせるつもりでいた。そこから先は、定めに則って法の裁きを受けるべきだが、私自身はそれに係わり合いたくない。

お茶でも淹れてやろうか、という考えがふっと頭に浮かび、その突拍子もないアイディアが微笑みになって顔に表れてしまった。橋田が私を睨みつけ「何がおかしい」と低い声で嚙みつく。

「いや、あんたたちはつくづく詰めが甘いと思ってね」

「あんたこそ、な。こんなことをしてただで済むと思うなよ」

「もちろん覚悟はしてる。でも、あんたも覚悟しておいた方がいいんじゃないか？　容疑は何になるかな……殺人なんだろうな、やっぱり」

「何のことだ」橋田の顔に暗い表情が走るのを予期していたが、彼は無表情な仮面を被ったままだった。おかしい。二件の殺人については本当に係わっていないのではないか、という不安が私の脳裏を過る。この男は、どんな状態でもポーカーフェイスを保てるほど神経が図太いわけではないはずだ。先ほど中国人と言った時の反応を見れば明らかである。

「最初から行くか？　それとも殺しの件で話をするか？」

「あの二件は、あんたがやったんだ」

「あんたはそうじゃないと困るんだろうが、残念ながら違う。俺に押しつけるつもりでいたのかもしれないけど、やり方があまりにも杜撰だ。計画を詰め切らないうちにスタートさせたんじゃないか？　だから中途半端なままで終わったんだ」

「お前はいずれ逮捕される」明らかに単なる強がりだったが、彼は自説を曲げようとはしなかった。

「岩隈と山口、二件の殺人は、お前たちがチャイニーズ・マフィアを使ってやらせたんじゃないか？　向こうには向こうで狙いがあったから、利害が一致したんだろう」

「何のことだ」相変わらず平板な声。演技をしている様子でもない。しかし、構わず推理を突きつけた。

「ニューヨークのチャイニーズ・マフィアには、俺も係わりがある。大ボスになりかけた男の邪魔をしたんだから、奴が獄中から俺を消すように指示を出してもおかしくはない。ただし、奴らはそんな時間と金のかかることをするわけがない、とも思っていた。日本にいる俺を狙うとなると、いろいろ厄介だから。だけどあの連中には、日本に来るもっと大事な理由ができた。そのついでに俺を消そうと決めたんだろう。あんたたちは、奴らと手を組んだ。違うか？」

一気に喋ったせいか、喉に痛みのような渇きを感じる。橋田に目線を据えたままキッチンに入って、蓋を開けていないミネラルウォーターを取り出す。キッチンから橋田を監視しながら、一気に半分ほど飲んだ。ボトルをダイニングテーブルに置いた瞬間、橋田の顔色が微妙に変わるのが分かる。それは主に恐怖、それに加えて戸惑いが混じっていた。

リビングルームに戻った瞬間、新しい客が部屋にいることに気づいた。今度は私が招いたわけではなく、明らかに招かれざる客だった。

メルセデスの二人組。二人とも黒いジーンズにナイロン素材のフライトジャケットという格好だった。フライトジャケットはこの季節には暑過ぎるもので、二人の額に小さな汗の玉が浮かんでいるのを私は見逃さなかった。そして、二人の手に拳銃が握られていることも。

私は全身の汗腺が開いて、粘つくような汗が滲み出すのを感じた。

「まったく、自分の後ろが見えない男だな」

その場の沈黙を崩し、最初に口を開いたのは、二人組のうち日本語を話す方だった。

橋田はこれ以上話をしないと決めたように口を引き結び、両肩をもぞもぞと動かしている。もう一人、訛りの強い英語しか話さない男は、全体を監視するようにあちこちに目を配っていた。日本語を話す方を相手にすることにした。

「あんた、名前は」

「どれがいい？」男が面白そうに言った。「俺のプロフィールは、一度じゃ覚えきれないだろうな」

「せっかくだから教えてもらおう」緊張感を押し潰すため、わざと男の軽口に応じた。

「まずは生まれから聞こうか」

「ニューヨークだ」

「その割には日本語が上手いな」

「実は子どもの頃、日本に住んでたんだ。横浜に、な。俺の両親は、根無し草のようなものだったから、俺も一緒に世界各地を転々としたよ。おかげで語学に関してはプラスになったがね」

「で、名前は」

「ジミー・ヤンにしておこうか。使用頻度ナンバーワンだ」

「分かった。ジミーと呼ばせてもらっていいか？」

「断る。あんたにファーストネームで呼ばれる筋合いはない」薄い笑みを浮かべたまま、ヤンが首を振った。

「そちらの紳士は？」

「この男の名前をあんたが知る必要はない。知っても無意味だ。兵隊には名前は必要ないからな。ナンバーだけでいい」

「なるほど。で、何番なんだ」

誰も私の質問には答えず、静寂が訪れる。橋田がもがく度に椅子がぎしぎし言う不快な音だけが響いた。ヤンが露骨に嫌そうな表情を浮かべ、橋田を見やった。

「その男は？」

本気なのか？　私はヤンの顔をまじまじと見詰めた。芝居ではない、と悟る。ということは、二つのグループが協力し合っていたという私の推理は脆くも崩れ、ミッシング・リンクは未だに残ったままということになる。

「知らないのか？」

ヤンが不審気な表情を浮かべて首を横に振る。拳銃が微動だにしないことに私は気づいた。慣れている。

「大体お前は、ここで何をやってるんだ？　自分の家に人質を……理解できんな」

「それをあんたに教えてもらえると思ったんだが」

「まさか」

「じゃあ、俺から説明させてもらっていいかな」ダイニングセットの椅子を引き、腰かける。ヤンももう一人の男も、私に銃口を向けたまま立ち位置を変えた。

「全ての中心にいるのは、アメリカの上院議員、ジョン・ラッセルだ。あんたたちの祖国、中国との問題がきっかけだった。俺は貿易問題は詳しくないから、間違ってたら訂正してくれないか」ヤンがかすかにうなずいたように見えたので、続ける。興味を持ってくれれば、この場を収めるチャンスが生じるかもしれない。可能性は髪の毛ほどの細さかもしれないが。「三年ほど前のことだ。中国からの穀物輸入に関して、アメリカがセーフガードを発動して、日本もすぐにそれに追随した。一大貿易戦争になりそうだったのが、半年ほどで収拾している。交渉はひどく難航していたにも拘らず、だ。結果的にはアメリカ側、そして日本側が引く形になって、事態は極めて唐突に収拾している。ここまでいいか？」

「どうぞ、お好きなように」ヤンが肩をすくめる。今までのところ、彼が私の説明を気に入っているのかどうか、想像もつかなかった。「この時に陰で動いたのが、問題のジョン・ラッセルだ。中国側の要請を受けて金を受け取り、その見返りとして議会で中国側が有利になる発言をして、セーフガード終了の幕引きをした。たぶん、裏でもいろいろと工作をしていたはずだ。実は日本でも、それとそっくり同じことがあったんだよ。神奈川県選出の国会議員が、セーフガードを終わらせるために、中国側から金を貰っていた。このセーフガードが中国側にどれほどダメージを与えるものだったか、俺には分からない。だけど中国側の企業から、日本とアメリカの有力者に金が渡ったのは事実のようだな。スキャンダル――いや、犯罪になるのは間違いない」

七海、そして城戸から聴いた話を総合して私が導き出した結論がこれだった。日米で同じような贈収賄事件が同時進行しており、その中心にあるのが中国だ、というものである。話していて、不思議と落ち着きを感じた。ヤンまでの距離は三メートルほど。どう考えても撃ち損じることはないし、この男はずっと私をつけ狙ってきたのだから、このチャンスを逃すことはないだろう。だが、自分の推理をまとめて話しているうちに、ある種の平穏を感じたのは事実である。核心を突いた瞬間の快感が、恐怖心を圧倒した。もちろん次の瞬間には、どうやって脱出するかを考え、再び冷や汗が背中を流れるのを感じたのだが。

「それを摑んだのが、警視庁公安部の山口刑事だった。彼は自分なりに調査を進めて、かなりいいところまできていたと思う。ところが、小さなミスがあった。そのミスのせいで命を落とすことになったんだから、結果的に大きなミスになったわけだが」ヤンを睨みつける。岩隈と山口を殺した張本人であろうヤンを。だが彼の目は澄み切り、一切の邪心を感じさせなかった。人を殺すことを、純粋に行為としてのみ割り切ることができる人間の目。「山口刑事は、事件の情報の入ったUSBメモリを落とした。それをたまたま拾ったのが、フリーライターを名乗る岩隈という男だ。ところがこの男は、文章を書くよりも、人をゆすって金を脅し取る方が得意で、今回もその手が使えると思ったんだろう。何しろ相手は大きい。相当ふんだくれると踏んだんだろうな。張り切って、いろいろ補足の調査を始めていた。その過程のどこかで、虎の尾を踏んでしまったんだと思う」

「その虎の尾というのは？」

「俺はあんただと思っているんだけど」

「なるほど」相変わらずヤンは、口以外のどこも動かそうとしなかった。拳銃は、実はかなり重い。右手をまったく動かさずにいるだけでもかなりの筋力が必要なのだが、彼は扱い慣れている様子で、銃口は微動だにしなかった。

「ジョン・ラッセルに渡った金は賄賂だ。それが明らかになったら、大スキャンダルになる。日本でも同じだ。ジョン・ラッセルは当然、それを望まなかった。他にも関係のある議員はいただろう。ところが、こういう情報は必ず漏れるものだ。しかも今回は、日本から火が点きそうになった。あんたたちは、ジョン・ラッセルか、彼に近い筋から依頼を受けて、証拠を湮滅するために日本に来た。あるいは、依頼してきたのは中国筋かもしれない。それでまず、岩隈を殺した。あいつは、既に誰か関係者に接触していたんだろう。それで名前が割れていた。その後で、岩隈の情報の元になっていた山口を始末した。ところが、岩隈が持っていたはずの情報の資料が見つからない。誰かが持っているはずだと思って探し始めて、その結果、俺がターゲットになった」私は久しぶりに橋田の顔を見た。相変わらず無表情な仮面を被っているが、唇がかすかに震えているのを見逃さなかった。「ここからは、警察内部の恥ずかしい話になる。あんたたちは、俺の行動を逐一観察していた。ビデオに撮影して、行動パターンを読み切ろうとしたんだろう――復讐のためにな。その前に現れたのが、こいつらだ。あんたたちは、復讐のためにチャイニーズ・マフィアと手を結んだんだ」

「ちょっと待て。何のことだ」それまで黙っていた橋田の顔に戸惑いが浮かぶ。これも演技なのか？　だとしたら、この男はハリウッドでデビューできる――始まって五分で殺されてしまう役であって欲しかったが。「お前が何を言ってるのか、まったく分からん。俺は、こんな男たちを見たことはない」

「惚けるな。あんたたちは、俺に復讐するのに自分たちの手を汚したくなかった。そこに現れたのがこいつらだ。力仕事専門として、上手く利用したんだろう」わずかな可能性にすがって、ヤンを睨みつける。「あんたたちにとっても、渡りに船だっただろうな。警察が協力すれば百人力だ。何でも好きなことができる」

「それは何かの誤解だ……それより、あんたはやり過ぎたんだよ」ヤンの声に、初めて感情らしきものが混じった――嘲り。「ミスタ・チャーリー・ワンは、俺たちにとっては希望の星だった。硬直した組織を生き返らせ、新しい一歩を踏み出す引き金になる人物だった。お前がそのチャンスを潰した」

「潰されるようなことをしたからだ」

「俺たちは、そういう恨みは忘れない。お調子者の日本人がアメリカで余計なことをしてくれた――その落とし前は絶対につけなくちゃいけないんだよ」

「勝手な理屈だ。お前たちは負ける。日本でこんなことをして、そのまま逃げられると思ってるのか？　いくら警察の一部を味方につけているといっても、この男たちは警察の全てじゃない」

「さっきからよく分からないんだが、何の話なんだ？　俺たちが警察と協力するわけがないだろう」ヤンの眉が曇り、本物の戸惑いが浮かぶ。私は大筋で自分の推理が当たっていたことを確信したが、大きなところで一つ間違っていたのだ。

ミッシング・リンクなど、なかった。そこにあったのは、やはり千に一つの偶然だったのだ。

「そこまでにしておけ、鳴沢」

突然、もう一つの声が響く。リビングルームのドアが開き、予想もしていなかった人物が姿を現した。水城。その手にも拳銃が握られている。

「署長」私は両膝から力が抜けるのを感じた。最後の最後で助けに入ってくれるのがこの男だとは——だが、私はもう一つ大きな間違いを犯していた。彼の拳銃はヤンたちではなく、私の腹を狙っている。ヤンの顔にさらに戸惑いが広がったが、それも水城の行動を制限することはなかった。

「何のことか分からないが、俺のやることは決まっている」低い声でヤンが宣言したが、誰に向かって言えばいいのか把握できていない様子で、戸惑いも窺えた。

「そうした方がいいな」水城が淡々と言ってうなずいた。「仕事を果たせば、全員が安全にここを出られる——鳴沢以外は」

「あんた、誰なんだ?」戸惑いの極限に達したヤンの顔が、水城の方を向いた。気まずい沈黙が室内を満たす。

　私は一瞬の隙に賭けた。ヤンまで三メートル。正面から突進しても、対象の動きが速ければ、引き金を引くのを躊躇する可能性もある。だがヤンは、手慣れた上にあくまで冷静だった。表情一つ変えず、何の前触れもなしに引き金を引く。目の前で銃口が光ったと思った瞬間、私の体は一気に後ろへ引っ張られ、背中から床に叩きつけられた。直後に激しい痛みが左肩から胸にかけて広範囲に広がり、ショックで意識が途切れかける。辛うじて右手をついて上体を起こしたが、相変わらずヤンの銃口は正確に私を狙っていた。自分の血で床が汚れていたが、その量があまりにも多いことに、目が眩む思いがした。漂う硝煙の臭いが吐き気を呼び戻し、何かが頭の中でがんがん鳴っている。

　クソ、死ぬというのはこういうことか。何度か撃たれ、死の間際を爪先立ちで歩いた経験はあるが、今日ほど近づいたことはなかったはずだ。一歩踏み外せば、私は死ぬ。痛みは上半身全体に広がり、喉の奥に何かが詰まっている感じがした。

「水城……」言葉を吐き出したが、それがさらに症状を悪化させた。「あんたが、十日会の……」

「喋らない方がいい」水城が、一見同情的な台詞を吐いた。「すぐに死にたいなら別だが。とにかく、お前はやり過ぎたんだ」

「あんたは……十日会の始末をするために一課長になったんじゃないのか」

「誰が十日会の人間か、本当に知っているのは十日会の人間だけだ。俺はずっと、関係ない振りを続けて、ここまで上がってきたわけだ――警視庁でも十日会でも、責任のある立場にな。そこで、仲間がお前にやられた。その落とし前はつけないと――」

突然、金属を激しく叩く音がした。全員の目が音のした方を向く――私の目は既にかすみ始め、風景は色をなくしかけていたが。シャッターだ。誰かがシャッターをぶち破ろうとしている。ヤンと、もう一人の男がそちらに向かって発砲した。一瞬の静寂の後、再びシャッターに何かをぶち当てる重い音が響き渡る。水城は異変を察知して、何もせずにこの場を去ることを選んだようだ。取り残される恐怖に橋田の顔が歪む。だが、リビングルームのドアを開けた瞬間、水城は雄叫(おたけ)びとともに飛びこんできた今(こん)のタックルを浴び、壁に叩きつけられた。しかしまだ拳銃を離そうとはしない。

音もなく部屋に入って来た冴が素早く動くのが見えた。素手で？　無理だ。やめろ、と叫ぼうとしたが言葉が出てこない。彼女は水城の手の拳銃を完全に無視し、一歩踏みこんで体重の乗ったバックハンドブローを顎に叩きこんだ。水城の手を離れた拳銃が床を滑り、私の前まで転がってくる。何とか体を動かして拾い上げると、混乱の中でそれに気づいたヤンが、再び私に銃口を向ける。だがその瞬間、今度はエレベーターの扉が突然開いた。中から誰かが発砲する。一人ではない。ヤンの相棒が肩を撃たれ、拳銃を取り落としてその場に崩れ落ちた。ヤンが応戦して撃ち返したが、状況は明らかに彼に不利だった。

「ヤン！」叫ぶ。その目がこちらを向いた瞬間、私は彼の胸目がけて引き金を引いた。

発射の衝撃が私の体を支えていた何かを突き崩し、そこから先の記憶を奪った。

7

瀕死の重傷から生還する時、人は幻想の中をたゆたうものだと思っていた。小説や映画ではお馴染みの場面だし、実際私も、死にかけた人からそんな話を聞いたことがある。

しかし私はいきなり目覚めた。妄想も幻もなし。体を貫く痛みが自己主張を始めると同時に、視界は白一色に染められたが、そこが病室であるということはすぐに認識できた。しかもよく知っている八王子市内の病院である。知り合いの医者、荒尾の顔が目の前にあった。

「気づきましたか？」

「今、何時ですか」しわがれた自分の声が気に食わなかった。喋る度にどこかから空気が抜ける感じがする。

「五時ですよ」

「夕方の？」

「そう。ただし、月曜日」

「参ったな」撃ち合いから丸一日以上経ってしまったわけだ。ベッドの中で姿勢を変えようとして、自分の体を改めて眺め回す。あちこちに管やセンサーがつながり、一センチでも位置を変えようものなら、病室内の電子機器が暴走を始めそうだった。「で、俺は生きてるんですか」

「こうやって私と喋ってるのが、生きてる証拠ですよ」言いながら、荒尾が私の瞼を無理矢理大きく開け、ペンライトを当てた。黄色みがかった光の照射が、脳の中心に矢のように突き刺さって痛みを呼び起こしたが、払いのけることすらできない。ベッドの横から離れると、荒尾がどこか満足そうな薄い笑みを浮かべた。

「あなたは、これぐらいの状態でいる方が扱いやすいですね」

「医者の台詞とは思えないな……そう言えば、お兄さんも医者でしたね」

「ああ、話は聞きましたよ」今度は顔が歪んだ。「相変わらず、あちこちでどたばたをやってるようですね」

「好きでやってるわけじゃない……で、怪我の具合はどうなんですか」

「銃弾は、左の胸から入って真っ直ぐ背中に抜けてます。綺麗な傷ですよ。左肺をかすめてるけど、あまり心配する必要はないでしょう。出血がひどかったけど、どうやらあなたは血の気が多いらしい。まあ、しばらくは痛むでしょうね」

血の気が多い、か。荒尾の兄も同じ事を言っていたな、と考えると苦笑せざるを得なかった。

「また野球ができますか」

「それはちょっと……リハビリは大変ですよ」

「よかった。野球はやらないんです。しかも俺は右利きだ」

荒尾が奇妙な表情を浮かべた。泣いているような、笑っているような。

「驚いたな。あなたがこんな気の利いたジョークを言うとはね。もしかしたら、検査漏れがあったのかもしれない。脳に異常はないはずだけど」

「好きなだけ検査して下さい。どうせこっちは動けないんだから」

「ここにいる間に、たっぷりいたぶってあげますよ。最新医療の驚異を経験していったらいい。それこそ、人の痛みが分かる刑事になれるんじゃないかな」

荒尾のジョークは、胸の傷よりも鋭い痛みを呼び起こした。刑事でいられるかどうか、保証は何もない。霞がかかったような頭で、必死に状況を考える。あの時、私の家に突入してきたのは誰か。今がいたのは間違いない。だが、エレベーターで上がってきた人間の顔までは見えなかった。あそこにエレベーターがあるのを知っているのは大西ぐらいだし、拳銃を使える立場にあったのは藤田だけだ。その彼にしても、無断で署から銃を持ち出したとしたら、大変な問題になる。もう一つ。シャッターを叩いて、あの作戦のゴングを鳴らしたのは誰か。ヤンたちはシャッターに向かって発砲したが、あれはそれほど分厚いものではない。囮になった人間も撃たれたのではないか——悪い想像がどんどん頭の中で膨らみ、私はかすかな頭痛を覚え始めた。

「まだ調子が良くないようですね。少し眠った方がいい」荒尾がジアゼパムを用意するよう、看護師に指示した。それが抗痙攣用や鎮静剤として使われていることを私は知っている。睡眠薬としての用途もあるが、副作用はどうなのだろう。普段あまり薬に縁のない暮らしをしているせいで、そういうことが妙に気になった。

「寝てる場合じゃない。話をしなくちゃいけない人間が何人もいるんです」

「そうだね。あなたと話をしたがってる人間は外で列を作ってますよ」

「だったら——」

「今のところ全て断ってます。厳重にね」荒尾が点滴のバッグに薬を加えた。「ご心配なく。ややこしい話ができるようになるにはもう少し時間がかかるけど、それまでは私がしっかり守りますから」

「それはどうも」

「好き嫌いに関係なく、患者は患者ですからね」

「それはつまり、俺のことが嫌いだという——」

　荒尾が面倒臭そうに首を振った。

「そういうことを言ってるわけじゃないけど、あなたとつき合うと面倒なことが多い」

「そうですか……一つだけ教えて下さい。何人死んだんですか？」

「二人」荒尾がぽつりと言って、すぐに「それ以上のことは知りませんよ」とつけ加えた。新聞もテレビも見ている暇がないからね、と。

　ニュースをシャットアウトするという彼の習慣について、何か皮肉の一つも飛ばしたかったのだが、私は急速に眠りに引きこまれつつあった。何の不安もない、透明で暖かな眠りだった。


　時間はあっという間に過ぎていった。長時間寝ては少しだけ目が覚め、短い覚醒の時間には荒尾と軽口を叩き合う。しまいには、荒尾から「キャラクターが変わったんですか」と皮肉られたが、一度や二度撃たれたぐらいで人格は変わらないと否定すると、肩をすくめて会話を打ち切った。

目が覚めている時間が次第に長くなり、体につながれた管が減っていくに連れ、病室に閉じこめられているという事実が疎ましく思えてきた。しかしまだ、思うように体を動かせない。荒尾と看護師以外の人間に初めて会ったのは、病院で目覚めてから一週間後の月曜日だった。あまり会いたくなかった相手——多摩署の内川。相変わらずノーネクタイで、今回はワイシャツの袖を捲り上げていた。季節の移り変わりを強く意識する。今日も、例の若い刑事を連れていた。

彼は私に通り一遍の見舞いの言葉を告げた後で——必ずしも必要だとは思っていないようだった——さっそく事情聴取を始めようとした。機先を制して、私の方から訊ねる。

「誰が死んだんですか」

「橋田。それと、ジェームス・ヤンという中国系アメリカ人の男」

「怪我人は?」

「西新宿署長が肋骨と顎を骨折して入院してる。それと、ジョン・リーという中国系アメリカ人が肩を撃たれた」

私は安堵の吐息を漏らした。こちらの怪我人は一人だけだったのだ。それが私だった幸運に思わず感謝する。

「俺の容疑は？」

「それは監察の方で決めると思うよ」

「それがいかにも悔しいことであるように、内川が唇を歪めた。

「監察？　多摩署として調べるんじゃないんですか」

「上が決めた話だから、俺には関係ない」内川が不機嫌に鼻を鳴らす。「とにかく、俺が聴いた話を確認させてくれ。あんたは、捜査一課の橋田係長が、岩隈と山口、二件の殺しに絡んでいるのを独自に調べ上げた。その件について本人に確認するために、自宅に連れて行った。ところがそこに中国人二人が待ち伏せしていて乱闘になった。そこであんたは水城署長の拳銃を奪って、中国人の一人を撃った——大まかな筋書きはこんな感じだね。別にあんたを庇うつもりはないけど、これは緊急避難として認められるんじゃないかな。状況はかなり特殊だけど」

「水城署長はどう絡んでくるんですか」

「それはまだ何とも言えない。本人にまだ事情聴取できていないんでね。折れた肋骨が肺に刺さって危険な状態だし、顎を骨折してるから話もできない。今も面会謝絶が続いてるんだよ。ま、言い訳を考える時間はたっぷりあるだろうな」最後の台詞からは尊敬の念がすっぽり抜け落ちていた。

自然に頬が緩む。今の渾身のタックルは見事の一言だった。あれだけでラグビー日本代表に推薦してもいい。もっとも彼は、百メートル走ったら息切れして倒れこんでしまうかもしれないが。それに冴の一撃は、私でもできない強烈なものだった。

「とりあえず今までの調べだと、署長は橋田の親分格ということになるんだろうな。十日会の隠れたリーダーってことだ」

「十日会のことはともかく、この事件そのものはどこが調べてるんですか」

「もちろんうちだよ。うちの管内で起きた事件だからな。だけど監察も動いてる。十日会は前にも同じような事件を起こしてるから、今度こそ完全に根絶やしになるだろう。自業自得だ。だけどあんたは、厄介な立場に追いこまれるかもしれんぞ」

「覚悟してます」

そう言ったものの、内川は私の罪状を並べ上げる楽しみを放棄しようとはしなかった。

「自宅待機中の勝手な捜査が、まず問題になるだろうな。橋田を自宅に連れて行ったのも、監禁と見なされる恐れがある。いずれにせよ、この事件の枠組みがもう少しはっきりしたら、あんたは自分のケツを守るのに走り回らなくちゃならん」

「もっと大きな枠組みの話はどうなってるんですか」

「そいつはうちには関係ない」内川が不満そうに頬を膨らませる。「東京地検が動いてるそうだ。神奈川県の代議士を任意で調べてるっていう話もあるけど、本当かどうか、俺には分からん。アメリカの方の動きに関しては、ますます分からん。勝手にやってくれって感じだよな。マスコミは大騒ぎして、『チャイナ・ゲート』とか名前をつけてるけどな。まあ、そういうのは東京地検に任せよう。こっちはこっちの仕事をするだけだ」

そこまでが前置きだったようで、彼は事実関係の確認をするために、細かい質問をぶつけてきた。今のところ、彼の描く線に沿って正直に話すしかなかったが、事情聴取は長くは続かなかった。内川が大儀そうに立ち上がり、手を後ろに回して腰を叩く。

「もう終わりですか？」

「あんた、死にそうな顔してるからな。それに俺は最近、腰痛がひどくてね。長く座ってると痺れてきやがるんだ」

「腰痛を解消するには、腹筋と背筋を鍛えればいいんですよ」

「そんなことしたら死んじまうよ」本気でそれを恐れているように、体を震わせる。

「また来るぜ。これで終わりにはならないからな」

「長期戦は覚悟してます」

うなずき、内川が病室を出て行った。それが解禁の合図になったように、それから次々と人が訪ねてきた。西八王子署からは刑事課長の熊谷と署長の西尾。二人は最初こそ、私の容態を心配していたが、すぐに叱責の言葉を並べ立て始めた。二人とも私の回復よりも自分の立場を心配しているのは明らかだったが、それを責める権利がないことは身に沁みて分かっていた。熊谷は他にも何か言いたそうにしていたが、署長に遠慮したのか、最後まで言葉少なだった。

その日最後の見舞い客は城戸だった。例によって大沢が影のように付き添っている。

「よ、元気そうじゃないか」

実際には私は、久しぶりに人と会ったので疲れ切り、とにかく眠りたかった。しかし城戸の体に漲る生気は、私にも少しだけエネルギーを注入してくれた。

「事件は東京地検に持っていかれたそうですね」

「そんなもの、どこがやってもいいんだよ。悪い奴らを眠らせなければ、俺はそれでいいんだ」

「それはあくまで建前ですよね」

「中には建前と本音が同じ人間もいるぞ——あんたみたいに。俺もそうだが」

「本気でそう思ってるんですか」

「そうだよ。何か問題でも？」

首を振らざるを得なかった。彼は私と同じ人種なのだろうと実感する。滅びゆく世代の最後の一人。

「アメリカでも大騒ぎになってるんじゃないですか」

「ああ。ただ、こういう事件は日本とアメリカで共同で捜査するのは難しいんだ。法律も違うからな。情報の交換はするけど、捜査は互いに勝手にやる、という感じになるんじゃないかな。そこから先は外交問題だよ」

「一緒にやれば捜査も早いのに」

「法体系が違うから、どうしようもないんだ……だけどあんた、何で俺に全部喋ってくれなかったんだ？　そうすれば、こんな目に遭わずに済んだかもしれないのに」

「この事件は、俺の個人的な問題でもあったんです。あなたを巻きこみたくなかった」

「勝手なこと言いやがって……」城戸の唇が奇妙にねじれる。まるで泣き出すのを必死にこらえているかのようだった。「あんたの相棒の藤田君、彼が岩隈の持ってた情報を全て提供してくれた。同じ情報が警視庁の公安部や捜査二課にもいってるはずだが、とりあえず俺の方が引き金になって事件を動かせる。それで十分だよ」

「そうですか」

何となく互いに気詰まりになり、二人で間抜けな微笑を交換し合った。大沢はいつもと同じように穏やかな笑みを浮かべたまま、無言を貫いている。サービスのつもりか、城戸はあれこれ話題を持ち出したのだが、会話はすぐに行き止まりになってしまう。それがかえってありがたかった。「はい」か「いいえ」を言っているだけで、難しい会話を交わさずに済んだのだから。最後には城戸も、私を疲れさせるだけだと気づいたのか、大沢に促されて腰を上げた。彼が最後に残した言葉は「また一緒に中華街で飯でも食おうぜ」であり、それに対して私は「ダイエットはどうしたんですか」とやり返そうとしたが、言葉にするだけのエネルギーは残っていなかった。

翌朝、病院に担ぎこまれてから初めて、看護師が窓を開けてくれた。かすかに吹きこむ風には少しだけ夏の香りが混じっており、それを嗅いでいる時だけは、消毒薬の臭いを忘れられる。ようやく上半身を起こすことができるようになり、私は荒尾と綿密にリハビリの相談をした。内臓への影響はほとんど気にしなくていいが、大胸筋の断裂が問題になりそうだった。銃弾は綺麗に抜けたはずなのに、やはり醜い傷跡を残していたのだ。あなたの腕が悪いからではないか、という台詞が喉元まで出かかってくる。だが、何か目標を持つのは悪いことではない、と自分に言い聞かせた。ボディビルのコンテストに出るのでもない限り、筋トレは単なる習慣になりがちで、上向きの目標は持ちにくい。今までと同じように、八十キロのバーベルをベンチプレスで十五回連続持ち上げられるようにする――それを当面の課題とすることにした。

ノックもなく、いきなりドアが開く。顔を見せたのは藤田だった。荒尾に挨拶し、治療の邪魔にならないと分かると、ベッド脇の椅子を引いて呻き声を上げながら腰を下ろす。埃と汗――現場の臭いをたっぷり身にまとっていた。くしゃくしゃになったハンカチを取り出して額を拭い、小さく溜息をつく。

「悪かったな、もっと早く来ようと思ったんだけど、ばたばたしちまって」

私は荒尾の顔をちらりと見た。気を利かせて彼が病室を出て行く。ドアが閉まるのを待って藤田に質問をぶつけた。

「お前、大丈夫だったのか」

「何が」

「あんなことになって――」

「いろいろ心配してくれるのはありがたいが、自分の尻ぐらい自分で拭けるよ」自信の欠片のようなものを顔に浮かべ、素早くうなずく。急に立ち上がると窓を閉め、外の気配を遮断した。それから、先ほどよりももっと苦しそうな表情を浮かべて椅子に座り、私の方に身を乗り出すようにした。何か言われる前に、こちらから質問をぶつける。

「あの現場、どうして分かった」

「追跡したんだよ。あんたが、最後は一人で決着をつけようとしてたのは分かってたからな」

「どうして」

「あんたの性格を考えればそれしかないだろう。ばればれなんだよ」

「別にお前たちを出し抜こうとしたわけじゃない」

「分かってる」顎に力をこめて藤田がうなずいた。「自分一人で全部ひっ被るつもりだったんだろう？　だけど、水臭いぜ」

「すまん」

「謝るなって」苦笑しながら顔の前で手を振った。「俺だったらそこまで気が回るかどうか……そもそも、一人で何かしようなんて考えもしなかったかもしれない。だけどあんたも、計画性がないよな。狙われてるんだってことぐらい、分かりそうなものだけど」

「そんなことより、橋田から真相を聞き出したかったんだ」

「お前が一人で動くだろうと思って、お前の携帯を追跡してたんだ。ＧＰＳ機能ってのは、こういう時には実に便利だな」

「後始末は大丈夫なのか」

「そんなこと、課長の責任だよ」

「課長には昨日会ったけど、何も言ってなかったぞ」

「ここでややこしい話をする気になれなかったんだろう。実際、その件をどうやって処理するかは、まだ決まってないんだ。監察も頭を抱えてるだろうしな」藤田がにやりと笑った。無意識なのか、ワイシャツの胸ポケットに指先を突っこんで煙草に触れる。

「悪いけど、ここは禁煙だ。喫煙スペースにでもつき合えればいいんだけど、まだ動けそうもない」

「ああ、いいんだ。今のところ、禁煙続行中だから」

「本気か？」

「一週間」藤田が顔の前で人差し指を立てる。「お前さんが撃たれてから、ずっとだよ。忙しくて煙草を吸ってる暇もなかった……とにかくあの時俺は、課長を叩き起こして拳銃を用意させた。現場にはうちの刑事も何人かいたんだぜ」

「そうなのか？」四人だけだと思っていたのだが。

「そう。もちろん、海君や小野寺も協力してくれた。今の旦那もな。あの連中を止めるのは俺には無理だった。いろいろと辻褄を合わせるのが大変で、それにも一週間かかっちまったよ」

「三人とも無事なんだな？」

「ああ。特に海君だろう？　心配するな。あいつは、そもそもあそこにいなかったことになってる。あの時、戦いの鐘を鳴らしたのはあいつなんだけどね。シャッターをバールで叩いたんで、凄い音がしただろう？」

「撃たれなかったのか？　あいつら、シャッターに発砲しただろう」

「もちろん、とっとと逃げたよ。音がした方に発砲するのは習性みたいなものだから、読んでたよな。シャッターに向かって撃ってくるのは計算済みだった。ま、とにかく海君は係わってないことになっている。本人は抵抗したけど、何もキャリアに泥を塗ることはないよな」

「助かる」素直に頭を下げた。それが一番、頭に引っかかっていたのだ。

「あいつは新潟県警の未来を背負って立つ男だからな。俺なんかとはできが違う。あんたの一番弟子なんだって？」

「向こうが勝手にそう思ってるだけだ。俺の真似なんかしたら、あんなに早く昇進できるわけがない……今と小野寺はどうした」

「二人とも無事だよ」藤田の顔に硬い笑みが浮かんだ。「まったく、いいコンビだぜ。

特に小野寺、あいつには怖いものはないのか？　拳銃を持った相手に平気で突っこんでいって、強烈な一撃を食らわしたんだからな」

聞いてみたかった。怖くはなかったのか、と。しかしそんなことを訊ねたら、彼女は今度は私の顎に一撃を食らわすかもしれない。

「課長は？」

「最後に噛んだ。ただしあのオッサン、判断停止になっちまったみたいで、俺の書いたシナリオ通りに動いただけだけどな。こっちにとってはありがたいことだ」

「どういうシナリオなんだ」

藤田は、内川が私に話したのとほぼ同じ内容を説明してくれた。この一件を上層部に信じこませるために、彼はありったけの力とコネを使ったのだろう。それが底をついてしまったであろうことは、想像に難くない。

「一つ、こっちに有利な点がある。水城署長のことだ」吐き捨てるように藤田が言った。

「あの銃だな？　あれはやり過ぎだった」

「そういうこと。本人の事情聴取ができてないから、まだ確定してないけど、ヤクザ連中から取り上げたやつじゃないかな。そういうのを、例のアジトに隠しておいたんだろう。まあ、どんないわくのあるものにしろ、署長が自分で銃を持ち出したらまずいよな。

あれで言い逃れできなくなるはずだ」

「これで、十日会は完全に潰れるんだろうか」

「それは分からない」藤田が首を振ったが、現在の状況に絶望している様子ではなかった。「だけど、もう一度頭を出そうとしても、今度はもっと長い時間がかかるだろうな。どっちにしろ、俺たちが気にすることじゃない。だいたいあの連中は、詰めが甘いんだよ。あんたを殺すチャンスは何回もあったはずなのに、そうしなかった。何だったんだ、結局？　それが今でも分からない」

「奴らは、俺を殺すつもりはなかったのかもしれない。殺人の容疑者として逮捕できれば儲けものと思ってたんじゃないか。それでも俺は警察にいられなくなるからな。それが連中にとっては復讐だったんだろう」

「だからあんたの家から鉄アレイを盗んで、工作までした。死んでる山口をもう一度鉄アレイでぶん殴ったんだな」藤田が顔をしかめ、掌で擦った。「ひでえ話だよ。でも実行犯もすぐに割れるだろう」

「十日会の連中は、チャイニーズ・マフィアが動いていることには随分前から気づいていたんだと思う。たぶん、触媒になったのは岩隈だ。それが殺されて、俺を陥れる千載一遇のチャンスが巡ってきた。匿名のタレコミで青山署に俺の名前を教えて、山口が殺された時には、予め用意しておいた鉄アレイを使って、俺をさらに追いこもうとした」

「一つ分からないのは、水城の動きだ。あのオッサン、十日会の人間だったんだな」藤田が顔を歪めた。かつての上司の正体を知って、普通の精神状態ではいられないだろう。煙草でも吸ってこいよ、という言葉を呑みこみ、本筋の話を続けた。

「あの男はそれをずっと隠していた。結局前の事件でも、正体を現さなかったんだよ」これまで私を庇護し続けたことも、おそらくは自分の正体を隠すための工作だ。

「一度はあんたを助けたのにな」

「それもダミーだろう。上手くいかないと悟ったんだろうな。解剖してきちんと調べれば、山口さんがいつ鉄アレイで頭を殴られたか分かったはずだ——つまり、死んだ後だっていうことに。そうなったら事態はややこしくなる。だから俺を、容疑者から外すことにしたんだろう」誰にも確認していなかったが、その件については間違いないと思っている。

「結局、十日会とチャイニーズ・マフィアは、最後の最後まで接点がなかったわけか」

「十日会の連中が、陰で上手く利用してただけなんだろう」馬鹿馬鹿しい話だ。しかしその馬鹿馬鹿しい話で、私は命を落としかけた。「チャイニーズ・マフィアの連中は、本気で俺を狙ってたんだけどな。岩隈と山口さんを片づけるついでに、俺を消そうとした」

「ま、それで大体筋は摑めた。俺が進めてたのと大きく矛盾はしないな。後のことは俺に任せて、しばらく養生しろよ。何も心配することはないから」

心配することはあった。見舞いに来て欲しい人が現れない。どうなっているのか。そしてそのことを確認してもらう相手は、私の近くにはいなかった。

翌日、面会時間が始まると同時に冴が姿を見せた。夏を先取りするようなレモン色の半袖のカットソーにタイトなジーンズという格好で、小さな花を携え、顔には穏やかな笑みを浮かべていた。肩は何ともなさそうだったが、右手が包帯に包まれている。

「折れた?」椅子を引いて座ろうとする彼女に訊ねた。

「鍛え方が足りないわね」冴が照れ笑いを浮かべ、右手を振ってみせる。途端に顔をしかめた。

「向こうも顎が折れてるらしいよ」

「引き分けじゃ、悔しいじゃない」

何となく互いに手詰まりになってしまった。事件のことを露骨に話すわけにはいかないし、それ以外の話題を口にするのも何となくもどかしい。何よりベッドに縛りつけられた状況だということが、私を落ち着かなくさせていた。しかし私は、とうとう口を開かざるを得なくなった。この一言を言わなければ、何も終わらないし何も始まらない。

「ありがとう」

「よしてよ」冴が照れ笑いを浮かべる。「これは、私の戦いでもあったんだから」

「逆の立場だったら、俺は君と同じことができたかどうか、分からない」

「あなたも絶対に私に手を貸してくれたと思う」

「そうかな」

「あなたには分からなくても、私には分かるの。ねえ、前に鉄道の話をしたの、覚えてる？　たまたま今は同じレールの上を走ってるだけだって」

「ああ」今年の冬、ある事件で衝突した時に彼女が吐いた捨て台詞だ。それに続いた言葉――この街を離れたら、もう二度と会わないかもしれない。

「同じレールを走ることは、何度もあるかもしれないわね」

「そうかな」

「先のことは分からないけど」冴が立ち上がり、ぴんと背筋を伸ばした。「鳴沢、うちの事務所に誘ったこと、覚えてる？」

「ああ」

「オファーはまだ有効だからね」

「いや……俺の方では有効期限は切れた」

「鳴沢ならそう言うと思ったわ」

初夏の香りを残して、彼女は風のように病室を出て行った。

冴と入れ替わりに長瀬が病室に入って来た。ブラックスーツにきっちり糊を効かせた白いレギュラーカラーのワイシャツ、よく磨き上げられて鈍い光を放つ黒のストレートチップという格好で、スーツの左脇のポケットからは、黒いネクタイが頭を覗かせている。

「俺は死んでないよ」

私の目が黒いネクタイを捉えているのに気づいたのか、長瀬は慌ててポケットに深く押しこんだ。

「そういうつもりじゃないですよ。午前中、葬式に出た帰りなんです」

「あまり縁起のいい話じゃない」

「順番を逆にするわけにはいかなかったんで……これ、お見舞いです」

長瀬がベッド脇のテーブルにコンビニエンスストアのレジ袋を置いた。

「何ですか」

「チョコレートバー。好きだったでしょう？」

「あれは非常食だよ」そもそも今は、チョコレートバーを食べる気力がない。痛みはゆっくりと薄れていたが、どうにも食欲が湧かないのだ。「ま、ありがたくもらっておきますよ」

「事件は解決したようですね」

「まさか、この件を取材してるんじゃないでしょうね」

「冗談じゃない」長瀬が大袈裟に首を振った。「新聞で読んでるだけですよ。最近気づいたんだけど、実は俺は取材が嫌いだったんですね。積極的に人と会うのは、どうも苦手なんだ」

「元新聞記者らしからぬ台詞だな」

「決定的に手遅れになる前に気づいてよかったんじゃないかな。俺も会社も損害を受けずに済んだから」

「そういう考え方もあるかもしれない」

私たちはしばらく雑談を続けた。どうにも身の入らない内容だったが、時間潰しにはなった。しかし長瀬が、急に何かに気づいたように腰を上げる。

「一つ、お願いがあるんですけどね」

「何ですか」

「これからはあまり無茶しないで欲しいな」腰に両手をあて、小首を傾げた。「俺はまだ、鳴沢さんに聞きたいことがたくさんあるんですよ」

「取材なら、パスだ」

「別に新聞や雑誌に売りこもうっていうわけじゃないんです。あなたをモデルに小説を書こうと思ってる。タイトルはもう決まってるんですよ。『雪虫』っていうんですけどね」

「何だい、それ」

「ただいま構想中です……その件、また話をしましょう」

「断る」

「いや、話しましょうよ」長瀬がにやりと笑った。「取材は嫌いだけど、それは相手によるんです。じゃあ、俺はこれで。後に控えてる人がいますから」

「見舞い？」

「ええ。一度に大勢病室に入ると体に障るから、順番待ちなんですよ……くれぐれもお大事に」

「ありがとう」その言葉は素直に口を突いて出た。長瀬が驚いたように目を見開いたのは気に食わなかったが。

彼と入れ替わりに入ってきたのは七海だった。

「了！」目を潤ませている。そのまま突進して私に抱きつきそうな勢いだったので、痛みのない右手を上げて制した。

「よせ。お前みたいにでかい奴がそんな情けない顔をすると、気持ちが悪い」

「馬鹿野郎、心配したんだぞ」中腰になったまま私の右手を握り、揺さぶった。閉じこめられていた痛みがぶり返し、一瞬頭が白くなる。七海はそれに気づかない様子だった。

「無理しやがって。何でもかんでも一人でやることはないんだよ」

「知ってるのか、事情を」

「当たり前だろうが……まあ、とにかく無事でよかった」洟を啜り上げながら、七海が無理に笑みを浮かべた。

「向こうはどうなってるんだ？　チャーリー・ワンは？　奴が指示を出したんだろう」

「証拠は何もない」七海の顔が曇り、事件を取り逃した刑事の表情が浮かんだ。「今回の件については、残念だけど……それでも奴の手下が死んだのは、大きな痛手だぞ。獄中から指示を出していた証拠はないけど、奴が失敗したのは間違いないからな。これで手下も離れていくだろう。影響力は一気に小さくなるよ。今後俺たちは、外にいる連中を相手にしてればいい」

「そうか。仕方ないんだろうな」唇を嚙み、悔しい気持ちを何とか押し潰そうとした。

「それでも、やれることはやる。俺はまだ諦めたわけじゃない……それより、もう一人入って大丈夫か？」

「誰だ」

「勇樹」七海がドアに向かって声をかけた。ゆっくりとドアが開き、勇樹が隙間から体をねじこむように病室に入ってくる。ベッドに駆け寄ってきたが、そのまま抱きつくわけにはいかないと気づいたようで、急ブレーキをかけた。溢れた涙が頰に二本の筋を作る。私は右手を伸ばして、その涙を拭い取ってやった。撃たれて以来初めて、胸の中に温かいものが流れ出す。

「来てくれたのか」

勇樹はうなずくだけだった。代わりに七海が説明する。

「一度アメリカに戻って、またトンボ返りしてきたんだ。どうしてもお前に話さなくちゃいけないことがあってな」

「そうだった。約束してたのに悪かったな」

勇樹が黙って首を振る。何か言いたそうにしているのだが、言葉が実を結ばないようだった。そのために日米を慌てて往復したというのに。助けを求めるように七海の顔を見上げた。

「そうだな。もういいか」大きな手を勇樹の頭に置く。勇樹が七海、私の順に顔を見て、素早くうなずいた。七海が胸に掌を当てる。「了、心臓は元気なんだろうな」

「ああ。もちろん――」

「ちょっと待て」

七海がベッド脇から離れ、ドアを大きく開け放った。

優美。

腕には赤ん坊を抱いていた。

途端に私は、混乱の渦に巻きこまれた。優美が赤ん坊を抱いている。どうして？　私との間に距離を置きたがっていた原因はこれなのか？　いったい、どういう――突然、かすかな記憶が蘇った。あれは去年、私がニューヨークにいた時のことだ。勇樹が誘拐されて不安な時間を過ごしていた中で、気分が悪いと漏らしていたことを。あれは要するに――。

戸惑ったような笑顔を浮かべながら、優美がゆっくりと近づいてくる。赤ん坊を抱えたまま椅子に座り、たった一言「ごめんね」と呟くように言った。混乱の中に叩き落された私は、攻撃の矛先を勇樹に向けた。

「勇樹、何でもっと早く言ってくれなかったんだ？　このことを言おうとしてたんだろう」

「僕は話そうとしたんだよ。だけど、了がずっと忙しそうだったから……こんな話、簡単に話せないよ」すねたように唇を歪めたが、目は笑っている。

「そうか……優美、こんな大事なこと、どうして今まで黙っていたんだ」

「そうね。何でかな……」優美が穏やかに話し出したが、声にはまだ緊張が感じられる。

「去年、勇樹が事件に巻きこまれた後、私はあなたと距離を置くべきだと思った。それは私の勝手な考えなんだけど……変な言い方かもしれないけど、あなたは事件の神様に愛されている。それは決していい意味じゃなくて、自分まで事件に巻きこまれてしまうという意味よ。だからいつでも危ない目に遭うんじゃない？　それに耐えられるほど、私は強くない」

反論しようがない。どうしてかは分からないが、私はしばしば、自分の人生まで揺らされてしまうような事件に出会ってしまった。優美が続ける。

「とにかくその後で、この子を妊娠してるのが分かったの。産まないということは考えられなかった。大切な命だから。でもこの子の存在が、あなたにとって重荷になるんじゃないかと思った。あなたは事件に生きる人だから、本当は家族の存在が邪魔になるんじゃないかって……でも、いつかは言わなくちゃいけないと思っていたのよ。ちゃんと話して、これからどうするか二人で相談して……でも私は怖かった。はっきりとした結果が出るのが怖かった。もしもあなたがこの子を拒絶したら、私もあなたも、そしてこの子も傷つく。それが怖かったの。私一人でもこの子を育てる自信はあったから、黙っている方がいいんじゃないかって……変かな」

無言で首を振った。変なのかどうかは分からない。だが、私には理解できない考え方だった。二人の子どもなのに、どうして……。優美は喋り続けることで自分の考えをまとめようとしたようだったが、かえって論理は混乱していた。

「でも、あなたがこんなことになったから。それでいろいろ考えたの。人間って、そんなに強いものじゃないでしょう。いつ何があるか分からないし、もしもあなたが死んだら……」優美の目が潤んだ。「あなたにとって、家族は余計なものかもしれない。でも、新しい家族を知らないまま死んでいいはずはないわ。そんなことをしたら、私はあなたに対して誠実じゃなかったことになるでしょう。私も現実に向き合わなくちゃいけないと思ったの」

「いや」何が「いや」なのか、自分でも理解不能だった。話すべきことは無数にあり、幾つもの昼と夜が必要に思える。しかし今は、彼女の戸惑いや逡巡を黙って受け止めるべきだと思った。人間は混乱する生き物であり、全ての考えや行動を合理的に説明できるわけではないのだから。

「撃たれたって聞いて、すぐ日本に来たかったんだけど……子どもが小さいと簡単には飛行機に乗れないの。やっと首が据わったばかりだし」

「そうだよな」子どものことなど何一つ分かっていないのに、私はつい相槌を打ってしまった。

「女の子」

優美がベッドの空いたスペースにそっと赤ん坊を寝かせる。私は手を伸ばし、彼女の小さな肩をそっと撫でてやった。温かさが掌に伝わり、それがそのまま私の体に入ってくるようだった。細くさらさらの髪、柔らかく膨らんだ頰。小さな目が、不思議なものを見るように私の顔に張りつく。

どうしろというのだ。急に増えた家族をどう受け止めればいいのだ。

しかしこれが現実なのだ。

私は家族を失った。優美の家庭も一度崩壊している。二人とも新しい一歩を踏み出すことを恐れていたのだ。しかし今、新しい命が目の前にあった——優美が運んできてくれたのは、私が向かい合うべき家族だった。

私は優美の顔を見詰めた。それから勇樹の顔を。最後に七海の顔を。誰の顔にも、穏やかな笑みが浮かんでおり、私は自分が死にかけた事実を忘れかけた。私は、自分も笑っていることに気づいた。その笑みは簡単には剝がれそうもなく、私はそういう状況を前向きに受け止めざるを得なかった。

何ということか。

邪気のない赤子の目に見詰められているうちに、視界がぼやけてくるのを意識した。私は他人の人生を観察することで生きてきた。だが今初めて、自分の人生そのものを正面から見詰めなければならないのだと意識する。それが今の私に課せられた唯一の責任なのだ。

シリーズ完結記念・書店員座談会　男だらけの大放談⁉

二〇二〇年八月、「新装版　刑事・鳴沢了（なるさわりょう）シリーズ」完結を記念し、本シリーズの解説を務めた書店員三名による座談会が開催された。なお本座談会は新型コロナウイルス感染拡大の影響を受け、リモートでの収録となった。

参加書店員
宇田川拓也（うだがわたくや）……千葉県・ときわ書房本店書店員。『雪虫』解説を担当。
三島政幸（みしままさゆき）……広島県・啓文社西条（さいじょう）店店長。『熱欲』解説を担当。
内田剛（うちだたけし）……元・書店員。ブックジャーナリスト。『讐雨』解説を担当。

圧倒的な面白さ、キャラクターの強さ

内田　本日はよろしくお願いします。新型コロナウイルスの影響で今年は本屋大賞の発表会も中止となってしまったので、こうして皆さんにお目にかかれて嬉しいです。

三島　よろしくお願いします。実は私、今回解説の依頼があるまでこのシリーズを読ん

だことがなかったんです。それで慌てて読んだのですが、本当に面白かったです。皆さんが考える堂場作品や「鳴沢了シリーズ」の魅力とは、どんなものでしょうか。

宇田川　一番の魅力は、とにかくリーダビリティの高さだと思います。一気に読みたくなるストーリーだったり、シリーズものだと次巻が気になる展開だったり。

内田　次の巻がどうなるのかは放っておけませんよね。了の所属部署が変わる、というレベルの展開ではなく、都会に行き、何も事件がない場所に左遷されたり、はたまた海外に研修に行ってしまう。僕はやっぱり圧倒的なストーリーの面白さとキャラクターの強さだと思います。堂場さんは新聞記者をされていたので取材力、リアリティを感じます。鳴沢を中心に仲間や、犯人にも人間ドラマがある。それらが重なっていき、シリーズは読めば読むほど面白くなっていきます。

三島　このシリーズは「鳴沢サーガ」とも言えますね。最初は了の祖父、父との親子三代の物語。やがて仲間たちとの物語、そして勇樹（了の恋人・優美の息子）の物語につながっていく。彼らとの関係を想像するうち、だんだん続きが気になっていく。

宇田川　そういう人々との出会いを通した了の成長も読みどころですよね。自然と了の人間としての深みも増していく。最初はけっこう嫌なやつなんですけどね（笑）。

内田　確かに（笑）。そんな彼が挫折や失敗から立ち上がっていく様は序盤の読みどころですよね。

三島　『雪虫』で鳴沢が嫌みっぽく指導していた新米刑事・海くんも、どんどん偉くなってしまいますし（笑）。あと、刊行から二〇年近く経ちますが、古びていないですよね。六巻の『讐雨』ではインターネットの掲示板が登場します。掲示板でのやりとりは今ではあまりなくなりましたが、そこで情報がやりとりされる様は、今見ても古く感じないリアリティがあります。おそらく当時最先端の情報を書いていたのだと思うけれど、そこには寄りかかっていない。ここを中心に書いていたら時代とともに古びてしまう。一方で「親子の情」がこの巻のテーマとしてあるけれど、このような普遍的なテーマに寄りかかると、エンターテインメント性が薄らいでしまう。この二つのバランスが絶妙なんですよね。

内田　今読み返すと、古いどころか新鮮なんですよね。新しい驚きがある。

宇田川　そう思うと、新装版として出て、改めて世に問う意義がある作品ですよね。タイトルが二文字というのも硬質な格好良さがあります。漢字二文字の警察小説は今は多くありますが、この作品からスタンダードになってきたように思います。でも一巻目が『雪虫』とは、意表を突かれました。まるで純文学作品のタイトルですよね。

実はこの巻が一番面白い⁉

宇田川　作中に魅力的なシーンはたくさんありましたが、私の中でのベストは『帰郷』の最後の場面です。亡くなった父との確執から逃げずに生前接していれば、自分はもっと刑事として成長できていた、と気づく場面には感動しました。それとは全くテイストが別ですが、『血烙』のクライマックスも好きです。事件を解決し、気絶寸前の了の元に今（実家が寺の巨漢刑事）が「寺を継ぐことにしました」とものすごく丁寧な挨拶の電話をかけてくる。しかも国際電話で（笑）。シリアスなまま終わらせない展開は絶妙だなと思いました。皆さんはどうですか？

三島　私はやはり本巻『久遠（下）』のラストですね。最後の最後に、優美が了と距離を置いていた理由が分かる。最後の第四部のタイトルが「命」となっていますが、了自身の命に関わる話というだけでなく、こういう意味だったのかと感動しました。素晴らしい大団円でした。

内田　僕も『久遠』のラストかな。他だと、僕は七巻『血烙』は特別な巻だと思います。舞台がアメリカであるが故のワクワク感があります。アメリカの刑事たちのキャラクターや、敵役の生き様までもが格好良く、ハリウッド映画を見ているかのような感覚がありました。会話も洒落ているんですよね。特に好きなのは「俺にも倫理観とやらがあるんだぜ。辞書の九百ページに載ってる」「あなたの辞書って、八百九十九ページで終わってるんじゃないの？」っていうやりとり（笑）。この話題の流れでこっそり聞くのですが、「本当はこの巻の解説を書きたかった！」という巻はありますか？

三島　私は『帰郷』が書きたかったですね。宇田川さんがおっしゃった鳴沢父の死も含め、シリーズの重要な折り返し地点だったように思います。

宇田川　僕は『被匿』。とにかく鳴沢ストッパー・藤田が好きなんですよね。他にも重要な人物として作家の長瀬が出てきます。記者から作家になったという人物。彼の苦労話を読むと「堂場さんご自身を投影したキャラクターなのかな」と思うことがあります。

内田　僕は『血烙』の他に、外伝にあたる『七つの証言』が気になります。各登場人物が主人公の短編集なので、切れ味良くキャラクターの魅力が詰まっています。次のシリーズの主人公・高城まで出てきますし。鳴沢とは対照的な人物として（笑）。

まさかのあの人が登場！　シリーズに潜む秘密とは？

内田　それにしても、「鳴沢了」シリーズで出会ったキャラクターのその後は、ぜひ堂場さんに、折に触れて書いてほしいです。例えば『ラスト・コード』に了と、元相棒の冴が登場したり、他の作品でもカメオ出演していますが、これからも彼らのその後を想像するヒントを書き続けていただけると嬉しいですね。

宇田川　過去に〈アナザーフェイス〉と〈警視庁追跡捜査係〉のコラボはありましたが、鳴沢はじめ、各シリーズの主人公クラスが共演する作品をもっと読んでみたいですね。脇役としてではなく、それぞれが主人公クラスとして登場するような小説。

三島　実現したら面白そうですね。まったくそれとは離れるのですが、堂場さん、ベタベタな恋愛小説って書いたことないんですかね。今シリーズの了と優美の関係を見ても、書けそうな気がします。どういう物語を書くのかも含め気になります（笑）。

宇田川　確かに読みたいかもしれない（笑）。男女のすれ違う様や成就しない恋愛の描写がうまいなといつも思います。

内田　スポーツものとあわせて、青春部活小説とか書いたら面白そうですよね。

三島　書店業界について書いてもらったらどうなるんでしょうか。

内田　ハードなお仕事ものになりそうですね。鳴沢了が書店の店長だったら、絶対部下に厳しい（笑）。

宇田川　逆に部下だったとしても地獄ですね。了をうまくコントロールできる気がしない。

三島　書店業界は冗談としても、職業を題材にした物語は読んでみたいですね。

内田　製薬会社を舞台にした『誤断』や、新聞社を描いた『社長室の冬』などを書かれていますが、これらは社会派小説として書かれている印象です。いわゆるお仕事小説を書かれたら面白そうですね。何を書いたらいいんだろう。「佐川男子」みたいな流通業界とか……。

宇田川　本の巻末に掲載されるのに、こんな妄想みたいな話題で盛り上がっちゃっていいんでしょうか？（笑）

編集部　ちなみに皆さまは堂場瞬一さんとお会いしたことはおありでしょうか？

内田　僕は以前神保町の書店に長く勤務していたのですが、当時は堂場さんがよく店にきてくださいました。

宇田川　私はちゃんとご挨拶したことがないんです。海外ミステリの講演会に客として行ったことはあるのですが。

三島　私もありません。本当は今年、堂場さんが広島にいらっしゃる予定があり、そのときにお会いするつもりでした。ですが今回のコロナ禍の影響でご出張自体が中止になってしまい、残念でした。

編集部　実は本日、サプライズゲストをお招きしております！

堂場　どうも、堂場瞬一です。盛り上がりましたでしょうか。

宇田川　え、堂場さん！
三島　びっくりした！　聞いてないよ。
編集部　先ほどまで、「堂場さんにどんな小説を書いてほしいか」という話題で盛り上がっておりました。
宇田川　それ、本人に言っちゃうの⁉
堂場　私としては怖い話題ですね。例えば？
編集部　まず、ベタベタな恋愛小説、という案が出ました。
堂場　それは絶対に書かないと担当編集者たちに宣言しております（笑）。
内田　堂場さんが書くとしたら、どんな恋愛小説になりそうですか？
堂場　ものすごくハードな恋愛小説になると思いますよ。
編集部　書店業界を書いたらどうかというお話も出ました。
堂場　それもハードなものになる（笑）。ただ、作家はみんな、書店については書きたくなると思います。ジョン・ダニングという作家が、毎回事件に巻き込まれる古本屋が主人公の小説を書いているのですが、そういうものを考えたことはあります。やはり自分たちに近い業界なので、興味はありますね。
編集部　お仕事もの、という話題も出ました。

堂場　なるほど、一定の需要があるジャンルですよね。僕の感覚としては楽な仕事をしている人は日本に一人もいない。仕事について真っ向から書くと本当に大変な、楽しくない話ばかりになってしまう。だからいつも仕事を通して、社会の問題点をえぐり出すという書き方になってしまうんです。最後に前を向いてみんなで明るく頑張ろうっていう話、書けないんだよな……（笑）。

編集部　鳴沢了はじめ、各シリーズの登場人物がクロスオーバーする作品、というアイデアも出ましたが。

堂場　実は作品同士、世界観を同じにして矛盾を出さないようにしていて、できる下地は作っているんです。いざ物語を作るとなるととても難しいので、どうするかずっと考えています。すぐにはできませんが、いずれはやってみたいと思っています。

宇田川　そうだったんですね。読める日を楽しみにしてます。

堂場　もはやオンラインでお話するのにも慣れてしまった状況ですが、早く皆さまと直接お会いできる日常が戻ってくることを待ち望んでおります。特に広島には行きそびれてしまったので。

三島　ぜひ、お待ちしております！

（二〇二〇年八月一九日収録）

この作品はフィクションで、実在する個人、団体等とは一切関係ありません。

本書は『久遠 下 刑事・鳴沢了』（二〇〇八年六月刊、中公文庫）を新装・改版したものです。

中公文庫

新装版
久遠（下）
——刑事・鳴沢了

2008年6月25日　初版発行
2020年10月25日　改版発行

著　者　堂場瞬一

発行者　松田陽三

発行所　中央公論新社
〒100-8152　東京都千代田区大手町1-7-1
電話　販売 03-5299-1730　編集 03-5299-1890
URL http://www.chuko.co.jp/

DTP　ハンズ・ミケ
印　刷　三晃印刷
製　本　小泉製本

Published by CHUOKORON-SHINSHA, INC.
Printed in Japan　ISBN978-4-12-206978-7 C1193